ESTA MENTIRA TE MATARÁ

ESTA MENTIRA TE MATARÁ

CHELSEA PITCHER

Traducción de Lidia Gonzáles Torres

PUCK

Argentina – Chile – Colombia – España
Estados Unidos – México – Perú – Uruguay

Título original: *This Lie Will Kill You*
Editor original: Margaret K. McElderry Books
Traducción: Lidia Gonzáles Torres

1.ª edición: noviembre 2021

ISBN: 978-84-17854-22-5
E-ISBN: 978-84-18480-26-3
Depósito legal: B-13.736-2021

Fotocomposición: Ediciones Urano, S.A.U.
Impreso por: Romanyà Valls, S.A. – Verdaguer, 1 – 08786 Capellades (Barcelona)

Impreso en España – *Printed in Spain*

Para Sunny,
gracias por tu orgulloso y salvaje corazón.

HACE UN AÑO

El bosque ardía. Las llamas acariciaban la oscuridad, arrancaban la corteza de los árboles y transformaban las hojas en ceniza. En el interior del gran y destelleante fuego había un coche con el capó abollado y las ventanas agrietadas.

En el interior del coche había un chico.

En aquel momento, no lo sabían. Los bomberos acababan de llegar a la escena y la policía estaba evitando que los espectadores se acercaran demasiado. Desde su posición, estos solo podían ver una luz roja y amenazante que palpitaba en el bosque.

Luego todo se volvió blanco. El humo se enroscó sobre el mundo y se les instaló en los pulmones, lo que los obligó a cerrar los ojos. La ceniza cubrió todo lo que había a su alcance y no tardaron en formarse siluetas en el oscuro bosque.

Fue entonces cuando vieron el vehículo. La pintura descascarillada por el calor. Los asientos de cuero hundidos y deformados. Rezaron en voz alta para que no hubiera nadie dentro, pero, en el fondo, en lo más profundo de su ser, sabían que hallarían a alguien. Los coches no se conducían solos por carreteras largas y con curvas. No se estrellaban contra los árboles, daban varias vueltas de campana y explotaban.

No por sí solos. Sin embargo, cuando los coches se hicieron amigos de los mortales fueron capaces de hacer todo eso y más. Podían transformar un hermoso bosque en un páramo. Podían convertir un bello rostro de piel pálida como la luna e impresionantes ojos azules en una vela de cera que goteaba y se retorcía hasta que no quedaba rastro alguno de aquella belleza.

El fuego había arrasado con casi todo. Donde antes había dedos largos y ágiles, ahora había hueso. El humo salía del chico como si su alma se estuviera deslizando hacia el cielo. La gente susurraba que serían necesarios los registros dentales para identificar los restos.

Pero ya se enfrentarían a eso más tarde. Por lo pronto, las autoridades hicieron sus pequeños cálculos centrándose en lo que sí podían controlar. ¿Cómo abrirían la puerta? ¿Cómo sacarían el cuerpo?

Más atrás, en la parte más oscura del bosque, una niña también hizo cálculos y contó a los sospechosos con una mano enguantada.

Uno, dos, tres…

¿Cuatro? Los detalles eran confusos, pero el tiempo lo revelaría todo. El tiempo y un plan cuidadosamente elaborado. Hasta entonces, la niña se pondría una máscara y se sentaría como una muñeca en una vitrina a esperar pacientemente. Era la única forma de sobrevivir. Aquel esqueleto que ardía lentamente una vez había sido un chico, y a ese joven lo habían amado.

Abrazado.

Besado.

Ya nunca más. El fuego lo había transformado en un ser de cenizas y huesos, y, al ver aquello, la niña tembló con lágrimas en las mejillas. Necesitaba ser fuerte. No, necesitaba ser *fría*, como una muñeca insensible. Las extremidades de porcelana no temblaban y un corazón hecho de plástico no dolía tanto. No se rompía. No sangraba.

Pero los ojos de cristal lo veían todo. Y, en ese momento, mientras la niña les daba la espalda a los restos del siniestro, se desplegaron nuevas imágenes detrás de aquellos ojos. Había una hermosa mansión en lo alto de una colina y una lista de invitados muy exclusiva. Una mano enguantada encendía una cerilla. Y, quizá, si todo salía tal y como lo tenía planeado, sus extremidades de porcelana volverían a ser de carne y hueso, y su corazón se ablandaría hasta volverse rojo.

Pero primero habría fuego.

1.

PRIMERA DE LA CLASE

Juniper Torres se despertó con una sonrisa. Hoy era el día. Lo sabía, a pesar de que no había ningún motivo en particular para creer que el día de hoy fuese a ser distinto. El sol no brillaba. Apenas había salido siquiera, pero no importaba mucho. El universo le estaba hablando directamente a ella, y la sangre le abrasaba las venas y los latidos del corazón martilleaban sin cesar. *Hoy es el día en el que te cambiará la vida*, le susurraba con una voz suave y melodiosa.

Se sentó en la cama. Tras darle una patada a la sábana enredada —y pasarse la mano por el pelo también enredado—, se arrastró hasta la ventana y miró hacia abajo. Allí estaba. La cartera rubia y desaliñada estaba inclinada sobre el buzón, mientras metía un montón de sobres. Juniper no podía asegurarlo del todo, pero tenía la ligera sospecha de que entre ellos se encontraba su sobre.

Salió de su habitación corriendo. Atravesó el pasillo, y pasó junto al cuarto de su hermana pequeña y, también, junto a la habitación en la que estaban durmiendo sus padres con las extremidades enroscadas como las ramas de los árboles vecinos. Su familia no tardaría en despertarse y le sería imposible inspeccionar el buzón a escondidas. Sin embargo, si era muy sigilosa —y esquivaba esa tabla del suelo y aquel escalón que crujía—, podría escabullirse al exterior sin que nadie se diera cuenta.

Así que eso hizo. Salió del victoriano verde oliva y se dirigió hacia el mundo blanco e invernal. El jardín se había transformado durante la noche. Los carámbanos colgaban de los robles y amenazaron con empalar a Juniper cuando pasó por debajo. Al final del jardín, el buzón congelado por la nieve captaba toda su atención.

Juniper lo abrió de un tirón. Sus dedos danzaron sobre los panfletos de propaganda, rozaron los bordes de un paquete de cupones y, entonces, sacó el sobre de la oscuridad. Supo que era el que estaba esperando incluso antes de verlo. Era grande y grueso, y la letra era…

¿Roja como la sangre? El sobre se le escurrió de la mano. Revoloteó despacio, como los copos de nieve que caían a su alrededor, y en cuanto golpeó el suelo, Juniper advirtió dos cosas: esa no era la carta que estaba esperando. Era una invitación.

La sacó de la nieve. Alguien había escrito: «¡Queda cordialmente invitada a una noche de asesinato y caos!», en la parte trasera del sobre negro como el ébano, y Juniper le dio la vuelta para confirmar que la invitación iba dirigida a ella. Así era. *Gracias, pero no*, pensó mientras rompía el sobre por la mitad. No tenía ningún interés en emborracharse con sus compañeros de clase y menos aún en hacer como si la muerte fuera algo divertidísimo. El único motivo por el que vigilaba el buzón era porque estaba esperando una carta de admisión de la Universidad de Columbia. Su sistema *online* se había caído, lo que significaba que iba a recibir las noticias a la vieja usanza.

Y así continuó. Juniper corrió hacia el buzón el lunes por la mañana y luego el martes. Para cuando llegó el miércoles, su confianza comenzó a decaer. ¿Por qué estaba tan convencida de que iba a recibir una carta de admisión? Sí, sus notas eran en su mayoría excelentes, pero el invierno pasado, tras aquella fiesta en la montaña…

Juniper se estremeció. Solo se descarriló un mes, y la mayoría de sus profesores le dejaron recuperar la tarea. Aunque no entrase en su universidad de preferencia, tenía un par de facultades como segunda opción que la alejarían de esta ciudad. Aun así, iba a estudiar Medicina. Curar a personas. Salvar vidas. Todo saldría según lo planeado.

Estaba a punto de volverse a casa cuando un sobre negro en el interior del buzón captó su atención. Un escalofrío le recorrió la espalda. Ya sabía de qué se trataba. Una invitación a «¡una noche de asesinato y caos!».

Pensó que seguramente habían enviado dos cartas por error y puso los ojos en blanco. Sin embargo, mientras extraía el sobre de la oscuridad, una leve corriente de culpa comenzó a tirarle de las extremidades. Así era como ocurría siempre. Seguía con su día a día, sin ni siquiera pensar en la fiesta de Navidad de Dahlia Kane, y, de un momento a otro, sus extremidades se volvían pesadas. Sentía que se hundía de la manera en la que un cuerpo se sumerge hasta el fondo de una piscina, mientras que la gente se queda sin hacer nada, riéndose…

—¡Junebug! —La señora Torres apareció bajo el marco de la puerta con el rostro sonrojado de estar junto a la hornilla—. A desayunar, mi amor. ¿Qué es eso?

Mierda. Los reflejos de Juniper estaban adormilados a esas horas de la mañana. Dos horas —y tres tazas de café— más tarde y no habría dejado que su madre viera el sobre. Pero ya estaba acorralada y no podía romperlo delante de ella. No le quedaba más remedio que desempeñar el papel a la perfección.

Con una sonrisa forzada, trotó hacia la puerta.

—Un cretino y lo que entiende por pasarlo bien —respondió mientras sostenía la invitación. No se la estaba ofreciendo a su madre, sino que agarraba el sobre con fuerza. Sin embargo, la señora Torres debió ver «¡una noche de asesinato y caos!» garabateado en la parte trasera, ya que se lo arrebató a su hija de las manos.

—Uh, una fiesta. Deberías ir.

—¿Qué? No. —Juniper arrugó la cara—. Seguro que es el sábado. Voy a ver *Rudolph* con Olive.

Olive era su hermana pequeña y, ahora que sabía andar, Juniper estaba prácticamente de guardia permanente. Optó por verlo como si estuviera practicando para una guardia de verdad en su hospital de preferencia. Más le valía que se fuera acostumbrando a funcionar con dos horas de sueño, ¿verdad?

—Junebug, es mi hija. —Su madre desapareció en el pasillo y Juniper la siguió de cerca mientras planeaba cómo recuperar la invitación—. Lo creas o no, me gusta pasar tiempo con mis hijas.

—Y aun así me estás obligando a salir de casa.

—Yo solo hago una sugerencia. —Su madre sacó una silla de debajo de la mesa de la cocina. Olive estaba sentada en su silla alta, riéndose y bailando de esa forma tan típica de los bebés en la que parece que pueden ver hadas invisibles—. ¿No quieres pasártelo bien con tus amigos?

—No son mis amigos. Seguro que les han mandado una a todos los estudiantes del último curso.

—Razón de más para ir —dijo su madre, que vertió café con la vieja y descascarillada cafetera—. Piénsatelo, ¿vale? No te vas a morir por ir a una fiesta.

Podría, pensó Juniper con un temblor en las manos. Le dio un sorbo al café con la esperanza de que su madre no se percatara de su nerviosismo. Por suerte, la señora Torres estaba ocupada peleándose con las tostadas que había en la hornilla. Sin embargo, hubo alguien que sí se percató, y, cuando el café se derramó sobre los dedos de Juniper, su hermana pequeña frunció el ceño y agarró el bolso de su madre. Tenía dos años y ya había decidido que el maquillaje era la cura para la tristeza. Juniper no sabía con seguridad en dónde lo había aprendido. Esta no era precisamente una familia que se interesara por los concursos de belleza. Pero fuera cual fuere la procedencia de aquella lección, a Juniper no le importaba ser la muñeca viviente de su hermana. Los ojos de Olive brillaron con intensidad y los labios se le curvaron en una enorme sonrisa.

—¡*Pitalabos*! —anunció la bebé, sacando un brillo de labios de un rojo borgoña intenso, lo que le daría a Juniper la apariencia de haber comido cerezas. O bebido vino. Era algo bonito y a Juniper le parecía bien verse un poco linda, siempre y cuando eso no eclipsara sus otros logros. Le dio una punzada en el pecho cuando Olive se aplicó el brillo de labios, y deseó poder quedarse en la ciudad y enseñarle a su hermana a hacer que las personas sean mejores por dentro que por fuera. Pero no podía permanecer allí después de todo lo que había pasado (simplemente no podía), y, además, nada de lo que le dijese a la pequeña sería tan importante como convertirse en la médica que siempre había deseado ser. Iba a lograr todo lo que se había propuesto y, algún día, sacaría a su familia de esta pequeña y espeluznante ciudad. Los alejaría de todos sus secretos.

De sus fantasmas.

Una vez aplicado el brillo de labios, Olive aplaudió y chilló:

—¡Bonita! —Y Juniper sintió que las grietas del corazón se le cerraban.

—Eso tú, peque —dijo mientras los diminutos dedos de su hermana rodeaban uno de los suyos. Por su parte, su madre se había quedado en completo silencio junto a la hornilla. Con la piel de gallina, Juniper se giró y la vio apoyada sobre la encimera mirando una sola hoja.

—¿Qué? ¿Qué pasa, mamá?

Su madre no respondió, por lo que la joven tomó la invitación. Ni siquiera intentó hacerlo de forma astuta. De un segundo para otro, el papel pasó de estar agitándose entre los dedos de su madre a no estarlo. De un segundo para otro, el aire pasó de llenarle los pulmones a Juniper a desvanecerse.

Querida señorita Torres:

¡Dado tus logros ACADÉMICOS, quedas cordialmente invitada a una cena de misterio y asesinato! ¡Prepárate para ser retada mientras tú y cinco de tus estimados compañeros de clase luchan por descifrar el misterio y capturar al asesino!

¡El mundo se convertirá en un escenario!

¡Un amigo se convertirá en un enemigo!

¡Los disfraces llegarán a lo largo de la semana!

Y, por supuesto, la persona ganadora se llevará a casa la ansiada beca Burning Embers valorada en U$S 50.000, que podrá ser usada en la universidad que prefiera.

Tu humilde benefactor,
El Maestro de Ceremonias

—Es un timo. —Las palabras salieron de la boca de Juniper antes de que pudiera detenerlas, e incluso después de haberlas pronunciado no sintió el deseo de retirarlas. Incluso después de que su madre se hundiera en la silla mientras examinaba la invitación en estado de shock.

—Tenías razón, es el sábado —dijo la señora Torres. Su voz era un susurro y Juniper odiaba la sola idea de decepcionarla—. Deben haber tenido una vacante de última hora…

—Mamá, es un timo. Así no es como suenan las ofertas de becas auténticas. —Ni siquiera había oído nunca hablar de la beca Burning Embers. Ni había oído hablar nunca de ella ni le gustaba cómo sonaba.

—No es una oferta —aseguró su madre con calma—. Es un concurso.

—En las becas reales no te hacen competir —insistió Juniper—. No de esta forma. No en una «cena de misterio y asesinato».

—¡Cena de miseria! —gritó Olive, y a Juniper le dio escalofríos. No quería que su hermana repitiera aquello.

—Tranquila, peque. Cómete tus cereales.

Pero fue un ejercicio inútil. El propio desayuno de Juniper quedó olvidado en la hornilla. Ni siquiera su taza de café resultaba tentadora.

—Mira, voy a investigar un poco —dijo y tomó el teléfono de su madre de la mesa—. Pero estoy bastante segura de que las fundaciones de becas no firman sus cartas como «El Maestro de Ceremonias».

—Intentan hacer que sea divertido.

—Intentan ganar dinero a mi costa. —Escribió *beca Burning Embers* en el motor de búsqueda con la certeza de que aparecerían cero resultados—. Ya verás. El día antes del concurso recibiré una segunda carta solicitando una cuota de inscripción. Si no hay una página web…

Juniper se fue apagando y pinchó en el primero de varios enlaces. La Fundación Burning Embers no solo tenía una página web, sino que parecía legítima. Había un apartado titulado SOBRE NOSOTROS que resaltaba los objetivos del proyecto —«encontrar formas únicas y emocionantes de recompensar a los estudiantes sobresalientes en el mundo académico, en el arte y en el deporte»— y un apartado de CONTACTO con un número de teléfono, una dirección de correo electrónico y una ubicación física. Juniper se juró a sí misma que, antes del evento del sábado, se pondría en contacto con ellos mediante todos los medios posibles para así comprobar que había personas reales trabajando en la fundación.

O, más bien, para comprobar que no las había.

No estaba segura de por qué se oponía tanto a estas alturas. Una beca de cincuenta mil dólares le cambiaría la vida. ¿Acaso no se había pasado los últimos seis meses solicitando todas las becas que encontraba con la esperanza de recibir una quinta parte de esa cantidad?

—Nunca la solicité —murmuró en un último y desesperado intento por encontrarle la lógica a todo aquello—. Me acordaría…

—A veces los profesores lo solicitan por ti. Orientadores vocacionales. Eres tan buena estudiante, e ibas a ser la mejor de tu promoción.

Sí, iba a ser la mejor alumna de mi promoción. Pero fui a una fiesta el diciembre pasado…

—Espera, déjame verla. —Alisó la invitación sobre la mesa. No tardó mucho en encontrar la fecha del evento: 21 de diciembre. A exactamente un año de la fiesta de Navidad de Dahlia Kane.

—Mamá…

—Este dinero nos vendría muy bien —interrumpió su madre en voz baja—. A tu padre le alegraría oír la buena noticia.

—Lo sé. —Juniper miró la silla vacía de su padre. Tras quince años enseñando música en la escuela primaria de Fallen Oaks, una reciente ronda de recortes presupuestarios dejó al señor Torres sin trabajo. La joven lo oía dando vueltas en el piso de arriba, eligiendo la corbata perfecta para otra serie de entrevistas deshumanizadoras.

—¿Acaso vas a decirle que vas a dejar escapar cincuenta mil dólares? —Su madre la miró fijamente—. ¿Después de todo por lo que ha pasado?

—Por supuesto que no. —Juniper tragó saliva y se le formó un nudo en la garganta—. Es solo que no entiendo quién podría solicitar por mí este tipo de cosas. Soy la peor actriz del mundo.

—A lo mejor fue Ruby.

La joven parpadeó. Podía ver a su madre mirándola, podía ver a su hermana dando saltitos alejada de su campo de visión, pero se sentía completamente fuera de allí. Como si estuviera flotando fuera del espacio y el tiempo.

—Solo digo que tiene bastante talento para lo dramático. Este tipo de cosas son muy de su estilo —explicó la señora Torres—. ¿Por qué no la llamas y le preguntas? —Luego, en una voz casi demasiado baja como para que Juniper la oyera, agregó—: Echo de menos a esa chica.

Yo también la echo de menos. La visión de Juniper se nubló al pensar en la sonrisa de Ruby, la risa de Ruby, el tacto de Ruby. Se apartó de la mesa y su silla chirrió detrás de ella. *Lástima que ella no me eche de menos a mí.*

+ + +

Juniper cerró de un portazo su habitación y se apoyó contra la puerta. Sabía que estaba reaccionando de manera exagerada, pero no sabía cómo parar. Era como estar en uno de esos sueños en los que *eres* tú misma y te *ves* a ti misma desde fuera de tu cuerpo. Como ser Dios y Jesús al mismo tiempo.

Sacudió la cabeza y cruzó la habitación. De ser religiosa, sería católica de manera desinteresada con inclinaciones ateas. Simplemente ya no estaba segura de creer en nada. Aun así, siempre le había fascinado la idea de ser Dios y Jesús al mismo tiempo. De estar dentro de tu cuerpo y mirar desde lo alto. Tal vez eso era lo que significaba tener un cuerpo y un alma, estar en un único lugar y en todas partes, todo a la vez.

Juniper sacó el teléfono del bolso. Se dijo para sí que aquellos pensamientos eran aleatorios, las cavilaciones de una chica que seguía necesitando su cafeína matutina con desesperación; pero en el fondo sabía la verdad. Después de todo lo que le había hecho a Ruby quería creer que la redención era una posibilidad.

Quería creer que tenía alma.

Con manos temblorosas, escribió el mensaje.

¿Has solicitado por mí la beca Burning Embers?

Seguía teniendo su número en el móvil. No se atrevía a borrarlo, lo cual era, sin duda, irónico, teniendo en cuenta lo que ella había borrado de la vida de Ruby.

A quién había borrado.

Le dio a *enviar* y dejó caer el móvil sobre la cama. No iba a esperar junto a él como una chica triste en la noche del baile de graduación, que esperaba y esperaba mientras el corazón se le hundía hasta las rodillas. Pero tal vez *Ruby* la había estado esperando a ella. El móvil sonó casi al instante y, cuando quiso darse cuenta, estaba escarbando entre las mantas con desesperación, para poder escudriñar el mensaje.

No.

Juniper empezó a reírse. Fue de esas risas frías y quebradizas, como ramitas que se partían bajo los pies. Pues claro que Ruby no había enviado la solicitud de la beca por ella. Pues claro que Ruby no estaba cuidándola entre bastidores. Su amistad estaba acabada. Había terminado hacía mucho tiempo.

Se hundió en la cama. Cuando el móvil se volvió a iluminar, se sorprendió al sentir cómo le daba un vuelco el corazón. ¿Cómo podía seguir teniendo esperanza después de todo lo sucedido? Su corazón estaba un poco magullado y golpeado. Era una caja de Pandora llena de dolor y arrepentimiento. Sin embargo, en algún lugar, escondida en la oscuridad, brillaba la esperanza. Esta hizo que su respiración se volviera entrecortada al tiempo que leía el mensaje de Ruby.

No la envié por ti, pero yo voy a ir a la fiesta. Quizá podamos resolver el misterio juntas.

Juniper no se fiaba de sus propias palabras, por lo que le mandó un emoji de sonrisa a modo de respuesta.

2.

REINA DEL DRAMA

Ruby Valentine era un petardo encendido listo para estallar. Le crepitaba la piel y le zumbaban los dedos. Llevaba dando saltitos de un pie
a otro, rebosante de emoción, desde que había recibido la invitación
de la Fundación Burning Embers. ¡Qué oportunidad tan fabulosa!
Extraña, sí, pero siempre sucedían cosas extrañas en Fallen Oaks. La
gente aparecía de la nada y desaparecía con la misma rapidez. Las chicas guapas se enamoraban perdidamente de monstruos. Los chicos se
transformaban en fuego, en luz pura y brillante.

Un pueblo de monstruos con hermosas máscaras, pensó Ruby mientras apartaba la mirada de su reflejo. Sabía cómo iba eso de montar un
espectáculo. Y ahora, antes de partir hacia la fiesta del siglo, tenía que
actuar para su madre. Envolvió una bata alrededor de su vestido de
fiesta de lentejuelas rojas y se espolvoreó un poco de colorete sobre la
nariz.

Una tez rubicunda haría que fuese más fácil vender el cuento.

Salió corriendo de su habitación como una princesa que huye de
una bestia. Otra persona se habría tropezado, pero, a diferencia de
Juniper Torres, que no podía mantener el equilibrio sobre una pierna durante más de diez segundos, Ruby había nacido con la gracia
de una bailarina y, cuando estaba decidida a hacer algo, sus extremidades se llenaban de luz. Flotaba. Se deslizó al interior del salón, se

arrodilló junto al respaldo del viejo y andrajoso sofá, y le susurró al oído a su madre.

—¿Mamá? No puedo dormir.

Su madre se giró. También Scarlet, Charlotte y May. Cuatro hermosas cabezas rojas giradas. Cuatro pares de ojos que apuntaban hacia ella.

—¿Qué hora es? —preguntó la señora Valentine con un bostezo. Tenía el cabello pelirrojo recogido en una coleta alta y desordenada, y su camisón floral había visto días mejores.

—Más de las nueve —respondió Ruby tras echarle un vistazo al móvil. La fiesta empezaba a las diez—. Deberíais iros a la cama, chicas.

Sus hermanas comenzaron a quejarse y la madre de Ruby suspiró, y se hundió bajo el peso de la responsabilidad. Hubo una época en la que la señora Valentine tenía un marido, y ese marido ayudaba a acostar a esas niñas. También las ayudaba a levantarse por las mañanas y a prepararles el almuerzo. Ahora él no estaba, y la madre de Ruby tenía que criar sola a cuatro niñas. La mayoría de las noches Ruby asumía la carga, pero esta noche no podía. Tenía que fingir que se iba a la cama para así poder escabullirse por la ventana. Pero primero necesitaba acceder a la caja fuerte del sótano.

La señora Valentine estudió a su hija. Tenían los mismos ojos azul pálido, las mismas pecas en el puente de la nariz. El mismo gusto espantoso para los hombres.

—Cinco minutos más, chicas —dijo tras unos instantes—. Charlotte, esta noche duermes en mi cuarto, así no molestas a tu hermana.

—No me molesta —aseguró Ruby—. Mi *cerebro* me molesta. Cuando no puedo dormir…

—¿Estás volviendo a tener ese sueño?

Ruby se quedó helada. La verdad era que no pensaba que su madre fuera a sacar a relucir la pesadilla. Cuando hablaron sobre ello por primera vez, la señora Valentine palideció por completo. Fue algo digno de ver, teniendo en cuenta que todas las chicas de la familia tenían la piel pálida como la leche. La joven vio a su madre transformarse en un fantasma y eso la asustó más de lo que admitiría jamás. Ruby no le tenía miedo a la vida y no le tenía miedo a la muerte, pero le tenía miedo a los fantasmas.

Tenía razones de sobra para eso.

—Estaba acostada, intentando dormir —comenzó—, pero seguía pensando en el sueño, y aunque trataba de no hacerlo, eso solo lo empeoró. —Ruby bajó la cabeza. Si se mostraba demasiado fuerte, tendría que volver con esa psiquiatra. Pero si no se mostraba lo suficientemente fuerte, su madre no le dejaría acceder a la caja fuerte—. Solo necesito una pastilla —prometió—. Puedo subir la botella para que cuentes…

—No la traigas —la interrumpió su madre—. Tengo que confiar en ti. De eso se trata.

Ruby asintió. *Ahora dame la clave*, pensó mientras se sorbía la nariz con delicadeza, recordándole así a su madre que era una chica joven e inocente. No una superviviente, de eso nada. Solo una chica que necesitaba a su mamá.

La señora Valentine sonrió y posó una mano sobre la mejilla de Ruby.

—Tres-once-diecinueve —dijo, y Ruby exhaló.

—Gracias —respondió—. La última.

Se puso de pie. Hizo uso de todo el control que tenía sobre su cuerpo para mantener sus movimientos fluidos y lentos. Quería huir. Salir de allí de una vez, antes de que su madre cambiara de opinión y lo arruinara todo.

Veinte segundos después se paró frente a la puerta del sótano. Con un giro del pomo la abrió, lo que desató un torrente de polvo sobre su cabeza. El sótano estaba fuera del alcance de las más pequeñas, ya que podían tropezarse y abrirse la cabeza con las escaleras. Podían perderse en el laberinto de cajas o ser mordidas por roedores. En realidad, no les compensaba bajar ahí. Sin embargo, a Ruby le gustaba estar en el único sitio de toda la casa al que no la seguiría nadie ni en el que nadie le tiraría de la manga ni llenaría el silencio. Aunque fuese frío y oscuro, era agradable.

Era su santuario.

A continuación, con el simple tirón de una cuerda, se encendió la luz y la habitación se convirtió en lo que realmente era: un sótano. Un páramo de ropa desechada, juguetes decapitados y pequeños charcos de agua, cuyo origen no podía averiguar. En la pared del fondo había una estantería construida por su padre que solía contener los álbumes de fotos familiares, pero ahora estaban vacíos.

Ruby apartó la mirada y parpadeó para contener las lágrimas.

No iba a llorar de verdad. Las lágrimas eran para el escenario y, en momentos de desesperación, para su madre. Esta noche necesitaba *desesperadamente* acceder a la caja fuerte. A medida que se acercaba al pequeño rectángulo negro, un escalofrío le recorrió el cuerpo.

Se arrodilló y giró el dial. Tres. Once. Diecinueve. La pequeña caja fuerte hizo *clic*, y Ruby abrió la puerta de un tirón y extrajo un objeto de la oscuridad. Pesaba más de lo que esperaba y estaba frío.

Tras la desaparición del padre de Ruby, la señora Valentine invirtió en dos artículos: un frasco de pastillas para dormir y un revólver que encontró en la trastienda de un anticuario. Sin embargo, mientras que las pastillas se las habían recetado a Ruby —y, por consiguiente, habían pasado los primeros meses en su mesita de noche—, el revólver había sido guardado en la caja fuerte del sótano. Tras varios frascos gastados, la señora Valentine también guardó allí las pastillas, pues insistía en mantener bajo control la ingesta de medicamentos de su hija.

Ahora, dos años después de que su familia se fracturara, Ruby casi se había olvidado de las pastillas. Pero no se había olvidado del revólver. Pasó el dedo por la curva del arma con el cañón apuntando lejos de ella. Sabía lo peligroso que era. Ella había asistido a una clase sobre la seguridad en el manejo de armas después de que su padre desapareciera y su madre se obsesionara con que los hombres iban a secuestrar a sus hijas. Según la señora Valentine, los hombres podían secuestrarte en cualquier momento. De camino a la escuela bajo el sol. Mientras dormías en tu cama por la noche. Y, aunque Ruby sabía que este tipo de cosas sucedían, le daba mucho más miedo que sus hermanas se encontrasen con el revólver y creyesen que era un juguete. En aquel momento, había convencido a su madre para que comprara la caja fuerte y así mantener el arma bajo llave en un lugar al que pudieran acceder si lo necesitaban sin poner en riesgo la seguridad de sus hermanas. De esta forma, el revólver descansó escondido en la oscuridad y acumuló polvo, era más un símbolo que un arma.

Hasta ahora.

El seguro estaba puesto. Ruby se aseguró de ello antes de deslizar la pistola por debajo de los pliegues de su bata. Cerró la caja fuerte con un ruido metálico y giró el dial. Sabía que esa noche su madre no bajaría las escaleras. Que no revisaría el frasco de pastillas para asegurarse de que su hija no hubiera tomado demasiadas. Durante el último año, Ruby había recuperado su confianza. Y ahora, con el revólver ejerciéndole presión contra la cadera, la joven iba a sacar provecho de eso.

Nadie sospecharía nada.

Subió las escaleras con pasos suaves y se detuvo detrás del sofá para darle un beso en la mejilla a su madre. Luego le dio uno a cada una de sus hermanas, antes de apresurarse por el pasillo. Una vez que cerró la puerta de su habitación, deslizó el arma dentro de su bolso rojo de lentejuelas.

Este formaba parte de su disfraz. El bolso le había llegado el día anterior por correo junto con el vestido, los guantes y los zapatos. Todo combinaba. Incluso su pintalabios coincidiría también cuando tuviese un minuto para ponérselo. Pero primero se quitó la bata y la metió debajo del edredón para simular que su cuerpo estaba ahí durmiendo. Era una ilusión de aficionados y la mayoría de los padres no se lo tragaría, pero la señora Valentine vivía en una especie de estado de confusión. Se había perdido a sí misma, se había desvanecido por completo cuando el padre de Ruby desapareció, y, si bien día a día se iba recuperando, estaba muy lejos de estar estable.

Ruby contaba con ello. También contaba con el hecho de que nadie la molestaría si pensaban que estaba dormida. Charlotte había aprendido la lección dos años atrás, cuando había cruzado corriendo la habitación al oír los gritos de la joven. Había intentado despertar a su hermana y Ruby se había agitado con tanta fuerza que había lanzado a la pobre niña contra el suelo.

Incluso en este momento, Ruby se sentía culpable por eso. Tras la desaparición de su padre, se suponía que desaparecerían los cardenales de los brazos y de las piernas. Se suponía que esas niñas nunca tendrían que preocuparse por que las apartaran bruscamente, con tan poco cuidado, como si no pesaran nada en absoluto. Aquella noche Ruby pidió las pastillas para dormir con la esperanza de que le pesaran tanto las extremidades que no pudiera volver a lastimar a nadie.

En realidad, nunca se trató de eliminar la pesadilla.

La pesadilla era vívida. Siempre empezaba igual, con Ruby sentada en la cama. Pensaba que se estaba despertando y, entonces, empezaba el tarareo. Suave y bajo, el bonito temblor de un barítono.

—¿Papi? —susurraba Ruby.

Primero venían los dedos que se curvaban alrededor de la puerta entreabierta. Luego aparecía una cara enmarcada por un cabello pelirrojo desgreñado. Unos ojos marrones suaves. Unos ojos que sonreían.

—¿Papi? —preguntaba Ruby de nuevo.

Era una pregunta tonta. Por supuesto que era él. Incluso con gusanos cayéndole de las cuencas de los ojos. Incluso con la piel tan pálida que era imposible creer que estuviera vivo. Y, con todo y con eso, empujaba la puerta para abrirla aún más mientras se tropezaba con las extremidades, las cuales estaban empezando a descomponerse. A veces se le rompía un hueso y se caía de rodillas, pero, aun así, la alcanzaba.

Caminase, tropezase o gatease.

—¡Yo no he hecho nada! —exclamaba Ruby. Era lo que siempre le decía antes, cuando esos ojos brillantes y risueños se entrecerraban en la sombra.

—Eres una mentirosa —decía su padre—. Sabes lo que les pasa a las personas que mienten.

Sí. Lo sabía desde que era una niña y aún podía esconderse en espacios pequeños y debajo de las camas. Lo supo más tarde cuando les enseñó los mismos trucos a sus hermanas. Y, una vez que creció del todo y fue incapaz de escapar de él, se alzaba imponente sobre ella y su mano la atacaba. La agarraba del cuello o de la cara. En el sueño, le clavaba las uñas en las mejillas, amenazando con despedazarla. Ruby miraba hacia abajo y veía que el suelo estaba cubierto de tierra. Miraba hacia arriba y veía que la cama estaba rodeada por árboles. Y se daba cuenta de que esta ya no era su habitación.

Era su tumba.

El grito brotaba de su interior, salvaje y angustiado. Pero nadie acudía a ayudarla. Nadie la podía oír, hasta aquella noche en la que Charlotte cruzó corriendo la habitación y zarandeó a Ruby para despertarla. Su hermana la salvó de él y pagó el precio por ello.

Fue entonces cuando Ruby consiguió las pastillas para dormir y la pesadilla se suavizó. Ahora, dos años después de aquello, casi se había desvanecido. Sin embargo, mientras la joven se miraba a sí misma en el espejo, su piel sin color, tuvo el horrible presentimiento de estar en su propio funeral, tratando de convencer a la gente de que no estaba muerta.

—No está muerto —le prometió su madre la única vez que Ruby reveló el contenido de su sueño—. Nos dejó, Ruby. No ha muerto.

La joven asintió, y se guardó sus pensamientos para sí misma. Vivo, su padre podría volver a la familia. Pasar página o perderla por completo. Ruby estaba dispuesta a que se acabara. Que se acabara el echarle de menos y el odiarlo.

Y tal vez podría hacerlo. Tal vez esta noche fuera el principio del fin. Iría a la fiesta, resolvería el misterio y dejaría todo atrás. Esta ciudad. Sus oscuros secretos.

Todos los recuerdos de terror y euforia.

Borrón y cuenta nueva, pensó Ruby, metiéndose el móvil en el bolso. La pantalla estaba iluminada, lo que le informó que había llegado la persona que iba a llevarla. No es que pudiera irse conduciendo con su propio coche. Su madre se daría cuenta.

Así pues, se puso derecha y se dijo a sí misma que no era más que un trayecto corto en vehículo. Ni siquiera tenía que hablar con el conductor. Ruby apagó la luz. Se puso rápido los zapatos, los guantes y el bolso, salió por la ventana de la primera planta y desapareció en la noche.

3.

CHICO DE ORO

Parker Addison no creía que tuviera tanta buena suerte. Ruby Valentine se estaba subiendo a su coche. *Su* Ruby, la chica con la que perdió la virginidad. La chica a la que le pertenecía su corazón. Hacía un año que se le había escapado de las manos.

Esta noche iba a recuperarla.

Parker movió el espejo retrovisor para examinar su reflejo por quincuagésima vez. Su traje era de un intenso verde bosque que le resaltaba los ojos esmeraldas y llevaba el pelo rubio perfectamente despeinado y que invitaba a tocarlo. Tal y como le gustaba a Ruby. Sin embargo, no intentó besarla, todavía no. No le puso la mano sobre la rodilla. Jugaría de manera justa y ella volvería a caer en sus brazos.

Junto a él, Ruby suspiró.

—¿Qué pasa, cielo? —La palabra se le escapó de la boca. Ningún otro nombre le habría parecido adecuado. Sin embargo, para subsanar el error añadió—: Estás muy sexy, por cierto.

Ruby resopló, mirando por la ventana.

—Conduce de una vez.

La piel de Parker se sonrojó mientras se incorporaba a la carretera.

—Joder, Ruby, ¿por qué no me das una oportunidad?

—¿Para qué? ¿Retroceder en el tiempo? ¿Volverte una persona distinta? —Ni siquiera lo miraba y eso era peor que los reproches. Peor que las risas. Si lo hubiese *mirado*, habría recordado por qué lo quería y todo esto habría sido distinto. Podrían dejar de fingir que no estaban hechos el uno para el otro.

A medida que aceleraba por la calle, Parker se fijó en todos los restaurantes a los que habían ido, en cada cine en el que se habían enrollado. Pero Fallen Oaks estaba repleto de cadenas de restaurantes genéricos metidos a presión entre pequeños centros comerciales. No es que pudiera señalar el Dairy Queen y evocar algún recuerdo romántico.

Aun así, le vino un recuerdo a la mente cuando pasaron por el aparcamiento de una tienda de segunda mano abandonada, y Parker le dio un golpecito a la ventana para llamar la atención de Ruby.

—¿Te acuerdas de aquel Halloween en segundo? Te dirigías a la tienda con Juniper Torres…

—Me acuerdo —respondió Ruby en voz baja. No sonrió, pero tampoco frunció el ceño. Por algo se empezaba.

—Eras la chica más hermosa que jamás había visto.

—Me habías visto antes.

—Lo sé —dijo Parker—. Pero cada vez era como la primera.

Ruby bajó la mirada. El joven quiso adentrarse en su mente y leerle los pensamientos. Casi le tomó la mano. En vez de eso, miró por la ventana, pensando en aquella noche.

Fue después de la puesta de sol. Parker llevaba un rato esperando. Había escuchado a las chicas hablando en el instituto sobre cómo planeaban verse en la tienda de segunda mano después de cenar, así que, alrededor de las cinco y media, condujo hasta el centro comercial y esperó en el coche. Cuando por fin llegaron las chicas —casi una hora más tarde que él—, Parker se estaba mentalizando mientras escuchaba la emisora The Rock a todo volumen y practicaba lo que iba a decir.

Te quiero era demasiado.

Te deseo nunca funcionaría con una chica como Ruby.

Te necesito lo haría sonar empalagoso, y Ruby se reiría.

Pero sí la necesitaba. La deseaba más que a nada en el mundo. Y llevaba queriéndola más tiempo del que podía recordar.

Parker salió del coche. Las chicas estaban cruzando el aparcamiento y charlaban mientras se acercaban a la tienda de segunda mano. Sabía, basándose en fragmentos de su conversación durante el almuerzo, que para Halloween iban a ir de versiones zombis de Romeo y Julieta. Más allá de eso, a él le daba igual. Le bastaba con saber que ninguno de los idiotas de la ciudad iba a ver destellos del trasero de Ruby. De sus muslos pálidos y curvilíneos. De los pechos que seguían rebotando incluso cuando dejaba de moverse.

Parker había recorrido la mitad del aparcamiento cuando oyó la voz. Alta y nasal, le golpeó en la espalda y se le tensó todo el cuerpo.

—Sí, tiene unas buenas tetas, pero su familia es escoria.

Parker se volvió con las manos en forma de puños. Allí, merodeando junto a unos cubos de basura, había un grupo de estudiantes de primer año escuálidos y con la piel pálida como la de un vampiro. El del centro estaba mirando de forma lasciva a Ruby.

El joven ni siquiera se detuvo a pensar. Simplemente se acercó al chico y lo agarró del cuello de la camiseta. Lo lanzó contra la hilera de cubos de basura como si no pesara nada. Los demás gilipollas se dispersaron y Parker se limpió las manos en los pantalones. Cuando se acercó a Ruby, esta lo miraba como si él fuera el sol y ella hubiera estado viviendo en la oscuridad. Le levantó la mano y se la colocó sobre su pecho.

—¿Lo sientes? —inquirió Ruby, cuyo corazón latía contra la piel del chico. Acelerado, como si hubiera corrido un maratón—. Está latiendo por ti.

Eso fue todo. Él era de ella y ella era de *él*. Ahora, a medida que el aparcamiento desaparecía en la distancia, Parker le preguntó si recordaba cómo se había sentido aquel día. El calor que había entre ellos.

—Hacía calor para ser octubre —respondió Ruby, y a Parker se le encogió el corazón. Sin embargo, después de un minuto agregó—: Fue como algo salido de un cuento. Acudiste a mí y luchaste por mí. Nadie había luchado por mí antes.

Parker asintió con la cabeza y sintió que algo había cambiado entre ellos.

—Desde luego no es algo que el cabrón de tu padre hubiera hecho —dijo para recordarle que él no era como el resto. Recordarle que era mejor.

—No, lo más probable es que se hubiera peleado *conmigo*. —A Ruby le dieron escalofríos—. Le encantaba discutir.

Parker frunció el ceño. No debería haber mencionado al padre. El tema la entristecía. Lo hacía incluso antes de que su padre se fuera de la ciudad.

—Siempre quise protegerte —admitió Parker.

—Quería que me protegieras —dijo Ruby, y el sonido de su voz lo pilló por sorpresa—. Por aquel entonces pensaba que necesitaba protección. Ahora creo que eres como el arma que compró mi madre después de la desaparición de mi padre. Un símbolo poderoso, pero sin sentido. ¿De qué sirve un arma si no la disparas?

—Pues dispara, Ruby. Saca el arma y…

—Ese es el otro problema, ¿no? Si saco el arma, ¿qué pasa si acabas apuntándome con ella? ¿Quién me va a proteger entonces?

—¿Shane Ferrick? —escupió, y ni siquiera se arrepintió. Odiaba a Shane Ferrick. Incluso ahora lo hacía. Puede que aun más, ya que Ruby no había tenido ocasión de cansarse de aquel tipo. De apartarlo de su lado como hizo con Parker.

—*Ni se te ocurra…* —comenzó a decir con la cara tan colorada como lo estuvo aquel día en el aparcamiento. Pero esta vez enrojecida de furia en lugar de por la excitación. Le tembló la mano y se apretó el bolso contra el pecho.

—Lo siento, Rubes —se disculpó—. No quise decir eso. Es solo que… verte de nuevo…

—Me ves todos los días en el instituto —espetó, todavía con el bolso bien agarrado. Manteniéndolo cerca, como si le encantara.

Parker quería arrancárselo de las manos.

—Te veo y tú me miras como si no existiera.

—Cierto —coincidió—. Ahora te tengo calado. Tengo calada la ilusión.

—¿Eso qué significa? —Parker frenó de golpe cuando un Jaguar amarillo pasó a toda velocidad por delante de ellos y casi golpeó el lateral del coche. Ambos se sobresaltaron y luego negaron con la cabeza. Sabían quién era el conductor.

—¿Crees que va al mismo sitio que nosotros? —preguntó Parker mientras miraba cómo el coche zigzagueaba entre los carriles. El Jaguar, que fue un regalo de Parker, estaba cubierto de abolladuras y golpes.

Ruby se encogió de hombros.

—Tiene sentido. Brett tenía una beca de boxeo. Brett dejó el boxeo…

—Y perdió la beca. Tiene que largarse de aquí como sea.

—¿Tú cómo lo llevas? —Ruby le dirigió una mirada—. ¿Tu papá no te puede pagar la facultad? ¿A cuántas familias ha dejado sin negocio este año la súper cadena de Jericho Addison? Seguro que has pillado parte de ese dinero.

Parker ni siquiera se inmutó. Estaba acostumbrado a que la gente estuviera celosa del éxito de su familia.

—Rechazar dinero gratis no te hace rico, Rubes. Estamos hablando de una beca de cincuenta mil dólares.

—¡Ni siquiera la necesitas!

—Pero tú sí. Mira, tengo una idea. Si gano, le diré a la fundación que quiero repartir el dinero contigo.

—¿Quieres repartir la beca? —inquirió, mirándolo de soslayo.

Un escalofrío le recorrió la espalda. Sentía que le estaba tendiendo alguna especie de trampa, pero no sabía cuál.

—Pues claro que sí, Rubes. Sabes que...

—¿A quién pretendes engañar? —Ruby esbozó una breve sonrisa maliciosa—. Parker Addison no comparte.

Pasaron el resto del viaje en silencio. El joven estaba que echaba humo y agarraba el volante de la forma en la que le gustaría estar agarrando a Ruby. Quería abrazarla, besarla, hacerle recordar lo que se sentía al estar totalmente conectados.

Ruby miraba por la ventana sin decir nada.

Mientras se acercaban al camino de entrada largo y serpenteante que conducía a la mansión Cherry Street, Parker desvió la mirada hacia la bolsa que había en la parte trasera del coche. En su invitación le habían pedido que llevara una cuerda a la fiesta. Y si *alguien* intentaba evitar que recuperara al amor de su vida, el joven tomaría esa cuerda y se pondría creativo.

4.

CABEZA HUECA

Brett Carmichael odiaba su vida. Lo sabía con una claridad sorprendente mientras se acercaba a la mansión Cherry Street. La propiedad estaba custodiada por un par de puertas de hierro forjado y, cuando estas se abrieron, Brett se imaginó cómo una de las agujas se le deslizaba dentro del estómago. Cómo acababa con su propia vida. Durante el último año había tenido pensamientos como ese con bastante frecuencia y, si bien no los llamaría «fantasías», siempre había un momento de placer seguido de uno de pánico. Intenso y abrasador, como llamas que le acariciaban el cuerpo. Y, durante ese momento de terror, supo que no quería trepar la puerta y empalarse a sí mismo.

Quería que llegara la oscuridad, pero no sería él quien la llamara.

No era el miedo precisamente lo que lo retenía. Era esa persona diminuta y marchita que aún vivía en su interior y que quería sobrevivir. Con la voz ahogada bajo capas de tristeza y de culpa, gritaba: *pelea, pelea, pelea*. Pero Rompecuellos Brett llevaba toda su vida peleando, atacando a chicos en el *ring* de boxeo y haciendo de guardaespaldas de Parker Addison. Pelear era lo que lo había metido en este lío.

No pudo ayudarlo a escapar. Brett era consciente de eso ahora, mientras las puertas de hierro forjado se cerraban tras él. No había salida; solo se podía seguir avanzando. Así pues, condujo más allá del jardín de criaturas topiarias con el aroma a cloro tiñendo el aire. El olor hizo que a Brett se le revolviera el estómago. En lo más profundo de sus pensamientos, se imaginó a un chico que se hundía en el fondo de una piscina, con el rostro cada vez más morado, mientras que sus manos buscaban de dónde agarrarse. Tuvo que ser aterrador escapar por poco de las profundidades justo para ser atrapado por las llamas.

Brett aparcó el coche. Salió. Respiró hondo. Tan solo tenía que superar esta fiesta, ganar los cincuenta mil y salir de una vez de esta ciudad asfixiante. Sí, le ofrecieron una beca de boxeo el año pasado, pero tras aquella fiesta en la montaña ya no podía hacer papilla a la gente. No podía machacarle la cara a un chico por su cuenta mientras sonreía. Por desgracia, con el boxeo descartado, ni de coña podría pagarse la facultad. Brett era un estudiante que aprobaba por los pelos, y eso era gracias a la lástima que sentían por él los profesores más comprensivos. No había perfeccionado otros talentos, no había adquirido otras aptitudes. La destrucción era su única habilidad.

Por eso iba a ganar *esta* beca, pensó al tiempo que se apresuraba por el camino. Iría a cualquier facultad que lo aceptara, siempre y cuando estuviera lejos de aquí. Y, sí, a pesar de su desesperación, Brett sabía que la forma en la que habían organizado todo era extraña y que el Maestro de Ceremonias estaba jugando a algo peliagudo. ¿Por qué, si no, su disfraz requeriría unos puños americanos?

Esta cena de misterio y asesinato tenía un filo irregular.

La casa entró en su campo de visión y también era irregular. Brett inclinó la cabeza hacia atrás para observarla. La estructura era de piedra pálida con techos negros en las torretas. Tenía una puerta arqueada negra. En los años veinte, la mansión había sido el escenario de muchas fiestas lujosas, pero a medida que la era de Gatsby se había ido infiltrando en la Gran Depresión, la casa se había ido a la ruina. Desde entonces, la mansión cambió de manos varias veces hasta que finalmente cayó en las garras de un filántropo adinerado que poseía más casas que dedos. El señor Covington Saint James alquiló la mansión para una serie de eventos, decidido a recuperar su antigua gloria.

Pero algunas cosas no pudieron recuperarse. Sí, la mansión era impresionante, pero también se estaba derrumbando en más lugares de los que estaba entera. La puerta de ébano necesitaba desesperadamente una nueva capa de pintura. Desde la posición de Brett, parecía que todas las habitaciones estaban alumbradas por lámparas de araña, pero la única función que desempeñaba esa luz era la de iluminar los defectos de la casa.

Eso era algo que Brett lograba entender. Desde lejos su rostro parecía angelical, con mejillas rosadas que podían hacerle competencia a las de un muñeco de porcelana. Se dejaba la cabeza rapada por cuestiones prácticas, pero eso solo hacía que se pareciera aún más a un bebé de juguete. Sin embargo, cuanto más se acercaba la gente a él, más se veían sus defectos. El diente que se le partió durante su primer combate de boxeo. La cicatriz de su estómago. Sus ojos brillantes y de color avellana tenían un aspecto salvaje, como si el chico fuera un lobo que se había dado cuenta de que tenía la pierna atrapada. ¿Debía cortársela con los dientes o esperar a que el cazador lo encontrara?

Brett siempre se había sentido así, atrapado entre rendirse del todo y destruir una parte de sí mismo para sobrevivir. Se sentía así antes de la fiesta de Navidad de Dahlia Kane, incluso antes de empezar a boxear. Sin embargo, si pudiese alejarse de esta ciudad, tal vez podría alejarse de ese sentimiento y empezar de cero.

La puerta se cernía sobre él. Brett se sintió pequeño, como un niño que se acerca a la casa de un gigante legendario. Esperaba que la aldaba fuese pesada, tal vez una cabeza de león hecha de latón pulido, y que el sonido de sus nudillos contra la madera pareciese insignificante. Estaba a punto de tocar el timbre cuando una voz lo llamó. Él se dio la vuelta y su corazón cobró vida. Allí, caminando por el sendero, estaba la única persona en Fallen Oaks que lo hacía sentir vivo.

—Esperaba que estuvieras aquí —dijo Parker Addison.

5.

LOBO SOLITARIO

Gavin Moon observó desde la distancia. Se sentía más cómodo ahí. Cuando era más joven, quería salir al mundo, caminar junto a los líderes del Instituto Fallen Oaks. No era la típica brigada de animadoras y deportistas. Parker Addison nunca se ensuciaba las manos —para eso estaba Brett— y Ruby Valentine no podía sacudir un pompón sin que sus propias tetas la noquearan. No, la jerarquía de Fallen Oaks estaba gobernada por los mejores y los más brillantes en todas las categorías. Eso era lo que enfadaba tanto a Gavin. No solo era un escritor prolífico, sino que sus solos de guitarra podían otorgar una experiencia extracorporal. A pesar de todo esto, Gavin nunca fue bienvenido en el redil, por lo que se acostumbró a vivir al margen.

Solía odiar eso, pero ahora entendía que la distancia podía brindar una perspectiva más amplia. Mientras caminaba por el sendero del jardín, pudo ver el maquillaje que estaba usando Ruby para ocultar los círculos oscuros bajo sus ojos, así como la forma en la que Parker apretaba los puños ante la presencia de la chica. Por su parte, Brett mantenía los puños dentro de los bolsillos, probablemente para ocultar la sensación de tener las manos manchadas de sangre. Juniper Torres era la única persona inocente entre ellos, y aun así tenía un secreto.

Todos lo tenían.

Quizá por eso estaba inquieta por la beca.

—¿Vosotros solicitasteis esto? En plan, ¿rellenasteis el papeleo? —Pasó la mirada por todos ellos con el ceño fruncido.

—Yo sí —contestó Parker antes de que nadie más pudiera hablar—. Bueno, la orientadora vocacional lo hizo por mí, pero, a ver, ese es su trabajo. Hasta le sugerí algunos nombres cuando me dijo que la beca estaba abierta a todo el mundo.

—¿En serio? —Ruby lo miró, mordiéndose el labio—. ¿A quién sugeriste? ¿A todos nosotros?

Parker negó con la cabeza.

—Solo a ti y a Brett. Pero vi la lista de nombres que tenían en cuenta y estoy bastante seguro de que el de Juniper estaba. El suyo y el de ese chico que siempre anda por ahí…

—Hola, chicos —saludó Gavin, lo que interrumpió a Parker. Subió corriendo los escalones del patio e inclinó la cabeza en dirección a Juniper en un gesto casual y confiado. Súper calmado. Totalmente cortés. Al menos, así era como esperaba que se viera, pero en cuanto sus ojos se encontraron con los de Parker, se le tensó la mandíbula—. ¿Vamos o qué?

—Nadie responde —dijo Ruby, que estaba jugueteando con su pelo. Algo en aquel tinte de pelo carmesí hacía que pareciera una extraña con unos ojos azules que te miraban desde un rostro inquietantemente pálido—. A lo mejor hay una puerta trasera.

Gavin sonrió e inclinó la cabeza.

—¿A lo mejor hay una puerta trasera? ¿En una casa? Buen trabajo, Veronica Mars.

Ruby le lanzó una mirada fulminante.

—Sabes a qué me refería. Tal vez la puerta trasera esté *abierta*. Voy a comprobarlo.

—Voy contigo —se ofreció Parker y le tendió el brazo. Llevaba la típica bolsa de deporte colgada del hombro y Gavin no pudo evitar preguntarse qué habría dentro.

—Voy sola —espetó Ruby.

Dicho eso, se marchó. Al verla agarrar su bolso y rodear la mansión del desconocido, Gavin pensó que parecía inusualmente atrevida. Pero a lo mejor solo era que haría cualquier cosa con tal de alejarse de Parker. Tampoco era que pudiera culparla por ello. Hoy en día, consideraba que Ruby Valentine era la única persona en el mundo que odiaba a Parker tanto como él.

Obviamente Gavin no tuvo que salir con el chico para saber la verdad.

Ruby no estuvo mucho tiempo ausente. Cinco minutos después de haberse ido, regresó con el bolso que se balanceaba junto a ella.

—La puerta trasera está abierta. De nada —agregó en referencia al comentario anterior de Gavin y le mostró una pequeña sonrisa arrogante que hizo que le hirviera la sangre.

El grupo bordeó la casa. Ruby fue primero, seguida de Parker y de Brett, con Gavin y Juniper en la retaguardia. Se notaba que Juniper no estaba acostumbrada a andar con tacones y, cuando el zapato se le patinó por el suelo helado, Gavin le tendió el brazo.

—Ten. Deja que…

—¿Seas mi escolta? —sugirió Juniper, y deslizó su brazo por el de él—. Te lo juro, pienso quitármelos en cuanto pueda.

—Deberías. No me gustaría que bajaras las escaleras de cabeza. Tendríamos que resolver dos asesinatos.

Juniper se rio, pero sonó forzado.

—Me gusta tu disfraz —dijo después de un minuto para alejar el foco de atención de sí misma. Típico de Juniper.

—¿Esto? Lo tenía en el armario —bromeó.

El traje de tres piezas era un atuendo ridículo, pero le quedaba bien. Gavin era un reportero en la vida real. O, más bien, lo sería después de graduarse. Por el momento, trabajaba en el periódico del instituto y tenía un blog propio.

—Ya, bueno, disfrazado y trajeado. —Juniper inclinó el sombrero del chico en su dirección. Era un modelo italiano de color marrón mostaza, al igual que su traje, y tenía un pequeño pase de prensa que sobresalía de un lateral.

—Vaya, un pareado —bromeó con un acento extranjero—. Tienes un talento para las palabras, ¿lo sabías, preciosa?

Juniper sonrió. Era un gesto que por aquellos días surgía de manera fugaz en ella. Un segundo estaba, al siguiente había desaparecido. Gavin quería que siguiera sonriendo, así que añadió:

—Y tú, en fin. Mírate, pequeña. El estilo sirena chic es la próxima gran novedad.

—Lo dudo —respondió, arrastrando los pies con su vestido de lentejuelas azules. ¿O puede que fueran de color aguamarina? Gavin no fue capaz de determinar el color en la penumbra hasta que llegaron al patio trasero de la mansión y se toparon con una piscina del tamaño de una olímpica.

Ruby también lo notó.

—Hacéis juego —indicó mientras señalaba el agua, la cual combinaba con el vestido de Juniper. En plan, hacían juego *a la perfección*. Como respuesta, Juniper se abrazó al borde de la mansión, manteniéndose así alejada de la piscina.

—No pasa nada. —Gavin la guio alrededor de una maceta. Las ramas nudosas y con espinas carecían de flores, pero una de ellas debió de engancharse en Ruby cuando pasó por ahí momentos antes. Una única lentejuela roja brillaba en el suelo—. Nadie va a nadar esta noche —prometió.

Juniper asintió y se apoyó en él. El cabello ondulado y corto hasta los hombros le hacía cosquillas en el cuello y su piel se sentía cálida contra la suya. Por primera vez en mucho tiempo, Gavin estaba feliz.

Dejó de estarlo enseguida. El grupo había llegado a la parte trasera de la mansión, y el joven contuvo el aliento. La escena no mostraba

nada en particular que diera un mal presentimiento. Más bien al contrario, era tentadora, con unas puertas dobles de vidrio que conducían
a un gran comedor. Las paredes eran de madera de ébano oscuro, así
como los muebles, pero todos los detalles eran dorados. Cojines dorados en las sillas de respaldo alto, espejos dorados en las paredes. Un
candelabro tan grande que la habitación brillaba con luz.

—Es como si una aspirante a actriz de la época dorada se hubiera
apoderado de un castillo —dijo Ruby con entusiasmo mientras alargaba las manos hacia las puertas. Estas ofrecieron poca resistencia y el
grupo entró.

—Este sitio es estupendo —coincidió Parker, deslizando los dedos por la madera oscura y pulida de la mesa. No se le pegó polvo a las
yemas de los dedos. Gavin se sorprendió. Había medio esperado que
la casa estuviera cubierta de telarañas. Parecía tan... abandonada.
Como un palacio que se había conservado gracias a un hechizo. Sin
embargo, hacía poco que alguien con vida había pasado por allí, ya
que un candelabro negro estaba situado en el centro de la mesa y sostenía unas velas recién encendidas. Las velas doradas goteaban solo un
poco de cera.

Había seis cubiertos en la mesa —seis, advirtió Gavin, no cinco— y,
junto a cada uno, había una copa de vino y una tarjeta doblada. Parker
abrió inmediatamente la botella de zumo espumoso que había sobre la
mesa y, con la ayuda de la petaca de Brett, manipuló su bebida. Ruby
se mantuvo al margen, distraída. Mientras tanto, Juniper desenredó su
mano de la de Gavin y se sentó en una silla. Pero no debió de haber
estado prestando atención, ya que se sentó en la cabecera de la mesa,
frente a la tarjeta con la etiqueta RUBY VALENTINE.

—Creo que se supone que tienes que estar aquí —comentó Gavin,
señalando el sitio de Juniper.

La chica asintió con la cabeza, pero no se levantó de la silla. Parecía aturdida, como si hubiera entrado en la típica «casa de la risa» de

una feria solo para darse cuenta de que la estaban persiguiendo unos payasos asesinos. Después de un minuto con la mirada fija, se estremeció y habló.

—¿Dónde está el Maestro de Ceremonias?

—¿Qué? —Parker volvió la cabeza hacia ella.

—Nuestro guía durante la fiesta. ¿No recibisteis instrucciones? —Abrió su bolso azul, cual pavo real, y desdobló una hoja de papel—. La mía vino con mi disfraz.

—La mía también —coincidió Ruby y leyó por encima del hombro de Juniper—. «Durante la cena de misterio y asesinato, interpretaréis a los personajes acompañados por vuestro guía, el Maestro de Ceremonias. Con su ayuda, encontraréis a la víctima, descubriréis las pistas y resolveréis el misterio».

—Bien. ¿Y dónde está? —insistió Juniper.

—A lo mejor está escondido. —A Ruby se le iluminaron los ojos—. ¡Uh! Quizás él sea la víctima. Eso sería un buen giro de los acontecimientos.

Juniper se encorvó sobre la mesa y volvió a leer las instrucciones. Al menos eso era lo que Gavin creía que estaba haciendo hasta que se dio cuenta de que estaba mandando *mensajes* por debajo de la mesa. Cuando su teléfono vibró, se deslizó en su silla y leyó el mensaje.

Tengo razón, ¿verdad? No deberíamos estar aquí solos.

Manteniendo la mirada por encima de la mesa, él respondió.

Definitivamente. A lo mejor Parker nos está gastando una broma. El dinero lo tiene y se está haciendo un puñetero cóctel mientras nosotros resolvemos las cosas.

Juniper resopló y miró a Parker. Este estaba haciendo girar su bebida y dándole tragos pequeños, cuando envió el siguiente mensaje.

Lo dudo. Investigué la beca durante días y no encontré nada sospechoso. Envié un correo electrónico a la fundación y recibí una respuesta bastante rápido. ¡Hasta encontré publicaciones en blogs de anteriores ganadores!

Gavin le contestó.

Entonces no es una broma de Parker. A menos que él de verdad...

Una voz femenina y vagamente robótica flotó en el aire. Gavin dejó el mensaje a medias. Tras examinar el comedor, localizó un par de altavoces sobre las puertas del patio.

—Por favor, entregad vuestros móviles —entonó la voz.

—Ehh... ¿Qué cojones? —Parker habló primero porque ese era el trabajo de Parker. Hablar antes de pensar—. ¿Entregarlos dónde?

—No es una persona —intervino Gavin con la voz pausada y paciente propia de un maestro de niños—. Es una grabación, seguro que la han configurado con un temporizador.

Parker le enseñó el dedo corazón. Detrás de ellos, Brett registraba la habitación, feliz de resolver el problema de Parker y que lo premiara por ser un buen perro. Dios, cuánto los despreciaba Gavin. Se dio cuenta de que, cuanto antes cediera su cuerda salvavidas al mundo exterior, antes comenzaría el concurso.

Se levantó de la silla. Había dos recibidores en la habitación, uno que conducía a un pasillo oscuro y otro que llevaba a una cocina. Gavin se dirigió hacia este último y vislumbró algo en el suelo de baldosas.

—Aquí. ¿Chicos?

Todos se giraron. Incluso Juniper, a quien Ruby estaba convenciendo de que se levantara de la silla, se volvió para ver lo que Gavin había encontrado en el suelo de la cocina. Un muñeco. Era uno de esos bebés de juguete que se meneaban y se contoneaban y a los que los niños pequeños les encantaban acunar, y había una bandeja frente a él con una tarjeta que decía APARATOS ELECTRÓNICOS.

Gavin vaciló. Había algo en el color del muñeco que hizo que se detuviera. Ese mechón de pelo negro como el ébano y esos penetrantes ojos azules... le recordaban a alguien. Creía que Ruby podría asustarse si veía la muñeca, por lo que la apartó hacia la izquierda, fuera del recibidor. Juniper ya estaba de los nervios por culpa de la piscina. No quería que una minucia hiciera estallar también a Ruby.

Dejó su teléfono en la bandeja. El siguiente fue Brett, que entregó el suyo junto con el de Parker, ya que este no quiso levantarse de la mesa y hacerlo él mismo. Las chicas fueron las últimas y, mientras Juniper se acercaba, Gavin vio que estaba agarrando su móvil como si se tratara de una balsa.

—No es más que una regla estúpida —le dijo, y le tendió la mano—. Seguro que el Maestro de Ceremonias cree que vamos a usar los móviles para hacer trampa.

—¿Cómo? —Juniper lo miró y luego a Ruby.

—Las cenas de misterio y asesinato tienden a seguir una fórmula determinada —explicó Ruby y le entregó su móvil a Gavin—. Puede que haya pistas sobre nuestros personajes en internet. Obviamente, nosotros no íbamos a jugar así, pero no todos son tan éticos aquí.

Ruby meneó las cejas, sin ni siquiera dignarse a mirar a Parker, y Juniper le dio su móvil.

Gavin dejó los móviles en la pequeña bandeja y, junto con el muñeco, la empujó lejos, hacia el interior de la cocina iluminada, en la que había una isla de mármol blanco. También había un taco para cuchillos en mitad de la isla, pero todas las ranuras estaban vacías. *Al menos no nos apuñalaremos por la espalda*, pensó con una sonrisa. Luego le lanzó una mirada al muñeco y se le aceleró el pulso.

El joven se apresuró en regresar a la mesa y se sentó mientras el intercomunicador cobraba vida.

—¡Bienvenidos y bienvenidas a la quinta cena anual de misterio y asesinato de la Fundación Burning Embers! Por favor, sentíos como en casa, tomaos una copa y presentad a vuestros personajes.

Gavin levantó su tarjeta de la mesa. En el exterior simplemente decía GAVIN MOON, pero en el interior había unos datos. El nombre de un personaje, un interés romántico, un arma y un secreto. Cerró la tarjeta tan rápido como la había abierto.

A su alrededor vio más de lo mismo: gente abriendo las tarjetas, analizándolas y luego cerrándolas. Brett se había ruborizado. Ruby fruncía el ceño. Parker se guardó la tarjeta en el bolsillo. Juniper era la única que parecía estar asimilando la información antes de reaccionar, pero no dejaba de lanzarle miradas al patio. Gavin deseó poder cubrir las puertas traseras con unas pesadas cortinas para así ocultar la piscina de su vista. Pero eso era lo que pasaba con los demonios; podían seguirte a través de las cortinas, podían seguirte a través del cristal. Los demonios de Gavin estaban enumerados dentro de su tarjeta:

1. Mi nombre es EL HOMBRE INVISIBLE.
2. Estoy enamorado en secreto de LA ACRÓBATA SUBACUÁTICA.
3. Mi arma es una CÁMARA porque OS DESENMASCARARÉ A CADA UNO.
4. Mi mayor secreto es que MATARÍA POR SER POPULAR.

Gavin resopló y negó con la cabeza. No mataría por ser popular. La popularidad podía irse a la mierda. Aun así, había una pizca de verdad en cada dato, y tenía la extraña impresión de que el personaje era una versión exagerada de sí mismo. Al menos, *esperaba* que fuera una versión exagerada. Sí, había traído una cámara, tal y como se le había ordenado, pero no tenía pensado «desenmascarar» a nadie esta noche.

Bueno, puede que a Parker si el colega no se callaba.

—Un momento.

Gavin empujó su silla y rodeó la mesa corriendo. Quería alcanzar la sexta tarjeta antes de que Parker se la arrebatara. A diferencia de las otras tarjetas, que habían sido dobladas para que se mantuvieran de pie, esta yacía tumbada sobre la mesa. Por eso todavía no la había tomado nadie. *Bueno, por eso y por el hecho de que somos unos narcisistas integrales*, pensó Gavin, *yo incluido*. Todos querían analizar sus propios personajes antes de pensar en nadie más.

Levantó la tarjeta y se le puso la piel de gallina. *Hay algo aquí que no es como en las demás*, pensó. Para empezar, la tarjeta no tenía un nombre completo en la parte externa. Solo letras dispersas:

a n e r i k

Y, en el interior, la lista también era diferente. Gavin se la leyó en voz alta al grupo:

1. Mi nombre es CARA DE MUÑECA.
3. Mi arma es EL FACTOR SORPRESA porque NADIE LO VERÁ VENIR.
4. Mi mayor secreto es QUE YA ESTOY AQUÍ.

—No hay número dos —señaló Ruby, que se había colocado junto a Gavin. Parker soltó un bufido, sin duda divertido por sus palabras.

Ojalá sea el primero en morir, pensó Gavin, y tragó saliva, sin saber de dónde había salido aquel pensamiento. Sí, estaban en una cena de misterio y asesinato, pero no iban a ser las víctimas. Estaba seguro de ello.

¿No?

Parker le arrebató la tarjeta de la mano a Gavin, lo que lo sacó de sus pensamientos.

—A lo mejor Cara de Muñeca no ama a nadie —sugirió Parker, revelando más de lo deseado. Hasta aquel momento, Gavin no estaba seguro de que las tarjetas de todos fueran como la suya. Ahora se sentía con la confianza suficiente como para suponer que todas las tarjetas enumeraban los mismos datos, excepto esta.

Ruby ladeó la cabeza.

—Pero ¿qué sentido tiene no incluir el número? ¿Por qué no enumerarlos uno, dos y tres?

—Porque la ausencia es significativa —respondió Parker, y le lanzó una mirada al candelabro. Le echó un vistazo a las velas encendidas del mismo modo en el que Juniper había observado la piscina. Todos ellos tenían una debilidad.

—Claro —intervino Gavin al percatarse de la respuesta—. Cara de Muñeca no tiene ninguna debilidad.

—¿Crees que el amor es una debilidad? —Juniper lo miró con el ceño fruncido, y él se sonrojó y apartó la mirada.

—El amor sí es una debilidad. —Ruby miró a Parker, vestido con su impecable traje verde—. Pero luego hay algunas personas que creen que están enamoradas cuando, en realidad, solo son inseguras.

Brett se volvió hacia ella.

—¿Por qué no te metes tus insultos por el…?

—Ehh, ehh —intervino Gavin. Si iban a hacerse pedazos los unos a los otros, podían hacerlo después de haber resuelto este misterio—. No estoy diciendo que el amor sea una debilidad. Estoy diciendo que la gente puede usarlo en tu contra.

Juniper asintió.

—Como los superhéroes, que siempre intentan permanecer solteros porque saben que el villano perseguirá a la persona que aman.

—Está bien, levantemos la mano —propuso Ruby mientras alzaba la suya. Llevaba unos guantes escarlatas que le llegaban hasta el codo, exactamente del mismo color que su cabello—. ¿La tarjeta de quién menciona un interés amoroso?

Todos levantaron la mano excepto Brett. Juniper se acercó más a él.

—Es solo un juego —dijo—. Unos personajes. Vamos, Brett.

A Gavin le sorprendió la dulzura con la que le habló, como si fuera un cachorro falto de amor y no el secuaz de un monstruo. Pero Juniper había conocido a Brett antes de que se enredara en la telaraña de Parker, y debía estar acordándose de aquel niño de rostro dulce. Gavin no tenía el lujo de recordar a Brett con cariño.

Solo quería olvidar.

Al fin y al cabo, ambos solían ser amigos. Ahora parecía imposible, pero en la primaria Brett y Gavin eran inseparables. Solían quedar en el bosque detrás de sus casas e irse de aventuras. Arrancaban ramas del suelo y las blandían como espadas. Buscaban tesoros. Una vez, encontraron un nido de pájaros que se había caído de un árbol, y Brett, que en aquel entonces tenía seis años, rompió a llorar, preocupado porque los bebés no consiguieran sobrevivir.

Ahora parecía que iba a volver a llorar. Gavin sintió el extraño impulso de acercarse a él. Pero sabía *exactamente* cómo terminaría eso, sabía cómo terminaba siempre desde que Parker había entrado en escena.

Lentamente, Brett levantó la mano y habló.

—Mi personaje tiene un interés amoroso.

—Vale, todo el mundo tiene una debilidad —concluyó Gavin—, excepto Cara de Muñeca. ¿Qué hay de estas letras? —Hizo un gesto hacia la parte frontal de la tarjeta.

—Quizás sea un anagrama —sugirió Parker.

—¿Con seis letras? Todos los demás tienen su nombre completo en la tarjeta. Un momento... —Gavin volvió a examinar la tarjeta y siguió el trazo de las letras con los dedos—. Las iniciales de todos están en mayúscula. ¿Verdad? —Alzó su tarjeta para que pudieran ver el nombre GAVIN MOON impreso en caligrafía en la parte delantera.

Todos asintieron, incluido Brett.

—Bien, pues estas letras están todas en minúsculas —indicó, señalando la tarjeta de Cara de Muñeca—. O sea que a lo mejor no es un anagrama, sino que faltan *algunas* letras y tenemos que rellenarlo con ellas. Podemos dar por hecho que dos de las letras que faltan son las iniciales de esta persona.

El intercomunicador cobró vida y Gavin casi esperó que la voz le otorgara puntos por su descubrimiento. En lugar de eso dijo:

—Por favor, sentíos como en casa, tomaos una copa y presentad a vuestros personajes.

Juniper se estremeció y Gavin se quitó la chaqueta para ponérsela sobre los hombros.

—Gracias —dijo, y agarró los bordes de la prenda—. ¿Sigues pensando que es una grabación temporizada?

—Estoy menos seguro que hace un minuto. Pero, bueno, empiezo yo. —Con voz retumbante, Gavin anunció—: Soy El Hombre Invisible.

—La Antorcha Humana —continuó Parker para no ser eclipsado—. Lo cual no tiene sentido, por cierto, porque voy de verde.

Todos miraron su traje de un verde bosque. Fue Ruby quien hizo la conexión.

—¡Claro! Eres la parte más caliente de la llama —conjeturó, ante lo que Parker sonrió.

—Soy La Acróbata Subacuática —murmuró Juniper.

—El Estómago de Hierro. —Ese era Brett, y hacía años que Gavin no lo escuchaba hablar en voz tan baja. Se preguntó si el joven estaría conmovido de verdad. Bajo la luz de la lámpara de araña, su traje de color morado oscuro hacía que pareciera un moretón.

—Y yo soy El Truco de Desaparición —terminó Ruby con estilo. Gavin esperó a que hiciera una reverencia, pero no lo hizo.

Después de un minuto, el intercomunicador volvió a hablar:

—Por favor, sentíos como en casa, tomaos una copa y presentad a vuestros personajes.

—¡Eso acabamos de hacer! —ladró Parker, peleándose con el intercomunicador de la forma en que se peleaba desde el coche con la ventanilla del autoservicio. Gavin lo sabía de sobra. Una vez, cuando era estudiante de segundo año, Brett lo arrojó al maletero de Parker y, juntos, los chicos dieron un paseo por la ciudad y compraron comida, luego consiguieron alcohol de forma ilegal en el mercado local y, finalmente, intentaron ligar con chicas fuera de alguna discoteca de mala muerte.

—Por favor, sentíos como en casa, tomaos una copa y presentad a vuestros personajes. Por favor, sentíos como en casa, tomaos una copa y presentad a vuestros personajes. Por favor…

—¡Nos hemos presentado! ¡Nos hemos tomado una copa! ¡Nos…! —Parker se quedó inmóvil, con la mirada fija en Gavin—. Eres tú.

—¿Qué? Yo me presenté primero.

—Mira tu copa de vino. —Parker soltó un bufido y le lanzó una mirada a Brett. Ambos chicos ya se habían terminado sus bebidas. El vaso de Ruby solo estaba medio lleno. Incluso Juniper le había dado un sorbo o dos.

Eso dejaba a Gavin y solo a Gavin, y Parker nunca dejaría que lo olvidara.

—Al bebé le da miedo el zumo de manzana.

—No me da miedo —gruñó Gavin. Odiaba la facilidad con la que Parker lograba irritarlo—. Es solo que no pienso beber nada que *tú* hayas servido. Seguro que le has echado…

Parker lo interrumpió con una carcajada.

—Adelante, compruébalo. Tampoco es que sepas a qué huele el *whisky*...

—Por el amor de Dios. —Gavin agarró su vaso e inhaló profundamente. Cuando el olor le golpeó las fosas nasales, se sacudió hacia atrás con los ojos llenos de lágrimas. Había algo *raro* en el zumo. Quería comprobar los vasos de los demás para ver si sus bebidas olían igual, pero no sabía cómo hacerlo sin provocar la ira de Parker.

Gavin inhaló de nuevo, pero su coordinación estaba fallando. Se le nubló la vista y sintió como si sus fosas nasales estuvieran en llamas. Le habían echado algo acre en el vaso. Algo que uno olería en un laboratorio de química o...

—¿Gavin? —La voz de Juniper sonaba débil, como si lo estuviera llamando desde un túnel.

—Me...

Dejó la copa de vino sobre la mesa y se inclinó lejos de ella, pero sus movimientos eran más bruscos de lo que hubiera esperado. Cuando se tambaleó hacia atrás, la silla se tambaleó con él. Juntos, se volcaron. Juntos, perdieron el equilibrio. Gavin extendió los brazos para protegerse la cabeza. Lo último que vio fue a Parker mirándolo con los ojos verdes que brillaban como esmeraldas bajo la luz de la lámpara de araña.

Luego, cerró los párpados y no vio nada más.

6.

ATURDIDO

Cuando Gavin cayó al suelo, Brett saltó de su silla. El corazón le latía muy fuerte. ¿Alguien le había echado algo a la bebida de Gavin? ¿O todo esto era parte del juego? Era curioso lo fácil que resultó olvidarse de que estaban en una cena de *misterio y asesinato* cuando un compañero de clase se desmayaba sobre la madera, pero Brett no era el único que estaba confundido.

Todos corrieron junto a Gavin.

Parker llegó primero. Llevó su mano a la boca de Gavin para asegurarse de que respiraba al tiempo que Juniper le comprobaba el pulso. Brett no recordaba un momento en el que ella no jugase a los médicos (y no precisamente a los divertidos). Mientras tanto, Ruby se mantuvo cerca del cuerpo, lucía especialmente pálida. Bueno, tratándose de Ruby era difícil saberlo; para empezar, era tan blanquecina como un fantasma. De hecho, Brett siempre la había considerado como alguien cuya existencia se disolvería si no se alimentaba de la energía de chicos como Parker Addison. Todos a los que tocaba terminaban rotos o muertos.

—Sus signos vitales están bien —aseguró Juniper desde su lugar en el suelo—. Pero creo que deberíamos llamar a una ambulancia, en caso de...

—Lástima, qué mal —interrumpió el intercomunicador—. El Hombre Invisible sabía demasiado. Pero ¿quién en este grupo quería silenciarlo?

La respiración de Brett se aceleró. Tenía miedo de decir lo que estaba pensando, que sabía exactamente quién quería silenciar a Gavin. Su mirada se movió involuntariamente hacia la izquierda, hacia el chico que estaba extendiendo el brazo para agarrar la copa de vino de Gavin.

—Todo forma parte del juego —dijo Parker mientras hacía girar el contenido del vaso. Pero debía de haber zumo por fuera, ya que el vaso se le resbaló de las yemas de los dedos. Y terminó en el suelo.

—¡Mierda! —Dio un salto hacia atrás cuando el cristal se rompió—. No ha sido culpa mía —se excusó rápidamente.

Juniper lo fulminó con la mirada. Ambos se reunieron alrededor de la copa de vino caída en busca de indicios de contaminación. No había nada. Nada en el cristal ni en el líquido ambarino esparcido por el suelo. Sin embargo, algunas cosas no dejaban residuos, y Parker debía de saberlo, porque se llevó un fragmento del cristal a la nariz.

—No lo hagas —ordenó Brett—. Te vas a cortar.

Maldita sea. No debería haber dicho eso. Había sido bueno, muy bueno durante el último año. Se había distanciado de Parker. Había dejado de hacer polvo a la gente, tanto dentro como fuera del *ring*. Y si bien mantenerse alejado de los problemas nunca podía confundirse con la expiación, tenía la esperanza de que, en algún momento, llegase a un punto en el que su pasado se alejase de él y pudiera ser inocente.

Entonces Parker se metió y todo se fue a tomar por saco.

Por suerte, ahora estaba *yendo* a lavar sus manos en la cocina. Juniper exhaló antes de hablar.

—Bien pensado, Brett. Si se hubiera cortado la mano, cualquier droga habría ido directamente a su torrente sanguíneo.

—Juniper, es un juego. —Ruby puso los ojos en blanco—. ¿Ves cómo Gavin se cubre la cara con el brazo? Es para ocultar cómo sonríe. ¡Si ni siquiera ha bebido!

—Lo sé —dijo Juniper, visiblemente conmocionada—. Pero quiero asegurarme de que...

—Mirad. —Ruby se arrodilló y le hizo cosquillas a Gavin en las costillas. Este suspiró y se retorció un poco, como si quisiera acurrucarse sobre sí mismo—. ¿Veis? Está intentando no reírse. Es muy bueno...

—Ehh, chicos —intervino Parker, que volvía de la cocina—. Creo que se supone que debemos seguir el juego.

—Uh, estrellas mías —dijo Ruby con un ridiculísimo acento sureño—. Nuestro querido amigo Gavin ha partido... Leamos su tarjeta —agregó, y mostró una breve sonrisa traviesa.

Tan rápido como se metió en el personaje, salió de él. Como era lógico, sería más fácil seguir el juego si hubiese actores contratados en aquel lugar. Uno no podía meter a cinco compañeros de clase juntos en una habitación y esperar que no se salieran de sus personajes ni por un segundo. Sobre todo porque les acababan de dar los detalles de sus personajes. *Pero hasta eso es sospechoso*, pensó Brett, mientras Juniper alzaba la tarjeta de Gavin del suelo. Si él era la víctima del asesinato, debería haber sabido que ese iba a ser su papel antes de llegar aquí. Y si tenían que creerse lo que les había contado el intercomunicador, uno de los presentes era el asesino. A Brett, desde luego, no le dieron ninguna indicación sobre si su personaje era culpable o no cuando recibió su invitación, pero quería estar preparado para esa posibilidad.

Quería ganar.

A estas alturas, Juniper había desdoblado la tarjeta de Gavin y se la estaba leyendo en voz alta al grupo.

—«Mi nombre es El Hombre Invisible. Estoy enamorado en secreto de La Acróbata Subacuática. Mi arma es una cámara porque os desenmascararé a cada uno. Mi mayor secreto es que mataría por ser popular».

—Matar por ser popular. Adorable. —Ruby resopló y Brett no pudo evitar preguntarse si estaba tratando de distraer al grupo de la reacción de Juniper. Se le había puesto el rostro rojo como un tomate ante la mención de «La Acróbata Subacuática». La tarjeta de Gavin era demasiado precisa. En silencio, Brett examinó al grupo, y se imaginó qué diría cada tarjeta en el caso de que allí apareciera la verdad.

Su nombre es La Antorcha Humana, pensó, mirando a Parker, *y está enamorado de El Truco de Desaparición*.

Esa fue fácil. Juniper también era bastante simple de describir. Ella era La Acróbata Subacuática y, de creerse los rumores que circulaban por el instituto, estaba enamorada de la chica sentada a su lado. Sin embargo, Brett nunca había tenido la impresión de que Juniper quisiera empujar a Ruby contra una pared y besarla. Juniper estaba obsesionada con ella de la misma forma en la que las niñas pequeñas están obsesionadas las unas con las otras antes de saber de la existencia de los chicos, como si de verdad hubiese creído que las dos crecerían, se casarían, tendrían hijos y seguirían queriéndose más que a nadie.

Por desgracia, las cosas no salieron como Juniper quería. Ruby lo arruinó todo al enamorarse demasiado. Primero de Parker y luego… Bueno, Brett todavía no sabía la verdad sobre Ruby y Shane. Incluso después de ver el vídeo.

—Lo primero es lo primero —dijo, mirando al chico en el suelo. La camisa de Gavin estaba arremangada hasta los codos y tenía el chaleco torcido—. ¿Por qué Gavin es El Hombre Invisible? Va vestido como un periodista.

—Es el observador —respondió Juniper al instante—. Nos ve a todos. Nadie lo ve a él.

Brett asintió con la cabeza. Al fin y al cabo, Gavin nunca habría conseguido lo que logró en aquella fiesta el año pasado si la gente lo hubiera estado mirando.

—Vale, tiene sentido que él sea la persona que muera en el caso de que tuviera el poder de ver todo sin ser visto. Pero ¿qué sentido tiene que viniera a la fiesta?

—Quizá la fundación le pagó —sugirió Juniper—. Habría sido mucho menos de cincuenta mil. Eso es lo que os ofrecieron a todos, ¿verdad?

—Una *beca* de cincuenta mil dólares —contestó Ruby al instante.

Pero Parker pronunció la palabra *sip* casi como si se le hubiera quedado atascada en la garganta. Brett conocía este viejo truco. Por muy persuasivo que fuese Parker, una parte de él siempre quería que la gente supiera cuándo mentía. Tal vez quería que lo pillaran, o tal vez quería demostrar que podía ir dejando pistas y, aun así, salirse con la suya en lo que quisiera. Fuera como fuere, los ojos de Brett se dirigieron a la bolsa de lona que colgaba del hombro de Parker y se preguntó qué estaría ocultando.

—A ver, pregunta —dijo Juniper tras un minuto—. ¿Ninguno pensó que era raro? En plan, ¿ninguno piensa que todo esto es extraño?

Brett tragó saliva y se le retorció el estómago ante aquellas palabras.

—Sí, es un poco raro. Pero ¿qué opción teníamos?

Un silencio se apoderó del grupo mientras todos pensaban en lo que querían y en lo desesperados que estaban por conseguirlo. Un año atrás, Brett había sido una estrella en alza en el *ring*. Juniper iba camino de convertirse en la mejor alumna. Ruby estaba preparando su audición para Juilliard; mientras que Gavin y Parker consultaban las universidades de la Ivy League.

Entonces, luego de una noche trágica, todo cambió.

—Me va bien —dijo Juniper, mientras se miraba las manos—. Si supero todos los exámenes finales y hago trabajos que me den puntos extra, estaré bien —continuó, y nadie la corrigió. Ella estaría bien, lo que significaba que podría ir a la facultad que quería. Pero adiós a lo de convertirse en la mejor de la promoción. Adiós a que le cubrieran el coste de la universidad. Esas eran las consecuencias por haber perdido un mes de clases.

Como era lógico, en las semanas posteriores al accidente, ninguno de ellos obtuvo unas calificaciones particularmente estelares. Toda beca académica se esfumó junto con el humo. Y para alguien como Brett, cuyas calificaciones eran mediocres desde un principio, dejar el boxeo significaba perderlo todo.

Necesitaba este dinero más que nadie.

—Vale, lo básico lo tenemos —dijo—. Pero si Gavin es la víctima, eso significa que hay pistas… ¿*en* él? ¡Claro! Juniper, comprueba la chaqueta.

—¿Qué? —Juniper entrecerró los ojos. Era evidente que se le había olvidado que Gavin le había puesto la chaqueta sobre los hombros momentos antes. Se la quitó y les dio la vuelta a los bolsillos—. Nada —comunicó.

—Espera. —Parker se agachó y deslizó una mano dentro del bolsillo del pantalón de Gavin. Fue incómodo de ver, pero, segundos después, sacó un trozo de papel arrugado—. Ole —canturreó, alisando la nota—. «Espera un cuarto de hora… Muéstrate reacio a tomarte una copa… En cuanto toques el zumo con los labios, cáete». Me cago en… Solo son sus instrucciones.

Juniper tomó la nota y la leyó en silencio.

—Menos mal. Pensé que estaba… —Se interrumpió y sacudió la cabeza—. Me has dado un susto enorme, idiota —le dijo a Gavin, que suspiró a modo de respuesta.

—Te dije que estaba actuando —intervino Ruby con una sonrisa—. Ahora hay que encontrar a su asesino. Pero ¿dónde…?

La música llegó desde el pasillo a modo de respuesta. Una música de carnaval que encajaba perfectamente con la temática de sus personajes. Todos en el grupo se giraron para mirarse; bueno, todos menos Gavin.

Luego salieron disparados de la habitación.

Se detuvieron al pie de una gran escalera de hierro forjado que subía en espiral hasta el segundo piso. La música venía de arriba. Sin embargo, no todo el mundo estaba hipnotizado por la escalera y todos los secretos que se encontraban al otro lado. Ruby se había girado y estaba mirando a sus espaldas.

—La puta entrada a Narnia —dijo Brett tras seguir su mirada. Allí, presionado contra la entrada principal de la casa, había un armario. El joven se acercó a él. Había visto suficientes películas como para saber que los asesinos tenían cierta tendencia a esconderse en lugares absurdos y, aunque el intercomunicador insinuó que fue uno de *ellos* el que quiso silenciar a Gavin, a Brett no le habría sorprendido lo más mínimo toparse con a otro asesino acechando cerca. Después de todo, la mesa estaba preparada para seis personas, y la tarjeta de Cara de Muñeca decía: «Ya estoy aquí».

A lo mejor el truco consistía en dar con ella.

Por desgracia, el armario estaba vacío. Ni siquiera guardaba abrigos de invierno. Y por mucho que a Brett le encantara la idea de adentrarse en otro mundo cuando era un niño, hacía mucho tiempo que había renunciado a encontrar soluciones mágicas a sus problemas.

—¿Por qué está esto aquí? —preguntó, e intentó empujar el armario lejos de la puerta. No se movió. Ni un milímetro—. ¿El Maestro de Ceremonias está tratando de mantenernos dentro de la casa?

Parker negó con la cabeza.

—Creo que significa que la puerta principal está prohibida. Como si tuviéramos que quedarnos…

—En ciertas áreas de la casa —completó Brett, e inmediatamente le dieron escalofríos. ¿Por qué había dicho eso? ¿Por qué acababa las oraciones de Parker como si los uniera un *vínculo*? Parker se limitó a asentir con la cabeza, sonriendo de esa manera alegre y sencilla tan propia de él. Su sonrisa era como el sol. Calentaba cada centímetro de Brett.

—Eso explicaría por qué la puerta trasera no está bloqueada —razonó Ruby—. Se supone que tenemos que investigar el patio.

—La piscina —intervino Juniper, abrazándose a sí misma. Ruby le pasó un brazo alrededor de los hombros. Fue un gesto dulce y reconfortante, y para nada propio de Ruby. Pero, claro, ella no siempre había sido la estatua insensible que era ahora.

El último año los había cambiado a todos.

—Subamos las escaleras entonces —propuso Ruby, y dejó caer el brazo. Sin embargo, se quedó al lado de Juniper, y Parker la siguió de cerca. Brett estaba al frente de la manada, subiendo los escalones de dos en dos.

—¿Qué creéis que vamos a encontrar? —preguntó, lanzando las palabras detrás de él.

Nadie respondió, pero todos estaban corriendo escaleras arriba, adentrándose en la exploración. Brett comenzó a sentirse como un niño otra vez, como cuando corría por el bosque en mitad de la noche. Hubo un verano, cuando tenía seis años, en el que se escapaba *todas las noches* para encontrarse con Gavin en el bosque y, juntos, le habían dado de comer a un par de pajaritos con un cuentagotas. Los pájaros se habían caído de su nido durante una tormenta y Brett se había negado a dejarlos morir.

Ahora, mientras saltaba para llegar al final de las escaleras, se dijo a sí mismo que podía salvar otra vida. La suya. Lo único que tenía que hacer era ser el primero en resolver el misterio. Frente a él se extendía un pasillo oscuro con paneles de madera que daba a cinco puertas. Se acercó a la primera de la izquierda. Alguien había pintado una gota de agua sobre ella. Era un dibujo tosco y simple, como lo que un niño pequeño garabatearía cuando sus padres no estuvieran mirando.

—La Acróbata Subacuática —dijo Brett. Cuando Juniper se tensó, agregó—: Creo.

Pero sabía que tenía razón. Incluso antes de encontrar su propia puerta, con una pequeña espada desenvainada, supo que tenía razón. La puerta de Parker tenía una llama. La de Ruby, un fantasma. Mientras el grupo se dirigía a la puerta del final del pasillo, Brett se fijó en el cuadro colgado en la pared. Una familia de cabello negro le devolvió la mirada, dos padres y dos hijos. Una niña y un niño.

—¿Qué coño? —murmuró Parker.

Brett giró la cabeza bruscamente hacia un lado.

—¿Qué pasa? —preguntó con la boca cada vez más seca. La imagen de aquellos niños era perturbadora.

—Aquí no hay nada —afirmó Parker, señalando la quinta puerta—. A lo mejor Gavin no tiene una habitación. Al fin y al cabo, está muerto. —Hizo grandes comillas en el aire en torno a la palabra *muerto*, como para asegurarles que estaba bromeando.

Aun así, a Brett se le formó un nudo en el estómago.

—Deberíamos mirar dentro —dijo Ruby mientras alargaba la mano hacia el pomo de la puerta, y el dolor de estómago de Brett empeoró. Estaba bastante seguro de que la música venía del interior de esa habitación.

Contuvo la respiración cuando Ruby giró el pomo.

—Está cerrada —informó, y quitó la mano como si se hubiera quemado. Sin hablar, los cuatro regresaron a sus respectivas puertas. Brett y Parker sacudieron los pomos de las suyas para ver si estaban abiertas.

Lo estaban.

—Creo que es bastante obvio lo que tenemos que hacer —dijo Brett. Todos parecían un poco más pequeños que hacía un minuto. La regla número uno para salvarse de un asesino era: *No os separéis.*

A pesar de ello, ninguno iba a ser el primero en echarse atrás. Su misterioso benefactor había formado el grupo perfecto. Cada uno tenía un secreto. Cada uno tenía una obsesión. Cada uno tenía un arma, probablemente, teniendo en cuenta cómo se había distribuido la tarjeta de Brett. Si el Maestro de Ceremonias jugaba bien sus cartas, nunca tendría la necesidad de revelarse esta noche. Los jugadores se encargarían de la competición. De jugársela los unos a los otros. De apuñalarse los unos a los otros por la espalda.

Todos juntos abrieron las puertas y entraron en las habitaciones.

7.

ILUSIONES DE LA INFANCIA

Juniper entró en el primer dormitorio a la izquierda y cerró la puerta tras ella. Durante un minuto consideró bloquearla con algunos muebles, pero no tenía ningún sentido impedirles la entrada a sus compañeros de clase. Solo estaban jugando.

Eso era lo que se repetía a sí misma, pero cuando se dio la vuelta y asimiló el contenido de la habitación, contuvo el aliento. El lugar estaba dispuesto como si fuera un dormitorio universitario. Había una cama individual a cada lado de la habitación, una con un edredón escarlata y otra con uno de un sobrio color blanco. Juniper supo en un instante cuál era la suya. Pero mientras caminaba sobre el suelo de madera, pensó que en realidad no importaba. Ambos lados de la habitación estaban decorados igual: las paredes estaban cubiertas con fotografías de dos niñas sonrientes; una de piel morena y cabello oscuro, y la otra, pelirroja de piel pálida. Juniper y Ruby disfrazadas de ángel y demonio para Halloween. Juniper y Ruby en la feria montando unos ponis en miniatura. Juniper y Ruby dando clases de natación juntas.

Tragó saliva y se apoyó contra la pared. La sensación de vértigo era aplastante, como si la estuviera partiendo en dos. El Maestro de Ceremonias había creado el efecto único de lanzarla al pasado y al futuro al mismo tiempo. Las paredes eran un testimonio de todo lo que había sido, pero el resto de la habitación era un santuario de aquello que nunca podría ser.

Las camas eran la punta del iceberg. En la mesita de noche de Juniper —la mesa junto a la cama del edredón blanco reluciente— había una copia de *Anatomía de Gray*, un título de Medicina enmarcado y un montón de tarjetas de felicitación hechas a mano. Tras abrir la que estaba arriba, Juniper leyó la tosca escritura negra que bailaba sobre la cartulina morada:

Estimada Dra. Torres:
¡Gracias por salvarle la vida a mi mami! Ahora está mucho mejor.

Tu amiga,
Quinn P.

Juniper se estremeció y cerró la tarjeta. El nombre «Quinn P.» no le decía nada, pero la intención del Maestro de Ceremonias era clara. Esta habitación era una representación de todo lo que Juniper quería: el dormitorio, el título en Medicina, las cartas de los hijos de los pacientes a los que había salvado. El nivel de detalle era asombroso. Era como si alguien le hubiera metido la mano en el pecho y se hubiera apoderado de su corazón. Cada deseo, cada anhelo estaba expuesto ante ella. Si hubiera tenido un diario, habría jurado que alguien se lo había robado.

Pero ahí estaba la cosa: Juniper no tenía ningún diario. Ni siquiera tenía un blog anónimo. No había forma de que el Maestro de Ceremonias supiera tanto sobre ella, a menos que la hubiera estado observando durante mucho tiempo.

O hubiera irrumpido en su verdadero dormitorio.

Le flaquearon las piernas, se sentó en el borde de la cama y respiró de forma lenta y mesurada. Tenía que haber una explicación lógica para esto. La mitad de su curso sabía que quería ser médica, y cualquiera que tuviera acceso a su perfil de Facebook podría haber impreso las fotos.

No estaban acosándola.

Casi había calmado los latidos de su corazón cuando se percató de la fotografía que había sobre la cómoda. A diferencia de las demás, que estaban pegadas en la pared, esta estaba sola en un marco de caoba. Mientras se acercaba a ella, la sangre comenzó a bombear en los oídos de Juniper. Esta foto *no* estaba en ninguno de sus álbumes de Facebook.

Había eliminado esa foto. Había sido tomada en Nochebuena, ocho años atrás. Juniper y Ruby —por supuesto— estaban sentadas junto a un centelleante árbol y sostenían dos regalos sin envolver.

Muñecas de porcelana.

¿Bonitas o aterradoras?, pensó Juniper con un amago de sonrisa. Cuando las dos eran pequeñas, creían que las muñecas eran bonitas, pero a medida que habían ido creciendo, su percepción había cambiado. Las muñecas se volvieron aterradoras. Sus espeluznantes ojos de cristal observaban a las niñas mientras se acurrucaban en la cama, y aquellos perfectos labios arqueados, en función de la luz con la que se mirasen, parecían estar curvados en una sonrisa. Al final las niñas reunieron todos sus juguetes y los dividieron en dos secciones: *bonito* o *aterrador*. Cualquier cosa que cayera en la categoría *aterrador* sería quemada en una hoguera.

Ahora, afectada por aquellos perfectos rostros de porcelana, Juniper colocó la fotografía boca abajo sobre la cómoda. Fue entonces cuando notó el regalo que había detrás. La caja era pequeña y negra, y estaba envuelta con una bonita cinta roja. Sabía que debía dejarlo exactamente donde estaba y largarse de la habitación.

Pero no lo hizo. Si aquel lugar albergaba sus deseos más profundos, esa caja podría contener su secreto más oscuro. Necesitaba descifrar lo que sabía el Maestro de Ceremonias y, además, solo tardaría unos segundos en abrir el regalo. ¡Vaya, la cinta ya estaba quitada! Enseguida levantó la tapa. En el interior encontró una hoja de papel doblada y, debajo de esta, la caja estaba moldeada para que pudiera meter un objeto. Metió la mano en su bolso. Sacó el objeto que el Maestro de Ceremonias le había pedido que trajera a la cena de misterio y asesinato.

El *arma*.

Algún arma, pensó, colocándola en su lugar. El rotulador de un rojo vivo encajaba perfectamente, como si la caja estuviera hecha para él. Juniper pensó que lo más seguro era que fuera así y desdobló la hoja de papel con manos temblorosas. Era una fotocopia de dos billetes de avión. Ambos a Cuba para el 13 de junio, el día después de la graduación. Debajo de los billetes alguien había escrito: «Entrega tu arma y haré realidad todos tus sueños».

Unos temblores recorrieron los brazos de Juniper, lo que provocó que se tambaleara. La habitación había sido bastante inquietante. Pero esto era demasiado real. Dos billetes para Cuba, el lugar exacto al que Ruby y Juniper querían ir, el día exacto que habían planeado marcharse. Esto era cruel.

—Jamás irá conmigo —dijo Juniper, parpadeando para contener las lágrimas. Le estaba hablando a una habitación vacía. Al Maestro de Ceremonias. A ella misma. Incluso mientras lo decía, su mente se dejó llevar por los «y si». Si pudiera convencer a Ruby de que se subiera al avión, pasarían una semana lejos de este lugar. Una semana lejos de los recuerdos. Los errores. Podría disculparse por el dolor que había causado, ambas podrían hacer las paces…

No, pensó Juniper. *Esto es ridículo. Una tontería como la copa de un pino*. Tenía que buscar a Ruby y salir de la mansión. Podían llevar a Gavin entre las dos, en el caso de que no estuviese fingiendo que estaba dormido. Parker y Brett podrían seguirlos. O podrían matarse entre ellos para ganar un premio.

Un escalofrío atravesó el estómago de Juniper, y fue a sacar el rotulador de la caja. Sin embargo, cuando rozó la punta con los dedos, oyó un grito que procedía de la habitación de al lado. Luego un estruendo, como el de un cuerpo golpeando contra la pared.

Ruby.

8.

NIÑA DE PAPÁ

Ruby tomó bocanadas de aire lentas y mesuradas. Estabilizó las manos. Pero no pudo estabilizar su corazón. Cada vez que le echaba un vistazo al dormitorio y a su espeluznante distribución, se le encogía el estómago y el corazón le latía con más fuerza.

Estaba de pie en una habitación sacada de sus sueños. Había una colcha de terciopelo rojo tan vieja que estaba adquiriendo un toque rosado, así como una cómoda cubierta con joyas antiguas. Ruby adoraba las cosas viejas y olvidadas a las que nadie quería. Ninguno de sus peluches tenía sus ojos originales, y este lugar era un reflejo de ello. Media docena de osos de peluche estaban esparcidos por la cama, cada uno con cuentas brillantes en lugar de ojos.

Rojos, por supuesto. El color favorito de Ruby.

Se acercó a la cama y acunó un osito de peluche contra su pecho. Fue reconfortante, incluso en esta extraña situación. Se subió a la colcha de terciopelo y se recostó en la cama con la esperanza de calmar los latidos irregulares de su corazón.

Tardó un momento en darse cuenta del hombre. La estaba mirando desde el techo, con el cabello pelirrojo despeinado. Con unos ojos marrones brillantes. Aquí, estaba sonriendo. Aquí, estaba pensativo. Aquí, estaba sosteniendo a un bebé pelirrojo en sus brazos y miraba a la niña con tanto amor que a Ruby se le llenaron los ojos de lágrimas.

Se sentó muy erguida, pero no pudo escapar de él. Sobre la mesita de noche había una fotografía enmarcada que hicieron en un pícnic y en la que estaba toda la familia Valentine. Madre, padre e hijas. Era la última fotografía que se habían hecho juntos antes de que su padre desapareciera.

Ruby gritó y lanzó la fotografía contra la pared.

El cristal se rompió. El sentimiento de reivindicación le inundó el pecho, y por un instante se sintió mejor. Luego, se deshizo en lágrimas. Tenía la vista nublada cuando Juniper irrumpió en la habitación, una mancha de lentejuelas azules y cabello negro.

—¿Qué ha pasado? —preguntó Juniper, que se colocó junto a ella a toda prisa—. ¿Había alguien aquí? ¿Te ha hecho daño?

Ruby levantó un dedo y señaló. Allí, en el suelo, yacían los restos destrozados de la fotografía. Juniper se acercó sigilosamente y levantó el marco de madera.

—¿Quién ha tirado esto?

Esta vez Ruby se rio de verdad, antes de que su sonrisa se desvaneciera.

—Yo.

Juniper entrecerró los ojos.

—Tú has lanzado… Ah. —La comprensión se le reflejó en el rostro al observar el *collage* que había encima de la cama. Era como un santuario para el padre de Ruby. Había fotografías gigantes del tamaño de un póster. Y también copias pequeñitas tamaño cartera.

—Vale, tengo una pregunta que hacerte —dijo Juniper.

Ruby miró al suelo. Incluso ahora, dos años después, ver la sonrisa de su padre hacía que se doblara del dolor y que le fuera difícil respirar. No importaba cuánto tiempo pasara, el dolor permanecía intacto.

—Adelante.

—¿De dónde han salido estas fotos? Pensé que tu madre lo había roto todo después de que él se fuera.

Ruby asintió lentamente.

—Así es —respondió tras un minuto, sin estar segura de cuánto debía decir—. Pero nunca descifró la contraseña de su perfil de Facebook. Durante un tiempo, siguió mirándolo por si lo actualizaba, cada hora; estaba obsesionada. Buscaba una señal de que él estaba ahí fuera. Tras un año sin obtener nada terminamos bloqueándolo, porque no pudimos... —Se fue apagando y dejó caer la cabeza entre las manos.

—Lo siento —susurró Juniper, y Ruby supo lo que se avecinaba. Incluso antes de que las palabras atravesaran sus labios, lo sabía—. Perdón por lo que está pasando ahora y por lo que yo...

—No. —Ruby se levantó de la cama y cruzó la habitación—. No quiero hablar de eso. Quiero salir de aquí.

—Saldremos —afirmó Juniper a su espalda—. Pero necesito que escuches esto aunque sea una vez. De haber sabido que se marcharía porque...

—¿Qué creías que iba a pasar? —Ruby se dio la vuelta—. Llamaste a la policía.

—Ruby.

—La *policía*. ¿Tienes idea de lo que es que unos desconocidos entren en tu casa y te hagan las preguntas más personales y humillantes? Preguntas sobre si tu padre te toca y «¿puedes mostrarme dónde?» y «¿puedes decirme cuántas veces?». ¡Por Dios, ni siquiera fue así!

—No, no fue así. —Había un tono de crispación en la voz de Juniper—. Solo eran moretones en la parte interior de tu codo. Pequeñas huellas con forma de medialuna en tu cuello. Y luego vino el día en que llegaste a la escuela llena de magullones y nos contaste esa historia sobre cómo te caíste del árbol de tu jardín. Dijiste...

—Debo haberme golpeado con todas las ramas durante la caída.

—Y la gente te creyó, porque, en fin, Ruby Valentine siempre fue un poco temeraria. Siempre fue un poco salvaje. No era difícil imaginarte colgando de las ramas más altas e intentando rozar la luna con las yemas de los dedos. Cuando llegaste a clase con gafas de sol y nos dijiste que estabas haciendo de «joven aspirante a estrella de Hollywood» tenía mucho sentido. Pero mi mentira favorita... —Juniper bufó y negó con la cabeza— fue cuando dijiste que estabas siendo torpe a propósito para que Edward Cullen cayera del cielo y te salvara de tu propia torpeza.

Ruby se rio entre dientes y las mejillas se le enrojecieron por el calor. En realidad, estaba algo orgullosa de eso. Se necesitaba cierto talento para mantener a la gente distraída, para mantenerla mirando hacia otro lado, de manera que no se dieran cuenta de lo que estaba sucediendo justo delante de sus narices. Se necesitaba chispa y un buen juego de manos, y, para cuando llegó a secundaria, Ruby se había convertido en una maestra de la ilusión, tanto en clase como en casa. Tuvo que hacerlo para proteger a sus hermanas. A su madre. A sí misma. Cada vez que la mirada de su padre se oscurecía, ella entraba en acción y montaba un espectáculo. Sabía exactamente lo que hacía falta para que se riera, para que se olvidara de lo enfadado que estaba.

La mayor parte del tiempo tenía éxito.

Sin embargo, de vez en cuando, Ruby no era suficientemente rápida, y esas eran las noches que pasaba acunada en los brazos de su padre mientras él sollozaba sobre su pelo. Le decía que la quería, que lo sentía y que haría lo que hiciera falta para conseguir ayuda. Porque eso era lo que él necesitaba. Ayuda. Un sistema de apoyo que lo quisiera. No un puñado de extraños que lo criticaran y que interrogaran a sus hijas en habitaciones separadas mientras su madre sollozaba en la cocina.

—Todas mintieron para protegerlo. Pero después de que la policía se fue, se lo veía tan roto... Tan herido. Nos pasamos mucho tiempo buscando la manera de ayudarlo y se fue todo al garete, ¿verdad? Porque a la mañana siguiente se había ido y no había ni rastro de él. Su coche estaba ahí, pero él había desaparecido.

Un suave sonido se escapó de los labios de Juniper. Sonaba como si alguien le hubiera golpeado el estómago con un bate. Metió la mano en su pequeño bolso de lentejuelas, sacó la tarjeta de su personaje y se la dio a Ruby.

Ruby la leyó en voz alta.

—«Mi nombre es La Acróbata Subacuática. Estoy enamorada en secreto de El Truco de Desaparición. Mi arma es un rotulador porque arruino vidas poniendo etiquetas. Mi mayor secreto es…».

—«Que quería que desapareciera» —terminó Juniper por ella—. Pensaba que era parte del juego, ¿sabes? Porque estábamos en una cena de misterio y asesinato.

—Pero no lo estamos, ¿verdad? —La mirada de Ruby viajó al techo. Hacia el hombre tan familiar con el que todavía soñaba casi todas las noches—. ¿Cuál es la finalidad de todo esto? ¿Qué sentido tiene que se mofe de mí con lo único que no puedo tener?

—No creo que sea eso. —Juniper pasó la mirada por la habitación—. ¿Has recibido un regalo?

—¿Qué?

—He recibido un regalo. Como un regalo de Navidad, excepto porque, ya sabes, viene de parte de un Papá Noel bastante retorcido. —Rodeó la cama mientras lanzaba a un lado los peluches. Detrás del más grande, descubrió una caja negra con una cinta roja.

Ruby se quedó boquiabierta.

—Pero ¿qué…?

—Todo está personalizado —explicó Juniper, y volvió a su lado—. Y aquí no hay nada que esté por casualidad. ¿Recuerdas cuando solíamos jugar al Hospital de Osos?

—Sí, porque mis hermanas siempre destruían a mis bebés. —Ruby les lanzó una mirada a los osos que había sobre la cama. Por mucho que hubiera intentado quedarse con un par de juguetes para ella, las niñas siempre se las habían apañado para encontrarlos. Y abrazarlos. Y básicamente amarlos hasta la muerte—. Pero ¿quién iba a saberlo? Eres la única persona…

—No lo sé. —Juniper rasgó la cinta—. No lo sé, y me está volviendo loca. Jugamos a eso hace *años*.

La joven tragó saliva cuando Juniper abrió la caja. Dentro había una sola hoja de papel; Ruby la agarró y leyó el contenido.

—No, imposible.

—¿Qué es?

Ruby extendió el papel con la mano temblorosa. El nombre JAMES VALENTINE estaba escrito en la parte superior, y debajo había una lista con una serie de datos. Alias, últimas ubicaciones conocidas. Según el listado, habían vuelto a ver al padre de Ruby recientemente en un condado, pero toda la información crucial estaba tachada. Al final de la página alguien había escrito: «Entrega tu arma y haré realidad todos tus sueños».

La joven se volvió hacia la caja. No había nada dentro. Menos que nada, en realidad, porque habían ahuecado la caja y le habían dado una forma muy específica.

La forma de un revólver.

—¿Ruby? —susurró Juniper mientras examinaba la habitación. Su mirada aterrizó en los pies de la cama, donde Ruby había dejado caer su bolso—. ¿Qué te pidió el Maestro de Ceremonias que trajeras a la fiesta?

—Creo que ya lo sabes. —Ruby avanzó poco a poco hacia los pies de la cama.

Juniper la siguió.

—Y trajiste un juguete, ¿verdad? Dime que trajiste un juguete.

—Quería… —Ruby se lanzó a por el bolso. Juniper también lo hizo, pero Ruby llegó primero—. Quería que fuera realista. La carta decía que la autenticidad era import…

—¡Ruby!

—¡Creía que íbamos a una fiesta! Una cena de misterio y asesinato. Y por Dios, Juniper, no es como si fuera a llevar un arma *cargada* a una fiesta en la que estuviera Parker Addison. ¿Qué pasa si le pone las manos encima?

—No quiero ni pensarlo. Solo quiero ir a buscar a Gavin y salir de aquí. ¿Crees que ha perdido el conocimiento de verdad?

—¿Perdido el conocimiento por qué? ¡Si no ha bebido nada! Se acercó la copa a los labios y luego se cayó. —Ruby negó con la cabeza y se apretó el bolso contra el pecho—. Seguro que está sentado abajo, preguntándose por qué coño tardamos tanto.

—Vamos a ver cómo está y luego volvemos a por los chicos.

—¡Los chicos están justo al lado! Y si nosotras llevamos armas, cabe suponer con bastante seguridad que…

—Ellos también han traído armas. —La mirada de Juniper se desvió hacia la puerta—. Podrían armar a este acosador con un cuchillo o…

—Con una cuerda —dijo Ruby, que se estaba colgando el bolso en el hombro—. Pero tenemos un revólver y hasta donde todos saben… —Hizo una pausa, y los labios se le torcieron en una sonrisa—. Este pequeñín está cargado.

9.

ROMÁNTICO EMPEDERNIDO

Parker se enrolló la cuerda alrededor de la mano y la metió en la caja con cuidado. *Cabe perfectamente*, pensó antes de sacarse la cuerda. Ahora, ¿dónde podía esconderla? La metió debajo del colchón de la cama con dosel. Se tiró sobre las sábanas negras de satén y rodó sobre su espalda para intentar palpar la cuerda. Notaba a la perfección un bulto bajo la cadera derecha.

Nop, eso no serviría. Parker levantó el colchón y tiró de la cuerda. Escudriñó la habitación con detenimiento. Un espejo dorado estaba colgado frente a la cama y era como uno de esos en los que una reina malvada podría mirarse y proclamarse la más bella de todas. Sin embargo, no podía esconder la cuerda detrás del espejo sin correr el riesgo de que se cayera. No había cómodas en esta habitación y tampoco estantes. Era simple de una manera perfecta y elegante. Una cama con estructura de caoba. Una mesita de noche con un ramo de rosas…

¡La mesita de noche, claro! Parker metió la cuerda en el pequeño cajón en la parte más profunda. Luego se quedó frente al espejo durante un minuto mientras se revolvía el pelo. Tenía el corazón acelerado. Había pasado mucho tiempo desde la última vez que estuvo en un dormitorio a solas con el amor de su vida. Cuando llamaron a la puerta, estaba sentado en la cama, jugueteando con una rosa.

—¿Parker? ¿Park? —La voz era suave y dulce. Ruby Valentine. *Mi Ruby*, pensó, y se aclaró la garganta.

—Adelante.

—No, tienes que salir. —Esta vez la voz fue tosca y áspera. Juniper Torres. *Pues claro*. Parker había dejado a esas chicas solas durante diez minutos y ya estaban formando equipo. Conspirando para mantener a Ruby lejos de él. Se levantó de la cama. Tenía que ser sutil. Un movimiento en falso y Juniper envenenaría a Ruby y la pondría en su contra para siempre.

Tras abrir un poco la puerta, sacó la cabeza.

—Rubes —dijo con voz tímida—. Tengo que decirte algo.

Tal y como sabía que haría, Ruby se acercó más. Antes de que pudiera cambiar de opinión, Parker la agarró del brazo y tiró de ella hacia la habitación. Tras cerrar la puerta, giró el pestillo para que Juniper no entrara.

—¿Qué cojones? —se quejó Ruby, mientras Juniper golpeaba la puerta—. ¿Crees que puedes agarrarme y…?

—Ruby, aquí pasa algo extraño. —Parker se apoyó contra la puerta y dejó que algunos mechones le cayeran sobre los ojos. Sabía lo mucho que le encantaba a Ruby cuando tenía el pelo un poco despeinado. Solía acariciarle el borde de la cara con los dedos antes de colocarle unos mechones detrás de la oreja.

En cambio ahora se quedó mirándolo, sin hacer ningún movimiento.

—*Sé* que algo va mal —afirmó, mirando hacia la puerta—. Por eso queríamos hablar contigo. Este Maestro de Ceremonias es…

—¡Un acosador! No vas a creerte lo que ha intentado hacer conmigo. De verdad se creía que iba a *intercambiar*… —Parker negó con la cabeza y agarró varias hojas de papel de la cama.

Ruby tomó las páginas y las examinó en silencio.

—¿De dónde demonios has sacado esto?

—El Maestro de Ceremonias me las dio. Las encontré en una caja.

—Parker, esto es *todo* lo que he hecho en los últimos tres meses. Mi carta de aceptación de Juilliard, el apartamento que encontré en la ciudad. La oportunidad de trabajar en una librería. Solo están tachadas las direcciones. —Le temblaban las manos mientras volvía a leer las páginas—. ¿Por qué tienes esto?

—Para que pueda seguirte.

Ruby alzó la cabeza de golpe, los ojos entrecerrados con furia.

—¿Perdona?

—No, no lo entiendes. —Alargó la mano hacia su brazo, pero ella se apartó—. Yo nunca haría eso. No voy a acosarte. Eso es justo lo que el Maestro de Ceremonias cree que quiero hacer.

—¿Por qué? —Se sentó en la cama, contoneándose un poco con su brillante vestido rojo. Parker se alegró de no haber escondido la cuerda debajo del colchón.

—Porque te quiero —contestó mientras se arrodillaba frente a ella—. Eres la única persona a la que siempre he querido y cuando te perdí me volví loco.

Ruby resopló.

—No jodas, Park.

—Sé... —Tragó saliva y agachó la cabeza. Esta vez, cuando el cabello le cayó sobre los ojos, vio cómo se movieron los dedos de la chica—. Sé que cometí errores. Grandes. Pero esto... —Hizo un gesto hacia las páginas que aún tenía en la mano—. Yo nunca recurriría a esto. ¿Seguirte a Nueva York? ¿Mantener vigilado tu apartamento? Ni de coña.

La joven lo miró con cautela mientras respiraba profunda y rápidamente.

—¿Quieres saber lo peor de todo? Ni siquiera sé si te creo. Una parte de mí piensa que me seguirías a Nueva York, que mantendrías vigilada mi cafetería favorita y que fingirías encontrarte conmigo. Tampoco es que me hayas dado motivos para creer lo contrario.

—Lo sé, pero mira. —Parker sacó una caja de entre el lío de almohadas de su cama—. Se suponía que debía dejar un arma en esta caja a cambio de la información que está tachada. Una cuerda.

—¿Y no lo has hecho? —preguntó Ruby, que recogió la caja y la registró ella misma—. ¿Te has quedado con la cuerda?

—La dejé en el coche. —Parker agarró su bolsa de lona y la abrió para mostrar que no había nada dentro—. Iba a traerla, pero en el último momento tuve una sensación súper escalofriante, como si no debiera hacerlo.

—Entonces, ¿para qué has traído la bolsa?

—Para crear la ilusión de que estaba siguiendo el juego. Además... —Alzó unos vaqueros y una camiseta de la cama—. He traído una muda. Sabes que odio estas cosas. —Se tiró del cuello de la camisa y se aflojó la corbata. Podía ver su reflejo en el espejo y, bajo la poca luz que desprendía la lámpara de araña, el traje verde oscuro parecía negro—. Parezco un cadáver.

Ruby se rio, y Parker vio un atisbo de su antigua dulzura. Esa chica seguía ahí; solo tenía que sacarla.

—Un poco sí parece que te has vestido para tu propio funeral. —Frunció el ceño y se le nubló la vista—. Por eso tenemos que salir de aquí. Todo esto es tétrico, y ahora que sabemos que se está metiendo con nosotros...

—¡No podemos irnos! Necesitamos rastrear a este acosador y darle una paliza.

Ruby inclinó la cabeza.

—¿Darle una paliza a un acosador? Brillante. ¿Se le ha ocurrido a Brett?

Parker frunció el ceño y miró a la pared junto a él. La habitación de Brett había estado en silencio durante la mayor parte de su conversación, pero ahora sonaba como si alguien estuviera moviendo muebles en su interior.

—No creo que nos estemos enfrentando a un extraño —comentó—. Creo que alguien del instituto se está metiendo con nosotros. La verdad es que si Gavin no se estuviera haciendo el muerto en el piso de abajo, diría que ha sido él.

Ruby se mordió el labio y miró hacia la puerta de Parker y el pasillo que había al otro lado.

—Deberíamos ver cómo está.

—Sí, así nos aseguramos de que no se está riendo a nuestras espaldas.

—Parker —comenzó, pero no terminó. Algo en su insinuación pareció molestarla—. ¿Sabes? Es un truco común en las películas de terror que el asesino finja estar muerto.

—Iremos juntos a ver si está bien —accedió Parker, y la condujo a través de la habitación. Cuando llegó a la puerta, se volvió hacia ella. Sus cuerpos prácticamente se estaban tocando—. Rubes, quiero que sepas algo. Si esta fiesta acaba siendo algo más que un retorcido juego… Si se vuelve peligrosa, haré todo lo que esté en mi mano para protegerte. Me pondré entre una bala y tú con tal de mantenerte a salvo.

Ruby miró hacia arriba, y sus ojos brillaban por las lágrimas. Parker supo, en aquel momento, que era suya. Mientras le apartaba el pelo de los ojos, sonrió con ternura, como si recordara lo bien que se sentía estar cerca de él.

—Espero, de verdad, que lo digas en serio —dijo ella.

10.

QUERIDA MAMÁ

Brett no podía parar de temblar. Sentado en el borde de la cama y con la cabeza entre las rodillas, respiró profundamente en un intento por calmarse. Pero las imágenes en la pared se mofaban de él.

Puedes tener todo lo que quieras, susurraron. *Solo tienes que jugar.*

El problema era que Brett no sabía a qué estaban jugando. En el fondo de su subconsciente sospechaba que la oferta de la beca era demasiado buena como para ser verdad. Pero al igual que el resto de sus compañeros de clase, estaba bastante desesperado como para asistir a la fiesta de todas formas.

¿Qué tenía que perder?

Ahora, mientras arrancaba una fotografía de la pared, sabía la respuesta a esa pregunta. La imagen era agridulce, encantadora y provocadora al mismo tiempo. Quería acunarla. Quería romperla en pedazos. Al final, dejó que se le escapara de las manos, como todo.

La felicidad. El poder. Su madre.

Brett alzó la mirada. ¿De dónde había salido ese pensamiento? Llevaba mucho sin pensar en su madre. Pero aquí, en esta habitación de color gris pizarra con rejas en las ventanas y con el presagio de la muerte merodeando a su espalda, acabó esforzándose por recordar la última vez que había sido realmente feliz.

Y ahí estaba ella. Ojos brillantes y hermosa, y con un collar de perlas. Tomando la cara de su bebé entre sus manos. Fawn Carmichael era la persona más cariñosa que Brett había conocido, justo lo contrario a su padre.

No era de extrañar que tuviera que irse.

Brett tenía siete años cuando sucedió, y recordaba cada detalle de aquella cena. Su padre era campeón de peso pesado. O, más bien, *solía* ser campeón de peso pesado, pero, tras una serie de victorias durante su juventud, pasó a sufrir una derrota humillante tras otra. Estaba cerca de declararse en quiebra, pero si pudiera conseguir el patrocinio de una de las cadenas de comercio local, podría volver de forma deslumbrante y no tendría que retirarse avergonzado.

Así pues, organizó una fiesta. Decoró la propiedad de los Carmichael —la cual el banco estaba a punto de embargar— e invitó a una veintena de hombres de negocios a pasar una velada con su familia. Lo único que tenía que hacer Brett era interpretar el papel de hijo perfecto. Del feroz niño que seguiría los pasos de su padre.

Un luchador, como su papá.

Brett estaba temblando de los nervios mientras se preparaba en el dormitorio de sus padres.

—¿Y si no les gusto? —preguntó al tiempo que su madre le ponía la corbata derecha.

—¿Estás de broma? —Le apartó los rizos de los ojos. Aquellos rizos eran castaños, iguales que los que tenía ella antes de que se tiñera. Todo en ella estaba un poco mejorado, pero no importaba lo que se hiciera, sus ojos permanecían tan brillantes como los de un ciervo. Era un animal domesticado, y eso era algo que Brett entendía incluso a los siete años.

Eran iguales.

—Te van a adorar —prometió, y le tendió la mano—. Y solo son un par de horas. Haremos nuestro pequeño baile para los amigos de papá y luego podremos bailar de verdad cuando se vayan. ¿De acuerdo?

Brett tomó la mano de su madre.

Tras eso se volvieron cómplices y montaron un espectáculo para las masas. Brett intercambió golpes rápidos con su padre y los esquivó en los momentos adecuados. Por su parte, su madre se quedó totalmente quieta, como las estatuas de la entrada de la casa. Silenciosa y serena.

Prácticamente de porcelana.

Lo único que quería hacer era salir a la terraza y bailar. Brett lo sabía. Solía ser bailarina, una réplica auténtica de la chica que había en el interior de su caja de música. Avanzada la noche, cuando todos se fueran a sus casas, llevaría a Brett de vuelta al comedor del segundo piso, lo empujaría a través de un par de puertas acristaladas y daría vueltas con él en la terraza. Su casa estaba construida sobre una colina. Con la ciudad extendida bajo ellos y las estrellas brillando sobre sus cabezas, la señora Carmichael ya no parecería un animal enjaulado.

Sería libre.

Sería *feliz*, y no una estatua congelada de cuento de hadas. Una esposa que asiente y consiente. Pasadas dos horas desde el comienzo de la fiesta, Brett sabía que sus extremidades estaban deseando moverse. Con unos pies de bailarina metidos en zapatos de tacón alto, su madre cambiaba el peso de una pierna a otra.

Y, de repente, la terraza estaba vacía.

El señor Carmichael estaba montando un espectáculo para sus invitados en el que recreaba su primera victoria en el *ring*. La actuación era elaborada. Requería un voluntario de entre la multitud. Si Brett y su madre eran muy sigilosos, podrían escabullirse a la terraza antes del golpe final.

Así pues, eso hicieron.

Como espías en una misión, se mantuvieron pegados a las paredes traseras mientras contenían una risa infantil. La señora Carmichael estaba achispada por el vino. Siempre bebía demasiado en las fiestas para calmar sus nervios, y Brett la tomó de la mano al acercarse a la terraza. No iba a dejar que le pasara nada. Iba a protegerla de la barandilla de hierro forjado y de la caída que había bajo ellos.

Empezaron despacio, con un pequeño vals que no se salía de un pequeño cuadrado. Sin embargo, con el tiempo el baile se volvió más frenético. Cuanto más ruidosa se volvía la multitud dentro de la casa, más salvaje se volvía la madre de Brett en el exterior. Cuando quiso darse cuenta, lo estaba haciendo girar en círculos y los pies se le estaban levantando del suelo. Brett chilló de alegría. Los rizos le cayeron sobre los ojos, lo que hizo que el mundo se convirtiera en una confusión de risa y luz.

Al principio no se dio cuenta del momento en el que el agarre de su madre se aflojó. Todo se movía demasiado rápido. No pudo registrar la sensación. No fue hasta que vio a su padre mirarlo a través de las puertas de la terraza que notó cómo las manos de su madre se le escapaban de las suyas.

Por un segundo quiso saltar el borde de la terraza.

Fue un pensamiento desesperado. En lo más profundo de su ser sabía que el castigo que recibiría por arruinar la actuación de su padre sería feroz. Podrían perder la casa por su culpa. Podrían perderlo todo. Sin embargo, si se precipitaba por la barandilla y aterrizaba sobre las rocas de abajo, su padre estaría demasiado preocupado como para enfadarse.

Brett no saltó el borde. En cambio, se estrelló contra la barandilla de hierro forjado, y una de las agujas se le deslizó dentro del estómago. Se le nubló la visión. La boca le sabía a cobre. Luego, el señor Carmichael se abalanzó sobre él y lo alzó en brazos. Le resultó extraño lo tierno que estuvo y, cuando Brett miró a su padre a los ojos, de verdad creyó que todo iba a salir bien.

Ese pensamiento no le duraría mucho tiempo.

Volvía del hospital cuando empezaron los gritos. Estuvo en la sala de emergencias dos horas, le pusieron veintitrés puntos y le dolía demasiado como para preguntar dónde estaba su madre.

Ahora se sentía un poco drogado. Y todavía deliraba de a ratos mientras su padre lo guiaba hasta la casa. Cuando la puerta principal se abrió de golpe y Brett oyó a su madre gritar, pensó que debía de estar dormido. Debía de estar teniendo una pesadilla. Fue entonces cuando dos hombres vestidos de blanco arrastraron a su madre fuera de la casa, mientras ella sollozaba porque Brett era *su* bebé y nadie podía alejarla de él. En aquel momento, un terror glacial se le instaló en la piel. Luchó hasta soltarse del agarre de su padre y se dirigió hacia la puerta. Si pudiera alcanzar a su madre a tiempo, la rodearía con los brazos y le diría que todo estaba bien. No se marcharía. Estaría en su vida para siempre.

Brett nunca llegó junto a su madre, porque su padre lo envolvió en un abrazo de oso.

—Te vas a hacer daño. No te muevas. —El niño no lo escuchó. Los hombres de blanco estaban conduciendo a su madre al interior de un coche, y Brett gritaba y lanzaba arañazos, al igual que ella. Y, del mismo modo que su madre, no pudo liberarse de los brazos que lo sostenían y, finalmente, sus gruñidos dieron paso a sollozos exhaustos.

Su padre se lo llevó al interior de la casa.

Durante toda la noche, creyó escuchar el golpe seco de la puerta principal al abrirse y el sonido de la voz de su madre. Las manos suaves y los ojos brillantes. Pero ella no fue en su búsqueda. En lugar de eso, su padre entró en su habitación con los primeros rayos del amanecer y se arrodilló junto a su cama.

—Tu madre está enferma.

—No, no lo está.

El señor Carmichael se frotó los ojos.

—Tienes que haber visto los síntomas. Está decidida a desaparecer y a convertirse en la nada, y el alcohol no ayuda. Si no hubiera instalado cámaras en la terraza, nunca habría sido capaz de demostrar...

—¿Cámaras? —Feroz y ardiente, el calor inundó las mejillas de Brett—. ¿Nos estabas observando?

—Necesitaba demostrar lo peligrosa que era —explicó su padre con suavidad—. A ella misma. A ti. Ahora puede recibir la ayuda que necesita.

—¿Ayuda? —susurró Brett, que intentaba encontrarle un sentido a las palabras de su padre. Sí, su madre restringía constantemente su dieta y, sí, bebía mucho en las fiestas, pero Brett habría hecho lo mismo si fuera adulto. Aquellas fiestas eran horribles. Y la señora Carmichael estaba aburrida. Insatisfecha. Una bailarina atrapada en una bola de nieve y que trataba de sacarle el mayor provecho posible a la situación.

Abrió la boca para defenderla, pero su padre lo interrumpió, y le envolvió los hombros con el brazo. Brett no recordaba cuándo había sido la última vez que se habían tocado sin que hubiera gente alrededor.

—Si tu madre se va a hacer más fuerte, tú también debes hacerlo. Todas estas risitas y bailes juntos... era bonito cuando eras un bebé. Pero no es saludable para un niño de tu edad.

Brett entrecerró los ojos. Nunca, ni en un millón de años, hubiera creído que bailar con su madre era algo que le *haría* daño. El tiempo que pasaban juntos era lo único que hacía soportable su vida en casa. Pero ahora, con su padre mirándolo, se le retorció el estómago y notó un nudo en el pecho.

—Puedo ser más fuerte —prometió—. Puedo ser el más fuerte y así volverá.

—Puedes intentarlo. —Su padre le apartó los rizos de los ojos—. Quizá podamos entrenar juntos. Puedo enseñarte a pelear y, cuando ella vea lo mucho que te esfuerzas, querrá esforzarse también.

—Y luego volverá a casa —dijo Brett, que ya estaba planeando cómo hacerse grande y fuerte, como quería su padre. Como necesitaba su madre. Sería imparable y su madre volvería.

Ahora, sentado en una cama en la mansión Cherry Street, pensó en todos los sacrificios que había hecho para traer a su madre a casa. Había dejado de bailar. Había renunciado a la alegría. Había eliminado todas las partes dulces y elegantes de sí mismo y, aun así, ella no había vuelto.

Incluso después de que mejorara. Incluso después de que dejara el centro al que había ido. Por el contrario, conoció a otro hombre y formó otra familia. Pasó página.

Y ahora parecía que Parker también había pasado página. A una pared de distancia, Brett podía oír cómo le murmuraba a la única persona que le había importado. Ruby Valentine. Durante un minuto se quedó ahí sentado, escuchando sus voces. Cuando se hizo el silencio, Brett no tuvo que navegar en su imaginación para saber qué estaba sucediendo. ¿Se arrancarían la ropa el uno al otro allí mismo y se devorarían en la cama de Parker? ¿Tendría que escucharlo?

Una punzada le atravesó el estómago, y levantó una caja del suelo. Dentro había una sola hoja de papel, que sacó antes de leerla con resignación.

Sería rápido. Sin dolor. Justo como quieres.

Brett sacó el par de puños americanos del bolsillo y se los pasó de una mano a la otra. De izquierda a derecha. De derecha a izquierda. ¿De verdad iba a hacerlo? Volvió a oír cómo Parker murmuraba, oyó cómo la voz de Ruby se suavizaba, y tomó una decisión.

Los puños americanos se le resbalaron de las manos y los latidos de su corazón se tranquilizaron. Le puso de nuevo la tapa a la caja. La hoja de papel todavía estaba sobre la cama, y la dejó allí mientras empujaba la caja debajo del colchón, donde sus compañeros de clase no la encontrarían.

Luego se puso a trabajar en la destrucción de las pruebas.

11.

UN CUADRO PERFECTO

Tal y como lo veía Juniper, tenía dos opciones. Podía aporrear la puerta de Parker hasta que se le entumecieran las manos o podía pedir ayuda. Brett Carmichael era la única persona en el mundo que sabía cuán peligrosa podía llegar a ser la alianza entre Ruby y Parker. Esos dos o estaban el uno encima del otro, babeando y manoseándose y dejando que el resto de sus vidas se arruinara, o Parker estaba yendo detrás de Ruby como si fuera un acosador.

O sea, *en serio*. Juniper lo había visto un montón de veces fuera del coche de Ruby para asegurarse de que se iba directo a casa después de clase. Hubo una vez que se coló en el auditorio durante el ensayo de una obra solo para provocar una pelea cuando el compañero de escena de Ruby se puso «demasiado sobón».

El chaval era inestable.

Juniper le pegó una patada a la puerta. Pero no estaba acostumbrada a llevar tacones, por lo que acabó dando un salto hacia atrás sobre una pierna y golpeándose contra un retrato colgado en la pared que había a su espalda. Curioso, no lo había examinado bien antes.

Pero ahora lo hizo.

En él se distinguía a una familia de cuatro integrantes, todos con el pelo negro y los ojos azules. Unos impresionantes ojos azules, de esos a los que la gente llama *mágicos* si les gustas y *espeluznantes* si te ven como a una amenaza. Hace un año, un chico con unos ojos como aquellos caminaba por los pasillos del Instituto Fallen Oaks y Parker Addison lo veía como a una amenaza.

Tres semanas más tarde, aquel chico estaba muerto.

Juniper le dio la espalda al retrato y se dijo a sí misma que estaba haciendo una conexión injusta. Montones de familias tenían una hija y un hijo con ojos azules y penetrantes. Con el pelo oscuro y desaliñado. Puede que las cosas se estuvieran volviendo raras en esta mansión, pero todavía no estaba preparada para llegar a *ese* punto.

Prefería salir por la puerta principal. Pero no podía irse sin Ruby, por lo que movió los pies y caminó hacia la habitación de Brett. Justo cuando sus nudillos golpearon la madera, la puerta se abrió de golpe y él pasó junto a ella dándole un empujón. En ese momento, se imaginó el peor escenario posible. Estaban atacando a Brett.

Iban a capturarlos a todos, a jugar con ellos y a matarlos.

Un vistazo a la habitación de Brett confirmó que estaba siendo irracional. No había nadie más ahí dentro. No había *nada* distinguible ahí dentro, excepto una cama con sábanas grises y desordenadas, y un suelo que estaba cubierto —literalmente cubierto— de una especie de confeti.

—¿Estás bien? —preguntó Juniper mientras analizaba el rostro de Brett. Tenía las mejillas teñidas de un peligroso magenta, como si se hubiera esforzado hasta el punto de casi desmayarse. Y eso es mucho decir para alguien con la condición física de Brett.

—Estoy bien —respondió, apoyado contra la pared. Tenía los dientes apretados. Aun así, su rostro mostraba una dulzura incongruente, y Juniper se encontró pensando en el chico que era antes de que su vida se fuera a pique. Primero lo apartaron de su madre. Luego perdió la casa de su familia. Durante los últimos diez años, su padre y él han estado embutidos en un apartamento de un dormitorio en la peor zona de la ciudad.

¿Qué estaría dispuesto a dar para cambiar todo eso?

—¿Puedo? —inquirió Juniper con un gesto hacia la habitación. La puerta estaba abierta de par en par. Cuando asintió y prácticamente la echó con un gesto de la mano, Juniper entró en el cuarto y se dio cuenta de por qué. Al igual que las anteriores dos habitaciones, esta estaba cubierta de fotografías. Y Brett había hecho trizas cada una de ellas.

—Está claro que el Maestro de Ceremonias te ha ofrecido algo —dijo, y a él se le aceleró la respiración—. Tranquilo, no te voy a preguntar el qué. Solo me importa lo que quería...

Brett empezó a moverse. Le dio la espalda justo a mitad de la frase. En una situación normal no le habría sorprendido —no es que fueran precisamente amigos—, pero el movimiento fue deliberado. Había visto algo y estaba yendo a por ello.

Juniper salió del cuarto. No pudo evitar desviar la mirada hacia el retrato de la pared. Sin embargo, Brett no se había girado para mirarlo. Quieto como una piedra, tenía la mirada fija en la puerta del final del pasillo.

La puerta que estaba abierta.

—¿Qué cojones? —Estaba segura de que la puerta estaba cerrada cuando entró en el dormitorio de Brett—. ¿La has...?

—Claro, con mis poderes de mago. Has visto que no me movido de aquí en todo el rato.

Juniper tragó saliva.

—¿Habrá sido Gavin? ¿Es posible que se haya acercado sigilosamente mientras estábamos en nuestros cuartos?

—No habría servido de nada. La habitación estaba cerrada con llave. —Brett la rozó al pasar y se dirigió hacia la puerta abierta—. Quienquiera que esté ahí dentro seguramente lleva ahí todo este tiempo. Quédate aquí mientras averiguo...

—No, no... no puedes ir solo —consiguió decir Juniper mientras caminaba despacio junto a él. Podía oír fragmentos de una conversación silenciosa provenientes de la habitación de Parker. Nada de llantos. Nada de gritos. Se recordó a sí misma que debía acordarse de cuál era la auténtica amenaza mientras investigaba la que era invisible.

Sabía que Parker era peligroso.

A medida que se acercaba a la puerta abierta, se percató de que los retratos de las paredes estaban cambiando. No era que los retratos fueran diferentes. El *mismo* retrato estaba colgado una y otra vez, cada uno con algo cambiado. El primero, el cual Juniper ya había visto, mostraba a cuatro personas: una madre, un padre, un hijo y una hija. En el segundo retrato, situado en la pared opuesta, faltaba la madre. La habían borrado con Photoshop. Con la excepción de que esto no eran fotos, y el escalofriante aire de su ausencia le recordó a Juniper a cosas muertas, a fantasmas. La madre se había *desvanecido de una pintura.*

—¿Cómo…? —susurró.

Justo delante de ella, Brett miró hacia atrás.

—¿Qué?

—Mira por dónde vas —dijo, con los puños en tensión. Si iba a examinar cada detalle de la casa, necesitaba que estuviera atento a la tarea que tenían entre manos. La misteriosa puerta que se había abierto con voluntad propia. Juniper se negaba a barajar la posibilidad de que la casa estuviera encantada, pero estaba empezando a preguntarse si su teoría sobre los retratos era correcta. Se lo cuestionaba mientras que, al mismo tiempo, hacía todo lo posible para convencerse de que era imposible. *Ruby no fue a la fiesta el año pasado*, se recordó a sí misma. *Gavin sí fue, pero no le hizo daño a nadie.*

Entonces vio el tercer retrato. A un brazo de distancia de la puerta abierta, la cual ahora parecía estar emitiendo una música muy apagada. Era un tilín suave, como lo que se oiría al abrir una caja de música. Juniper trató de visualizar a una bailarina danzando sobre una pierna. Trató de visualizar un precioso unicornio de porcelana. La verdad es que prefería cualquier cosa con tal de distraerse de la realidad de lo que se encontraba frente a ella.

En el tercer retrato faltaba el niño.

—Oye. —Una voz la llamó desde el interior de la habitación. La voz de Brett, pero Juniper apenas podía verlo. Buscó el interruptor de la luz antes de entrar. Lo giró con los dedos, pero no ocurrió nada.

—Estoy aquí —dijo Juniper y le colocó una mano en la espalda.

Brett se sobresaltó. La imparable fuerza de la naturaleza que repartía palizas dio un salto al notar que lo tocaba. Giró sobre los talones. Durante un instante, se quedaron mirándose con los ojos abiertos de par en par. Entonces, Brett murmuró:

—Prepárate.

Juniper no pudo prepararse. Ya estaba atacada. Sin embargo, al mirar a su alrededor se dijo a sí misma que asimilase la habitación poco a poco, que lo analizase todo. Se lo prometió a sí misma, y al instante se le olvidó.

—Es un cuarto de juego —dijo. Un cuarto de juego apto para un gigante. Un tren ridículamente grande daba vueltas en bucle en una esquina. Animales de peluche del tamaño de leones estaban esparcidos por el suelo. Al otro lado de la habitación, las puertas acristaladas estaban abiertas y conducían a una terraza vacía, y la luz de la luna se filtraba y revelaba destellos de una mesa.

Como cabía esperar, la mesa era enorme. No tan larga como la del comedor, pero suficientemente grande como para que se sentaran ocho personas, y estaba situada en el centro de lo que era, obviamente, el dormitorio principal. Había osos de peluche gigantes metidos en sillas y, sobre la mesa, el juego de té más elaborado que Juniper había visto en su vida. *Algo por lo que Ruby mataría*, pensó, y sintió una punzada cuando miró hacia la habitación de Parker. Necesitaba sacar a Ruby de ahí. Brett podía echar la puerta abajo si hacía falta. Entonces escaparían de este raro y tétrico té en el que los animales bebían de pequeñas tazas y al que los humanos no estaban invitados.

Un momento…, ahí estaban, en el otro extremo de la mesa. Dos muñecos del tamaño de una persona sentados uno junto al otro. Un niño y una niña. El pelo de él era negro como la medianoche y el de ella, de un llamativo blanco. Juniper fue incapaz de descifrar el color de sus ojos. De hecho, parecía que tenían los ojos cerrados, y se acercó un poco, preguntándose si podría abrírselos.

Muchas muñecas podían abrir y cerrar los ojos.

No estaba segura de por qué se había obsesionado con eso ahora. La niña al final de la mesa no tenía el pelo negro. Eso desechó su teoría por completo, pero quería saberlo. Necesitaba saberlo. Se acercó más.

—¿Qué haces? —inquirió Brett.

Esta vez Juniper se sobresaltó. Fue como si su voz la hubiera sacado de un encantamiento. *La casa no está encantada. Esta fiesta no tiene nada que ver con la venganza. Tranquilízate.*

—Solo necesito comprobar una cosa —respondió mientras echaba un vistazo a la habitación. Había una puerta a la izquierda que, con toda probabilidad, conducía a un cuarto de baño y, a la derecha, se alzaba un armario vacío y abierto. Juniper y Brett eran las únicas personas que se encontraban allí, sin contar los juguetes.

Estaban a salvo.

Así pues, con sigilo, se acercó a la muñeca de tamaño real de la derecha. La niña. Un sombrero de copa ensombrecía el rostro del niño, pero el de la niña se veía a la perfección. Juniper vio una tez blanca, unas mejillas espolvoreadas de rojo y una boca con una apariencia… extraña. Casi como si hubieran trazado la boca pintada de la muñeca con un pintalabios más oscuro para dar la impresión de que era una mancha. Una parte de Juniper esperaba que sonriese. Empezaría despacio, con un diminuto tirón en la comisura de la boca, y luego le cruzaría el rostro como sangre en la nieve.

La joven tragó saliva, con el sonido de la respiración de Brett de fondo. Lo tenía detrás. Podía oírlo. Alargó la mano, como la Bella

Durmiente atraída por un huso, y tocó el pálido hombro. La muñeca llevaba un vestido de encaje blanco, y a Juniper la alentó el hecho de no haberle tocado la piel. Nunca antes había visto una muñeca de porcelana de aquel tamaño, y la imagen era inquietante. La sacudió y dio un salto hacia atrás.

No ocurrió nada.

Expulsó una risa y se giró hacia Brett. Pero él no se estaba riendo. Tenía la mirada fija en lo que había detrás de Juniper y estaba alzando los brazos, como si estuvieran tirando de él con un hilo. Señaló a la muñeca que había justo tras ella.

Juniper la miró.

De repente, se estaba cayendo en piscinas cerúleas. Los ojos de la muñeca eran de un impresionante azul y estaban hechos de un verdadero cristal. A Juniper se le aceleró el corazón y dio un paso atrás. Tendría que haber apartado la mirada. Pero cada vez que la sombra cambiaba, creía que había captado cómo se movían los labios de la niña. Sabía que era una ilusión óptica, pero era incapaz de girarse.

El grito le golpeó la espalda. Fue crudo y cortante, como el cuchillo que un asesino usaría para tallar la boca de una muñeca en una persona.

También fue familiar.

—Ruby.

Juniper se giró. Al instante estaba cruzando la habitación como un rayo, pero la pierna se le enganchó en una silla y tropezó. Se visualizó a sí misma cayéndose al suelo. Visualizó cómo aquella niña se levantaba de la silla, despacio, como un cadáver al que habían reanimado. Alzaría la mano y, entre los dedos, sostendría un cuchillo, y entonces...

—Te tengo —dijo Brett, que la agarró antes de que se cayera el suelo. Con apenas esfuerzo, la empujó hacia la puerta. Justo cuando llegó al umbral, Juniper oyó un crujido a sus espaldas y se precipitó a través de la puerta.

Corrieron juntos por el pasillo. La puerta de Parker estaba abierta y, tras echar un solo vistazo, comprobaron que no había nadie dentro. Bajaron las escaleras ruidosamente, persiguiendo el fantasma de un grito que se había apagado unos momentos antes.

Encontraron el cuerpo a los pies de la escalera. Alguien lo había arrastrado fuera del comedor para envolverlo con unas bonitas cintas rojas con mayor facilidad. Salvo que... las cintas no eran cintas como tales, y Juniper se llevó una mano a la boca al darse cuenta de lo que habían hecho. Cortes de un rojo vivo cubrían el rostro, los antebrazos y el cuello de Gavin. Pero no lo habían hecho de forma aleatoria, nada de eso. En cada centímetro de piel descubierta habían grabado palabras.

—Dios mío...

Juniper se balanceó sobre el último escalón. Alguien debió de haber traído un cuchillo a la fiesta, pero ¿quién? ¿Parker y su perverso sentido de la justicia? ¿Brett y sus puños tan poderosos que hacían su trabajo sin la necesidad de sostener algo? Juniper sabía a ciencia cierta que Ruby había traído un revólver, y ella había traído un simple rotulador...

—Un segundo —dijo mientras los demás se reunían a su alrededor. Ruby y Parker estaban allí, bailando como fantasmas en la parte más lejana de su campo de visión. Pero Juniper era incapaz de apartar la mirada de Gavin; era incapaz de respirar hasta que se confirmaran sus sospechas. Se arrodilló a su lado y le pasó un dedo por la muñeca. El dedo salió limpio. No habían grabado a Gavin con el borde afilado de un cuchillo. Habían *escrito* en él con un rotulador rojo.

Juniper sonrió de verdad.

Luego desvió la mirada hacia las escaleras, en dirección a la habitación en la que debería haber estado escondido el rotulador. No podía verlo desde su posición a los pies de las escaleras. Lo único que veía era el borde de aquel primer espeluznante retrato, el que le recordaba a dos personas en especial. Una niña y un niño.

—Chicos —dijo, aún con la mirada alzada. Antes de que pudiera darles voz a sus miedos, Ruby la cortó.

—Cabronazo —susurró y, de golpe, Juniper giró la cabeza hacia la izquierda.

—¿Cómo?

—Perdedor. Estúpido.

—Pero qué cojones, Rubes —intervino Parker, con una risa totalmente inapropiada para aquel momento—. ¿Tenemos que contratar a un exorcista?

—Que te jodan —gruñó Ruby, lo cual no era que rebatiera la teoría del chico. Sin embargo, bastó con echarle un vistazo al brazo de Gavin para que Juniper se percatara de lo que había pasado por alto. La joven no estaba soltando palabras sin sentido. Estaba *leyendo*.

—¿Quién escribiría esto? —preguntó Juniper mientras examinaba el brazo de Gavin. La animó el hecho de que el pecho del chico subía y bajaba, igual que cuando comprobó sus constantes vitales en el comedor. Aun así, lo mejor sería levantarlo del suelo. Lo mejor sería que lo sacaran de esa casa, lejos de todo lo espeluznante.

Del peligro.

No obstante, una parte de Juniper quería comprender, aquí y ahora. Tal vez fuera un fallo del diseño, esa parte del cerebro humano que hacía que las chicas guapas murieran en las películas de terror. *No puede ser tan malo como piensas*, razonó el cerebro, y menos mal que a veces lo hacía. Te mantenía en calma en situaciones peligrosas. Te permitía planear el siguiente movimiento. En otras ocasiones, te dejaba paralizado el tiempo suficiente como para que el asesino se te acercase sigilosamente por la espalda y, en cuanto te girases, tendrías un puñal en el pecho.

En ese momento, una única frase paralizó a Juniper, que, por mucho que entornara los ojos, no conseguía enfocar las palabras.

—¿Basura blanca? —inquirió mientras le giraba el brazo a Gavin como si fuese un holograma. Como si al girarlo dos veces hacia la izquierda, aquellas palabras se fueran a transformar en algo que tuviera sentido.

A su espalda, Parker resopló.

—¿Cómo que *basura blanca*? El chaval es asiático.

—Pegatina verde para ti, Parker —masculló Ruby mientras negaba con la cabeza—. ¿Se te ha ocurrido a ti solito?

Sin embargo, al igual que Juniper, tenía los ojos entornados y la mirada fija en aquellas palabras, como si ocultaran un código. Ahora que habían descubierto *basura blanca*, las chicas encontraron más palabras que ponían en duda la racionalidad del vándalo. *Pervertido* estaba enroscado en la parte interior del codo de Gavin con letras grandes y descendentes. Juniper no fue capaz de encontrarle sentido. No fue hasta que miró a Brett que se le aceleró el corazón. Sí, prácticamente dejó de latir cuando creyó que habían trinchado a Gavin cual pavo en Acción de Gracias y volvió a la vida cuando se dio cuenta de que no. Pero ahora, mientras veía la comprensión en los ojos de Brett, notó cómo toda la sangre de su cuerpo bombeó hacia el corazón.

—¿Qué? —preguntó, sosteniéndole la mirada.

—He… he visto esto antes —respondió mientras retrocedía. Por un momento, Juniper pensó que se iría de la casa así, de espaldas, sin darse la vuelta en ningún momento. Se estremeció al pensar en lo que pasaría si alguien se le apareciera por detrás antes de que consiguiera llegar a su coche. Alguien que decidiese que el rotulador no era lo suficientemente fuerte—. El año pasado —le contó Brett—, en la fiesta de Navidad de Dahlia Kane, encontré a ese chico inconsciente en la piscina lleno de cosas escritas.

Ese chico, pensó Juniper, como si Brett fuera capaz de olvidarse de su nombre. Como si no lo tuvieran todos grabado en la memoria de la forma en la que pensaba que estaba grabada la piel de Gavin.

—¿Alguien escribió *basura blanca* en él? —inquirió Juniper, y volvió a mirar a Gavin. Por el rabillo del ojo, observó cómo Brett le lanzaba una mirada a Parker. Este asintió en un gesto diminuto.

—Sí —contestó Brett y luego, aún con la mirada puesta en Parker, añadió—: Gavin lo escribió.

Juniper levantó la cabeza con brusquedad.

—¿Cómo? No, mentira.

Brett y Parker asintieron.

—No, Gavin no haría eso. Lo estáis inculpando. —Sin embargo, incluso mientras lo decía, se dio cuenta de lo ilógico que sonaba. Tan ilógico como que alguien escribiera *basura blanca* en Gavin. Tan ilógico como estar encantada—. ¿Podéis apartaros? Tengo que comprobarle las constantes vitales…

—¡*No*! —gritó Ruby, y su voz los sobresaltó a todos—. ¿Es que no sabéis lo que ocurre? Viene a por nosotros.

—¿Quién? —preguntó Brett, desafiándola a que dijera el nombre del chico. Pero Ruby estaba demasiado asustada como para pronunciarlo, demasiado asustada como para sacar a la luz el secreto que habían enterrado junto con un cuerpo tan quemado que tuvieron que identificarlo por los dientes.

Parker no estaba asustado. Quizá simplemente se negaba a admitir la posibilidad de que el chico había vuelto a por ellos. O quizá, como había continuado con su vida sin sufrir repercusión alguna, no era capaz de ver lo que se venía. Fuera como fuere, Juniper vio cómo Ruby cerraba los ojos al tiempo que el nombre pasaba a través de los labios de Parker. Tendría que haberlo susurrado como si fuera un secreto, pero lo escupió como una maldición.

—Shane Ferrick.

12.

CHICO SALVAJE

La mañana que llegaron, una tormenta golpeaba Fallen Oaks. Las puertas del instituto se agitaban y la rama de un roble atravesó una ventana durante la clase de Biología Avanzada. Luego, la niebla se dividió para revelar a dos desconocidos. Piernas delgadas y ropa hecha jirones. Tez pálida y cabello negro como el ébano.

A las diez del 3 de diciembre cruzaron las grandes puertas carmesíes del instituto, trayendo consigo la lluvia. Todo el mundo se giró para mirarlos. No podías culparlos, la verdad; los Ferrick eran hipnotizantes. Esa clase de personas que podrían haber sido fantasmas adentrándose en el plano mortal durante un tiempo y que luego se convertían en vapor.

Y luego en viento.

Ruby Valentine estaba sacando el libro de Química de su taquilla cuando ocurrió. Más tarde le daría un significado, como si el universo fuese una gran bruja que conspirara, y todo lo que hacía lo hacía con un guiño y una sonrisa que te proporcionaban destellos de su grandioso plan. *Química, cierto*, pensó Ruby con el pecho inundado de calor. Sin embargo, en ese momento no estaba mirando el título del libro. Sabía cuál era por la cubierta y, además, estaba concentrada por completo en otra cosa. Estaba introspectiva, perdida en alguna que otra ensoñación, cuando Shane Ferrick pasó por su lado.

Su hermana melliza debía de estar con él. Por aquel entonces, siempre estaban juntos. Pero Ruby recordaba la presencia de Brianna de la misma forma que recordaba el libro: importante si volvía la vista atrás, pero irrelevante en aquel momento. Un susurro en medio de una tormenta. Lo importante fue que el libro de Química salió volando de las manos de Ruby en cuanto su mirada se encontró con la de Shane Ferrick. A su alrededor los chicos observaron, perfectamente capaces de recoger el libro, de ser caballerosos. Pero ninguno de ellos se movió; Ruby no estaba segura de si era porque era *propiedad* de Parker o porque querían verle el escote cuando se agachara. Al final dio igual, ya que Shane le hizo un gesto a su hermana con la mano, se arrodilló y levantó el libro.

Ruby se quedó paralizada. Estuvo saliendo con Parker el tiempo suficiente como para saber a qué jugaban los chicos, por lo que se puso derecha, preparándose para pelearse con Shane por el libro. Primero se lo metería debajo del brazo y se pondría de pie. Luego daría un paso atrás con el libro sobre su cabeza. Poco después ella estaría de puntillas, balanceándose e intentando alcanzarlo, y poniéndose en ridículo.

En el suelo, Shane alzó la mirada. A Ruby la recorrió un escalofrío y se abrazó a sí misma. Llevaba una rebeca rosa pálido con pequeñas fresas por todas partes y una falda corta del mismo color que hacía ruido al rozarse. Sabía que estaba adorable. Pero Shane no la estaba mirando como si fuera *adorable*, ni siquiera como si fuera preciosa. La estaba mirando como si pudiera ver en lo más profundo de su ser y estuviera sobrecogido por lo que había encontrado.

Lleno de humildad.

—Se te ha caído esto —dijo, sosteniendo el libro. Ruby lo tomó antes de que el chico pudiera cambiar de opinión. No obstante, se quedó de rodillas, con la mirada fija en ella, y dejó de estar tranquila. Un calor se expandió desde su cabeza hasta la punta de sus pies. Curvó estos últimos, con ganas de bailar. De girar. De dar vueltas.

Justo en ese momento, el móvil de alguien comenzó a sonar. Podría haber sobresaltado a Ruby, podría haber roto el hechizo que ejercía Shane sobre ella, pero no lo hizo. A este se le formó una sonrisa en la cara. Todo lo relacionado con él era celestial —piel pálida como la luna, una sonrisa que resplandecía tanto como las estrellas y aquellos ojos azules como el crepúsculo— y Ruby sintió que haría cualquier cosa para adentrarse en su universo, aunque fuera durante un segundo.

Mientras la canción de amor empalagosa y animada sonaba a todo volumen desde un móvil cercano, Shane le tendió la mano.

—¿Me concedes este baile?

Ruby no pensó. No respiró. En su lugar, metió el libro en su mochila y puso de pie al chico. Le rodeó el cuello con los brazos, él deslizó las manos hasta sus caderas y, durante un brevísimo momento, bailaron.

Lo que Ruby recordaría más tarde sería que sus ojos nunca dejaron de mirarla a la cara. Podía sentir cómo se le formaba el rubor en las mejillas. Sin embargo, cuando apoyó la cabeza en su hombro para intentar esconderse de él, susurró:

—Conmigo no tienes que hacer eso.

—¿Hacer el qué? —Alzó la mirada.

—No tienes que esconderte.

Los ojos de Ruby brillaron por las lágrimas. Llevaba escondiéndose muchísimo tiempo. Desde que su padre desapareció y la gente comenzó a mirarla con pena, selló las ventanas de su alma y mantuvo una máscara puesta todo el tiempo.

Nadie podía entrar.

Ahora este desconocido la estaba mirando, y la tristeza de sus ojos reflejaba la suya propia. ¿Entendía por lo que había pasado? ¿Había pasado por lo mismo? Ruby estaba desesperada por saber más sobre él, y abrió la boca para preguntarle su nombre.

Cuando el timbre sonó, el corazón le empezó a latir casi desesperado. El chico dio un paso atrás al tiempo que hacía una exagerada reverencia, como si fuera un grandioso baile de máscaras y lo hubiera elegido para que fuera su compañero. Como si tuviera el honor de que ella lo hubiera elegido a él. Y, cuando alzó la vista para mirarla, sintió que ambos llevaban máscaras y que nadie excepto él podía ver su auténtico rostro. Que nadie podía mirarlo a los ojos y reconocer su alma como lo hacía ella.

Ruby retrocedió, conmovida. El timbre había dejado de sonar, pero podía oír su eco, y era mucho menos agradable incluso que una canción cursi de pop. Ella sintió escalofríos ante el pensamiento de despedirse. No se había percatado de la ropa del chico, pero ahora vio que los vaqueros estaban desteñidos y que la camiseta tenía un par de agujeros. Era un chico salvaje que había sido soltado en la tierra de los humanos domesticados y obedientes, y Ruby quería huir con él al bosque.

Quería seguir bailando.

Shane deshizo su reverencia y se incorporó con las mejillas rosadas y con pelo cayéndole sobre los ojos.

—Hasta la próxima, Fresa.

Ruby frunció el ceño.

—¿Fresa?

Gesticuló con la cabeza en dirección a la parte superior de su cuerpo. La ridícula rebeca rosa cubierta de fresas. De repente, se sintió como una niña pequeña vestida de aquella manera. Sin embargo, él se inclinó, como si fuera a rozarle la mejilla con los labios, y susurró:

—Son mis favoritas. ¿Cómo lo has sabido?

—Me lo dijo el universo —respondió, con la intención de dejar de jugar a ser la chica desconcertada que se sonrojaba. Ella no era así. No en realidad—. Tenía la apariencia de una bruja malvada y arrugada, y me prometió que, si me ponía esto hoy, mi vida cambiaría.

El chico alzó las cejas. Eran oscuras y expresivas, y Ruby quiso recorrerlas con los dedos y sentir cómo se inclinaba hacia su caricia.

—¿Tenía razón? —preguntó él.

Ruby se encogió de hombros, cada vez más consciente de las personas que se estaban reuniendo a su alrededor.

—Ya lo veremos —respondió ella, y desapareció entre la multitud.

+ + +

Para cuando llegó el almuerzo de la cuarta hora, todo el mundo estaba hablando sobre el intercambio en el pasillo de los estudiantes de penúltimo año. Ruby sabía que había cometido un error. Cuando Parker dio con ella en el patio, se sentó a su lado con tanta brusquedad que el banco vibró bajo su peso. La miró con esos ojos mordaces, como si dijera: «¿No tienes nada que decir?».

Ruby no tenía nada que decir. La fábrica de rumores del instituto solo era eso, y, mientras que no cediera ante la presión de la mirada de Parker, él nunca sabría la verdad. No con total seguridad. Sin embargo, más tarde Ruby pensaría: *Tal vez eso era todo lo que hacía falta*. Un baile en el pasillo y Parker comenzaría a planear su venganza. Después de todo, Ruby era su chica, y todo el mundo en Fallen Oaks lo sabía.

Por su parte, Shane Ferrick lo sabría muy pronto.

13.

CARA DE PÓKER

—Viene a por nosotros —dijo Ruby, alejándose de las escaleras. Lejos de Gavin y de las desagradables palabras escritas en rojo sobre su piel—. Tenemos que irnos *ya*.

Parker se apresuró a ponerse a su lado. No podía dejar que se fuera de la casa. Si se iba, nunca lograría recuperarla. Así pues, le rodeó la cintura con el brazo, la condujo hacia el patio y... se detuvo.

—¿Park? —Alzó la vista para mirarlo—. ¿Qué pasa?

Parker se calló durante un momento e inhaló con aspereza. Tenía los ojos entrecerrados y la mirada fija en el patio y en la brillante piscina que había más allá.

—No es nada —murmuró de camino a la puerta.

Tal y como sabía que ocurriría, Ruby lo detuvo.

—Dímelo —exigió, mirándolo fijamente a los ojos.

—Es imposible que Shane venga a por nosotros. Lo sabes.

—Lo sé —dijo Ruby en voz baja. Luego, en un tono de voz incluso más bajo, añadió—: Lo sé y no lo sé.

—Mira, sé lo que estás pensando. Todos lo pensamos. Las fichas dentales pueden haber sido cambiadas. ¿Y si el año pasado llevó a cabo una gran ilusión y ahora ha vuelto para...?

—Yo ni siquiera estaba en la fiesta —interrumpió Ruby.

—Lo sé. —Parker suspiró, y le apartó el pelo carmesí de la cara—. Y no te mereces esto. No te mereces que se metan contigo. Pero se están metiendo con nosotros, Ruby. Algún cretino vio demasiado el año pasado en aquella fiesta y quiere jodernos la mente. Shane Ferrick está exactamente en el mismo sitio en el que lo vimos la última vez. En el cementerio de Fallen O...

—Por favor. —Se liberó de su agarre—. No puedo hablar de él. Solo quiero irme a casa.

—Nos iremos. —De nuevo, Parker se quedó callado durante un momento, con la mirada puesta en la oscuridad del exterior—. Pero piensa bien en aquella noche, Ruby. Piensa en cómo terminó. Si alguien no se está metiendo con nosotros... Si lo que están es intentando hacernos daño, lo que le ha ocurrido a Gavin es solo el principio. El primero en una larga serie de ataques. Y todo acaba...

—En un coche —susurró Ruby con los dedos presionados contra el cristal. Brett y Juniper los habían seguido al comedor y Gavin colgaba de los brazos de Brett.

—Mira, seguro que es una broma pesada de algún subnormal —dijo Parker mientras alejaba a Ruby del cristal.

—Y si no lo es, ¿qué? —preguntó—. ¿Y si esta persona intenta hacernos daño?

Parker captó su mirada y la mantuvo.

—Entonces meternos en un coche es lo más peligroso que podemos hacer.

Ruby tomó una bocanada de aire. Parecía pequeña e indefensa mientras miraba a Parker con sus grandes ojos azules. Quiso abrazarla. En vez de eso, la condujo fuera del comedor. Ahora era el líder, el protector, e iba a llevar a este variopinto grupo a la salvación.

Les hizo una señal con la mano desde el final del pasillo.

—¡Esperad! ¿Adónde vais? —inquirió Juniper, que lanzaba miradas hacia atrás, al camino del que venían. De entre todos ellos, era por la que Parker sentía más pena. El castigo de Gavin había sido bastante suave. Pero Juniper…, en fin. Parker seguía sin entender por qué arremetió contra Shane Ferrick de aquella manera. Aunque hubiera sido un intento desesperado por meterse en los pantalones de Ruby, no tenía sentido. Juniper era la clase de chica de salva-al-mundo-o-muere-en-el-intento.

Las chicas así no trataban de ahogar a la gente.

—Al salón —gritó Parker a sus espaldas mientras conducía al grupo más allá de las escaleras. Podía sentir cómo Ruby se tensaba a medida que se alejaban de la salida. Se inclinó y le susurró—: Tenemos que mantener a Juniper alejada de la piscina.

Asintió y se apretó más a él.

Llegaron a un conjunto de puertas dobles tan oscuras que eran casi negras, y Parker las abrió sin ningún rastro de temor. En el interior, unos sofás negros de terciopelo descansaban como perezosas panteras. Alguien había encendido el fuego de la chimenea. Los demás se alteraron ante esto, ya que sentían la presencia de su atormentador detrás de cada puerta cerrada, pero Parker agradeció el calor. Entre los mullidos sofás y la luz parpadeante, habría acurrucado a Ruby entre sus brazos en un abrir y cerrar de ojos. Pero, primero, la investigación. Todo misterio tenía un detective que lideraba, y Parker estaba encantado de meterse en ese papel. Después de que Brett tumbara a Gavin en un sofá, Parker solicitó su ayuda para bloquear las puertas. No había ningún pestillo que impidiera la entrada, pero la mesa de café de cristal era suficientemente robusta como para evitar que alguien entrara en la habitación en silencio y, a su vez, suficientemente ligera como para que pudieran apartarla en caso de que necesitasen escapar.

Hizo un gesto en dirección a las puertas.

—Quiero a todo el mundo alerta. Hasta que no sepamos a qué nos enfrentamos, es mejor pensar en lo peor.

—¿No dijiste que era algún cretino metiéndose con nosotros? —replicó Ruby, sentada en el borde del sofá. A pesar del calor de la habitación, nadie se había acomodado aún.

—Sí —contestó Parker, que mantenía la distancia. Ahora que la había traído hasta aquí, no iba a agobiarla—. Pero hasta que no tengamos pruebas, es mejor que penséis que voy a hacer todo lo posible por manteneros a salvo.

Los ojos de Ruby se suavizaron y, por dentro, Parker dio gritos de alegría. Por fuera, tenía el rostro completamente serio y la mandíbula tensa en una línea firme.

—No, esto no me gusta. —Juniper deambulaba junto a las puertas—. No podemos quedarnos aquí toda la noche y punto.

—¿Por qué no? —Ruby sacó unas pinzas de su bolso, además de sus llaves—. Por la mañana podremos mirar si hay algo sospechoso en nuestros coches. Pero ahora mismo está muy oscuro y el patio está lleno de setos recortados en forma de monstruos. Hay decenas de lugares para esconderse, y si esta persona es peligrosa…

—¡Esta persona es peligrosa! ¡Ha dejado a Gavin sin conocimiento! Podemos llevarlo entre nosotros…

—¿Y si nos atacan? No podemos defendernos si estamos cargando con una persona, y si lo dejamos en el suelo, lo estaríamos dejando indefenso. —Ruby miró con tristeza a Gavin—. Lo siento, Junebug, pero esta es la decisión correcta.

A Parker se le hinchó el pecho. Esto, más que nada, era lo que le gustaba de Ruby Valentine. Era una reina. Y siempre y cuando se quedara en su castillo, Juniper se quedaría para protegerla.

Al igual que Brett se quedaría para protegerlo a él.

—¿Ves? Esta es la razón por la que sois mi equipo de defensa —les dijo a las chicas—. Siempre estáis pensando en maneras de defender al grupo.

—¿Equipo de defensa? —Ruby frunció el ceño—. ¿Y en qué os convierte eso a vosotros exactamente? ¿En la ofensiva?

—Exacto. —Parker sacó un atizador de su soporte junto a la chimenea—. Creo que lo mejor es una estrategia doble. Brett y yo rastrearemos a ese gilipollas mientras vosotras os quedáis aquí y mantenéis a Gavin a salvo. —Sonrió, como si estuviera muy orgulloso de ver a Ruby allí sentada, agarrando sus pinzas como si fueran un arma—. La verdad es que me siento mal por el idiota que intente enfrentarse a ti.

Ruby tragó saliva y se mordió el labio, y fue todo lo que Parker pudo hacer para no empujarla contra la pared. Para no alzarla y sentir cómo lo rodeaba con las piernas. Había una habitación *justo* en el piso de arriba que llevaba sus nombres, un palacio de ensueño con sábanas de satén y una cama con dosel. Sin embargo, Parker se dijo a sí mismo que debía esperar. Para cuando cayera la tercera víctima, Ruby le rogaría que la encerrara en esa habitación.

Y, entonces… éxtasis.

Sin embargo, se dijo a sí mismo que no pasaría nada si probaba un poco, así que se acercó a ella.

—Si no vuelvo…

—Para. —Su voz era fría, pero se inclinó hacia él. Esa rudeza solo era un juego propio de ella, esa tontería de hacerse la difícil que hacía que la deseara más—. Vas a volver. Me dijiste que no era peligroso.

—Sí —coincidió—. Pero ya me he equivocado antes. —Era la primera vez que lo admitía. La primera vez que esas palabras salían de su boca—. Y quiero que sepas que moriría mil veces por ti.

—Eso es fácil de decir…

—Bueno. —Se echó hacia atrás como si lo hubiera herido—. Igual, si tienes suerte, te saldrás con la tuya y te lo demostraré.

—Park.

Se dio la vuelta y caminó hacia las puertas antes de que pudiera detenerlo. Creía que estaría bien irse con un comentario ñoño, pero la verdad era que esto había sido mucho mejor. Ahora ella se quedaría todo el tiempo sintiéndose culpable. Se quedaría todo el tiempo pensando en lo horrible que sería que él muriera antes de poder retirar sus palabras. Para cuando regresara, estaría desesperada por él.

Con la ayuda de Brett, apartó la mesa de café de las puertas y se asomó al pasillo. Al ver que estaba todo despejado —sorpresa, sorpresa—, se deslizó fuera y dejó que Brett lo siguiera. Luego cerró las puertas con un *clic*.

14.

POLICÍA DEL KARMA

Cuando Parker cerró las puertas tras él, Brett se quedó mirando al frente. Hacía mucho tiempo que no estaba tan alterado, y las palabras que habitaban la piel de Gavin solo eran la punta del iceberg. Cuando Parker se giró hacia él con la mirada cargada de preocupación, Brett se dio cuenta de que esta alianza no tenía nada que ver con que Parker quisiera su compañía. Sin duda vio cómo Brett perdía el control y quiso controlar los daños.

—Tranquilo —dijo Parker con demasiada facilidad. Como si el pánico fuera solo una elección y no el resultado de toda una vida de sufrimiento. Toda una vida de culpa. La voz de Parker era poderosa, y Brett podía sentir cómo la miel cálida se deslizaba sobre él y aliviaba las partes rotas. Hubo un hermoso momento en el que pensó que todo iba a salir bien sin importar lo que habían hecho ni lo que les habían hecho. Entonces, el destello de algo moviéndose captó su atención, y el miedo lo golpeó con toda su fuerza y le robó el aliento. Alzó una mano y señaló a la entrada de la cocina.

—He visto algo.

Parker no lo cuestionó. Esa era la belleza de su relación, lo que siempre hacía que Brett acabara volviendo. Podía decir cualquier cosa, literalmente cualquier ridiculez, que Parker lo aceptaría. Era todo lo contrario a su vida en casa, donde todo lo que decía estaba mal. O no existía. Era incapaz de contar las veces que sus palabras habían acabado totalmente ignoradas, como si, en cuanto pusiera un pie en el apartamento de su padre, perdiera la habilidad de emitir sonidos. Su padre lo miraba como si no existiera, pero su amigo simplemente asentía.

—Allá vamos, entonces —dijo Parker, mientras sostenía el atizador que había robado del salón.

Juntos se dirigieron a la cocina. La isla de mármol blanco no era tan acogedora como parecía y los electrodomésticos brillaban como si los hubieran pulido recientemente. La habitación entera estaba tal y como la dejaron, excepto por dos cosas: sus móviles habían desaparecido de la bandeja y una pizarra de caballete, de esas que usaban en los restaurantes para anunciar la especialidad del día, estaba situada contra la pared del fondo.

Parker se acercó primero a la pizarra.

—¿Esto estaba aquí antes? —murmuró.

—Si lo estaba, no me di cuenta. Pero, de todas formas, alguien ha estado aquí desde que nos fuimos. —Ahora resultaba obvio. Brett no podía achacar el destello blanco a una ilusión óptica. Alguien había estado allí dentro *segundos* antes de que ellos entraran y había escrito sus nombres en la pequeña pizarra. Los nombres de sus personajes. El Hombre Invisible estaba tachado.

—Entonces es cierto —susurró Brett—. Alguien viene a por todos nosotros. Es imposible que sea Shane, pero ¿y si…?

—Joder, Brett. —Parker estaba sonriendo, es decir, con una *amplia sonrisa*, mientras que el corazón de Brett se agitaba en su pecho. Golpeándolo una y otra vez—. ¿Sigues sin darte cuenta?

—¿Darme cuenta de qué? —El corazón le latía con fuerza. Las manos le temblaban. Dios, ¿dónde estaba su petaca? Incluso mientras pensaba en ello, sabía que no podía sucumbir al antojo. Después de lo que había hecho en su dormitorio, tenía que mantenerse alerta.

Se apoyó contra la encimera, dándole la espalda a la pizarra. No era un manjar al que cortar en rodajas. No era El Estómago de Hierro. Era un chico. Un chico que se vio envuelto en algo muy, muy oscuro el año pasado; algo por lo cual llevaba pagando el precio desde entonces.

—Vamos. —Parker entró corriendo en el comedor. La tarjeta del sexto personaje estaba al final de la mesa, y la tomó—. Necesitaremos esto si vamos a rellenar los huecos. ¿Tienes un boli?

—¿Todavía sigues jugando? ¿Después de todo lo que ha pasado? —Brett se acercó y suavizó la voz—. ¿Después de todo lo que hicimos?

—*Yo* no hice nada —espetó Parker—. Lo único que hice fue sostener al chico mientras tú… —Sacudió la cabeza y se inclinó—. Vas a estar bien. Nunca dejaría que te ocurriera nada, ¿de acuerdo?

Brett asintió, invadido por aquella voz dorada como la miel. Se le relajaron todos los músculos. Al principio no reaccionó al ver a la niña de pie al otro lado del cristal, tan pálida que podría haber sido un fantasma. Los labios eran tan oscuros que parecían un corte. Como si alguien le hubiera deslizado un cuchillo por la cara y le hubiera convertido la boca en sangre y cicatrices.

La niña levantó un objeto.

—La cuerda —indicó Brett, que apuntaba al cristal.

Parker se volvió rápidamente. Sin embargo, tan pronto como había aparecido, la niña desapareció.

Brett parpadeó y corrió hacia las puertas que daban al patio. No había ningún rastro. Ningún atisbo de blanco. Solo una oscuridad muy fría.

—Tenía una cuerda en las manos.

—¿Quién tenía una cuerda en las manos?

—Era… —Ni siquiera fue capaz de decirlo con palabras. Esa chica, bueno, le resultaba familiar. La había visto en la planta de arriba. Salvo que la niña de la planta de arriba estaba hecha de porcelana, mientras que esta estaba hecha de carne y hueso.

—Brett. —Parker interrumpió sus pensamientos—. ¿Ves algo?

—La he visto… —*A ella*, quiso decir Brett, pero tenía miedo. Admitirlo haría que fuera real. Sacaría las cosas del ámbito de lo imposible y la realidad se abalanzaría sobre él como un puño se abalanza sobre un cuerpo, una y otra vez, robándole la respiración a un chico de pelo negro hasta que la sangre brota de sus labios.

—Te lo dije —balbuceó Brett, a quien se le estaba pegando el sudor al cuello—. No era Shane Ferrick. Era…

—Cara de Muñeca. —Parker alzó la tarjeta—. «Me llamo Cara de Muñeca. Mi arma es el factor sorpresa porque nadie lo verá venir. Mi mayor secreto es…».

—«… que ya estoy aquí» —terminó Brett por él—. Park, la he visto arriba. Juniper le tocó el hombro y se le abrieron los ojos y… *tenía* sus ojos.

—¿De qué hablas?

—Los ojos de Shane Ferrick. La cuerda de Shane Ferrick. Vamos, tengo que enseñártelo o nunca me creerás.

—Tío. Me estás asustando —dijo Parker mientras lo seguía en dirección a las escaleras. Por una vez, Brett tomó la iniciativa, y se sintió bien al estar a cargo de su destino. Resolver problemas en lugar de crearlos.

Subió los escalones de dos en dos. Era como Superman, brincando por encima de edificios altos de un solo salto. Pasó junto a las habitaciones de las chicas en un abrir y cerrar de ojos. Al trasponer la puerta, se le aceleró el corazón. Pudo ver por el rabillo del ojo el confeti que cubría el suelo. La sábana que había colocado sobre el cabecero de la cama para ocultar lo que había escrito allí. El cabecero estaba curvado como una lápida y las sábanas eran de un gris pétreo. Cuando Brett entró en la habitación, pensó en tumbarse en la cama y ver qué se sentía al desaparecer.

Pero no desapareció, y ahora podía oír el tintineo de los puños americanos contra el interior de su bolsillo, suave y reconfortante. Un recordatorio de que todavía estaba aquí. Seguía luchando, a su manera, e iba a superar esta pesadilla.

Iba a sobrevivir.

Entonces, cuando Brett entró en el quinto dormitorio, le dio una punzada en el estómago. En la silla de la derecha, donde había estado sentada la chica, no había nada. Ninguna niña. Ninguna muñeca. La mirada de Brett se dirigió a la izquierda. Allí seguía sentado el niño, vestido con un traje negro como el ébano, pero le habían arrancado la chaqueta. Y, en cada superficie expuesta de la piel, alguien había escrito palabras con un rotulador rojo brillante.

Imbécil. Pervertido. Basura blanca.

En el chico de impresionantes ojos azules, las palabras tenían cierto sentido, pero no porque Brett estuviera de acuerdo con ellas. ¿Cuántas veces se había inclinado Parker en los pasillos del Instituto Fallen Oaks y había hecho comentarios sarcásticos sobre esa «basura blanca de mierda»? ¿Cuántas veces le había rogado a Brett que destruyera al «imbécil» que había bailado con Ruby Valentine? Al principio Brett se mantuvo reticente, ya que Shane Ferrick parecía dulce. Considerado. El tipo de chico que a uno le gustaría conocer. Entonces, la mañana antes de la fiesta de Navidad de Dahlia Kane, en el instituto salió a la luz un vídeo de Ruby.

Y la impresión de Brett cambió.

—Yo hice esto —dijo mientras señalaba al muñeco—. Juniper lo atrajo a la piscina y Gavin escribió sobre él, pero yo lo destruí.

—No. —La mandíbula de Parker se tensó—. Destruyó a Ruby, y tú se lo devolviste.

—No.

—Sí. —Parker le tendió una mano. A Brett se le revolvió el estómago y se le nubló la vista, pero sus dedos hicieron lo que siempre hacían cuando su amigo le tendía la mano. Se conectaron—. Pase lo que pase esta noche, necesito que recuerdes una cosa.

Brett asintió mientras le examinaba los ojos. Buscaba el dorado entre el verde. Las esmeraldas que crepitan de luz. Sin embargo, los ojos de Parker eran oscuros al susurrar:

—Le hiciste un favor al mundo.

15.

FRUTA PROHIBIDA

Había algo raro en Shane Ferrick. Parker lo supo el día que ese chico apareció en la ciudad. No fue que Shane llegara en medio de una tormenta, ni que tuviera el pelo revuelto y la ropa rota. La gente del instituto se arrojaba sobre él, y eso ponía a Parker enfermo. Era algo sutil; las chicas se ofrecían a acompañar a Shane a clase, los chicos le pedían compartir un cigarro en el parque, pero él veía lo que los demás no veían: Shane Ferrick era un bicho raro que manipulaba a la gente y se aprovechaba de su simpatía.

Tan solo tenía que demostrarlo.

Entonces Parker recibió un regalo. Sucedió el lunes en Biología Avanzada. La tarea del día consistía en rebanar una rana asfixiada, y Parker entró en el aula emocionado. Había estado esperando este momento, esperando el enfoque práctico del aprendizaje que tantos profesores afirmaban que era importante, pero que tan pocos acababan cumpliendo. Y puede que tuviera ganas de rebanar algo, solo un poco. No era que la cosa esa pudiera sentir dolor. Estaba muerta.

Sin embargo, Shane Ferrick echó un vistazo al anfibio verde-grisáceo, desparramado como el contenido de la botella de un científico loco, y se echó a *llorar*. Una lágrima se le deslizó por la mejilla y salpicó la mesa. El calor se extendió por el estómago de Parker y se le deslizó hasta las extremidades. Por fin, después de una semana aguantando las gilipolleces de este chaval, Parker no tendría que volver a oír hablar del fascinante Shane Ferrick nunca más. Ese chico se había revelado como lo que era.

Patético.

Parker hizo crujir los nudillos y esperó a que empezaran las risas. Pero estaba ocurriendo algo raro. Las chicas de la clase se giraron para mirar a Shane con los ojos muy abiertos y llenos de preocupación. Cuando una de ellas se apresuró a ir junto a Shane para envolverlo en un abrazo, los dedos de Parker se ciñeron en torno a un vaso de precipitados de cristal. Visualizó el vaso rompiéndose, como ocurría siempre en las series de televisión cuando alguien estaba furioso. El vaso de precipitados aguantó. En ese momento, sintió que era una metáfora perfecta de su existencia: Parker estaba lleno de pasión, lleno de fuego, y no había nada que pudiera hacer con ello. Era impotente.

Aquella mañana, mientras que la mitad del alumnado gimoteaba sobre lo «sensible» que era Shane Ferrick, «lo dulce que era, lo pura que era su alma», Parker se saltó la tercera clase para ir al supermercado. Compró manzanas y queso y una cesta de pícnic de mimbre y, sí, se sintió como un completo imbécil comprando eso. Pero también se llevó una botella de champán cara como el infierno usando el carné de identidad falso que tenía desde los quince años.

A Ruby le iba a encantar.

Veinte minutos más tarde, Parker entró en el aparcamiento del instituto con los neumáticos chirriando, el motor rugiendo y el pelo con un aspecto fantástico. Con aire arrogante, salió de su Mustang clásico como si fuera el rey del universo. Excepto, ya sabes, porque era un rey que lleva una bonita cestita de pícnic. Pero bueno, si eso era lo que las chicas de este sitio encontraban sexy, Parker lo haría.

Haría cualquier cosa para conseguir lo que quería.

Rodeó el grueso roble que se alzaba en el centro del patio y vio a Ruby sentada entre un grupo de chicas. No levantó la vista cuando

Parker se acercó. Estaba hipnotizada, mirando fijamente a un chico de ojos azules y llevándole una uva a los labios. Sin embargo, cuando la uva se acercó a la boca de Shane Ferrick, este sacudió la cabeza y se apartó. Las chicas soltaron una risita.

Parker se aclaró la garganta.

Ruby alzó la vista y parpadeó como si la luz brillara demasiado como para verlo.

—¿Park? —dijo con los ojos entrecerrados—. ¿Se puede saber que llevas en la mano?

Esta vez las chicas estallaron en carcajadas. No había nada dulce ni sutil en ello. Mientras que Shane les aportaba deleite, era obvio que Parker les aportaba entretenimiento. Notó cómo se le enrojecía la cara. ¿Qué pasaba en este instituto? Hacía tan solo un mes, cualquiera de estas chicas se habría lanzado a sus pies.

Era como si Shane las hubiera hechizado.

Finalmente, entre todas las risitas, Parker encontró la voz.

—Pensé que podría invitarte a comer —le respondió a Ruby. Se esforzó por evitar a Shane. Nunca había creído en la magia, pero había algo en ese chico que no encajaba del todo. Algo perturbador. Parker no quería tener nada que ver con eso.

Ruby se metió la uva en la boca y la masticó despacio. Después de una eternidad, tragó.

—Ya tengo planes para comer.

Parker apretó los dientes y los músculos se le tensaron cuando Shane estiró el cuello para mirar el interior de la cesta de pícnic.

—Parece que tienes cosillas buenas ahí —comentó. Al instante, el foco de atención de aquellas chicas pasó a ser la cesta de Parker: admiraron la selección de quesos y cuchichearon sobre cómo abrir el champán sin ser descubiertas. Parker las miró fijamente e intentó entender esta serie de acontecimientos.

Entonces, como si se tratara de una respuesta, pasó Brianna Ferrick.

Llevaba un vestido blanco. Brianna siempre vestía de blanco, como la señora de aquella historia a la que dejaron plantada el día de su boda y nunca se molestó en quitarse el vestido. Parker no recordaba los detalles, pero recordaba que la chica era inestable. Y Brianna también lo era. Lo notaba solo con mirarla. Llevaba como una decena de collares, cada uno con un amuleto diferente. Cristales y pentagramas y toda clase de *frikadas* relacionadas con la adoración al diablo. Cada vez que la veía, Parker quería rodear esos collares con las manos y tirar de ellos.

Mientras seguía a Brianna con la mirada a través del patio, oyó una voz familiar y se volvió. Ruby se reía y se inclinaba hacia Shane.

—Vale, no te gustan las uvas. Pero seguro que te encantan las manzanas.

Parker parpadeó mientras acercaba una manzana a los labios de Shane. La manzana de *su* cesta. ¿Intentaba hacerle daño o de verdad estaba bajo un hechizo? Le había dicho que lo amaba hacía apenas unos meses. Lo miró fijamente a los ojos, sin aliento, mientras se inclinaba para besarlo. Ahora estaba persiguiendo con una manzana a Shane, que fingía luchar contra ella, y todos se estaban riendo muy fuerte, como si no fueran capaces de creer lo divertido que era.

Estaba sin aliento. Parker ladeó la cabeza y miró a Shane con una curiosidad recién descubierta. Tal vez Shane sí le había hecho algo a Ruby; tal vez sí tuviera poder sobre ella. Sonaba ridículo, pero ¿qué era más ridículo?, ¿la idea de que Shane la estuviera manipulando o la idea de que ese don nadie de piernas larguiruchas pudiera entrar tranquilamente en la ciudad y robarle el amor de su vida sin intentarlo siquiera?

Shane chocó con el brazo de Ruby y dijo:

—Te dije que solo me gustan las fresas. —Y Ruby se sonrojó, como si estuvieran hablando de otra cosa. De algo personal. Parker estaba furioso. Durante un minuto consideró abrir el champán y decirle al director que los había visto bebiendo. Podría culpar de todo a Shane. Pero no. Iba a hacer algo mucho más grande, mucho mejor que eso. Iba a desenmascararlo como el monstruo que era.

Durante más de una semana, Parker estudió todo lo que pudo encontrar sobre ocultismo. Se enteró de las peores cosas —sacrificios humanos y rituales de tortura, y la forma en la que al Mal siempre le atraía la inocencia— y de otras cosas más tontas, como los hechizos de amor y los que te volvían irresistible. No podía descartar nada, no hasta saber qué era real y qué no. Ya se había enterado de que la mitad de los amuletos que llevaba Brianna estaban relacionados con la magia negra y si ella sabía cómo utilizar su poder, podía estar envuelta en una mierda muy seria. Sin embargo, aún peor que Brianna era Shane. Él fingía ser normal. Fingía que las chicas de Fallen Oaks acudían a él porque de alguna manera se lo merecía, a pesar de que no había hecho nada por la gente de esta ciudad. No había hecho nada para ganarse el afecto de Ruby. Parker supuso que era posible que Brianna fuera la que tenía el verdadero poder y que Shane se beneficiaba de sus habilidades. Pero sospechaba que era lo contrario: Shane era el verdadero malvado y Brianna se había metido en algo que no entendía.

Parker iba a ayudarla a liberarse.

Un miércoles, avanzada la noche, se dirigió al parque de caravanas de Fallen Oaks con la esperanza de espiar a Shane a través de la ventana de su habitación. Se dio cuenta de que algo iba mal en cuanto salió del coche. Había algo que olía raro por allí, no porque fuera horrible, sino porque era dulce. En el pasado, bromeaba diciendo que el olor de Ruby flotaba en el aire de la misma manera que el olor de la comida flotaba en los dibujos animados. Podía seguirla por su olor. Pero ¿por qué estaba aquí? Parker se negaba a creer la verdad mientras se arrastraba entre las caravanas en busca de la morada con cortinas azules y una puerta plateada brillante. Ya había oído a Shane describir su casa a la gente, siempre haciendo que sonara más lujosa de lo que era. El chaval era pobre, pero hablaba de sí mismo como si fuera una especie de príncipe. Y no es que Parker tuviera nada en contra de la gente pobre, pero Shane fingía ser algo más.

Rico en amor y familia.

Cuando llegó a la casa de Shane, Parker pensó que todo lo que decía ese chaval era muy cursi. Exhaló de alivio cuando vio que el Cadillac de Ruby no estaba por ninguna parte. Aquel coche era una reliquia, una herencia que pasó de su abuelo a su padre. A Parker siempre le había parecido raro que el padre de Ruby se marchara de la ciudad sin llevarse el coche, pero, en ese caso, puede que la policía le hubiera podido seguir la pista. Fuera como fuere, el padre de Ruby desapareció, el coche se quedó y Parker apareció para recoger los pedazos de su corazón roto.

Se *ganó* la devoción de Ruby.

En silencio, se deslizó por la parte trasera de la caravana y se detuvo frente a la primera ventana. Sabía que era la de Shane incluso antes de ver al chico sentado en el interior. Incluso antes de ver a la chica. Reconoció la ropa esparcida por el sitio, las camisas arrugadas y los vaqueros raídos que Parker había analizado desde que todas las chicas del Instituto Fallen Oaks perdieron la cabeza por él. Definitivamente, cuanto más pensaba en ello, más se daba cuenta de que Shane *tenía* que estar controlándolas.

Sus ojos se desviaron hacia la izquierda, hacia la cama. Podía ver las piernas de Shane, podía ver una rodilla pálida asomándose por un agujero en los vaqueros. Al menos estaba vestido. Sí, este pensamiento cobraría una gran importancia, ya que la mirada de Parker se desvió hacia la izquierda y advirtió unas piernas largas y con pecas. Unas piernas que reconocía. Se había pasado incontables horas deslizando los dedos sobre esas piernas, intentando que Ruby se rindiera ante él. Había memorizado sus pecas como si fueran constelaciones. Le había depositado besos hasta llegar a los muslos, hasta que ella soltaba una risa tonta y se quedaba sin aliento.

Ahora, tras el fino cristal, Parker veía que no se reía. Estaba mirando a Shane como si fuera la puñetera luna. Y Shane, ese imbécil escurridizo, se estaba inclinando hacia ella y le estaba colocando el pelo detrás de la oreja. Parker quería aporrear la ventana. Quería romper el cristal y golpearle la cara a Shane hasta que se pareciera a la luna de verdad.

Pero no podía. Si irrumpía en ese dormitorio disparando a diestra y siniestra, Ruby podría pensar que Shane era la víctima. Tenía que alejarla de ese gilipollas sin que supiera que él era el responsable.

Lo cual significaba que llamaría a los refuerzos.

Parker volvió a su coche. Sin embargo, en lugar de volver a la carretera, sacó el teléfono del bolsillo. Llamó a Información. Pidió que le pusieran con la residencia de los Valentine.

Luego esperó a que llegara el momento.

Sonó un par de veces antes de que una mujer adormilada respondiera. La señora Valentine. Desde que su marido desapareció, la madre de Ruby vivía aterrorizada por que secuestraran a sus hijas en mitad de la noche. Ahora Parker iba a usar ese miedo en su beneficio. Alejaría a su chica de Shane Ferrick y la devolvería a su propia cama.

—¿Hola? —susurró la madre de Ruby—. ¿Quién es? ¿James?

Parker usó su mejor voz de película de terror. Además, tal vez se divirtiera con ella, ya que su noche se había ido a la mierda.

—Su hija está en peligro —advirtió con voz grave y gutural—. Mañana a estas horas estará muerta.

A la señora Valentine se le hizo un nudo en la garganta. Emitió un sollozo bajo y estrangulado. Parker empezó a sentirse mal, pero no podía decirle que estaba bromeando sin arruinar su tapadera, así que puso fin a la llamada y arrancó el coche.

De vuelta en la carretera, los latidos de Parker empezaron a calmarse. Ya sabía cómo iban a desarrollarse las cosas. Primero, la madre de Ruby irrumpiría en la habitación de su hija y encontraría la cama vacía. Luego la llamaría una, dos, veinticinco veces. Finalmente, Ruby contestaría, sin importar lo que Shane la convenciera de hacer, y después volvería a casa para encontrar a su madre sollozando en los escalones de la entrada.

Salir a hurtadillas dejaría de ser una opción para siempre.

16.

MANZANA ENVENENADA

Ruby Valentine comenzaba a desquiciarse. Juniper podía verlo, incluso con un ojo puesto en Gavin. Él estaba tumbado en el sofá de terciopelo negro como un niño de cuatro años después de una fiesta de cumpleaños; tenía las piernas y los brazos extendidos de cualquier forma, el pelo oscuro le cubría la cara y su pecho subía y bajaba de forma rítmica.

Parecía estar tranquilo.

Ruby, en cambio, parecía estar aterrada. Se acercó tambaleándose a la ventana y apartó las cortinas como si estuviera dispuesta a escapar. Por desgracia, no pudo hacerlo. Los barrotes de acero cubrían la ventana, lo que los mantenía encerrados en el interior.

—Nos tiene atrapados.

—¿Quién? ¿Parker? —preguntó Juniper, con el corazón latiendo con fuerza al ver esos barrotes.

Ruby negó con la cabeza. Miraba fijamente la ventana, como si esperara que una aparición se colara por entre los barrotes. Una aparición con el pelo oscuro e impresionantes ojos azules. Con dedos largos y pálidos. Con una sonrisa engañosa.

—Shane Ferrick no está aquí —le dijo Juniper—. Es imposible.

Cuando Ruby se dio la vuelta, el pelo se le onduló sobre los hombros como riachuelos en un mar carmesí. Hacía meses que se lo había teñido, pero Juniper aún se estaba acostumbrando a él. Ambas habían crecido juntas y se había habituado al cabello pelirrojo de Ruby. Una vez le había hecho cien trenzas diminutas en el pelo y, cuando estas se deshicieron, había parecido una sirena.

Ahora parecía un espectro, y ese pelo era como sangre en la punta de los dedos. Como una mancha en un vestido de marfil.

—Como rubíes hilados —había insistido Ruby tres meses atrás en el servicio de chicas del Instituto Fallen Oaks. Juniper salía del baño cuando se la encontró de pie frente al espejo.

En ese momento se hizo el silencio. Siempre se hacía el silencio con Ruby desde que las cosas se habían desmoronado y las dos no podían mirarse a los ojos. Ese día, sin embargo, hubo algo diferente. Ruby saltaba de un pie a otro y le sonreía a su reflejo.

—El color me queda bien, ¿no crees? Parece rubíes hilados.

Juniper solo la miró. Lo último que quería era empezar una pelea, pero odiaba lo pálida que parecía con ese pelo rojo como la sangre. Lo cruel que lucía. Aun así, no podía quedarse callada, así que dijo lo más bonito que fue capaz de articular.

—Te hace parecer menos inocente.

Ruby se rio. Durante la mayor parte de su vida, había tenido las mejillas sonrosadas y un puñado de pecas en el puente de la nariz. Era tan sana como el pastel de manzana, o eso susurraban los chicos para después hacer como si la estuvieran *saboreando*. Se deslizaban la lengua entre los dedos cuando Ruby pasaba por los pasillos.

Sin embargo, después del funeral de Shane, Ruby pasó tanto tiempo en casa que sus pecas se desvanecieron. Perdió el color que tenía. Con ese pelo carmesí parecía menos *sana* y más como si estuviera *envenenada*.

Ahora Juniper se preguntaba si ese era el objetivo. La Ruby sana como un pastel de manzana siempre fue el sabor favorito de los chicos y siempre, *siempre* salía algo mal. Sin embargo, si ese pastel de manzana parecía estar un poco envenenado, dejarían de rogar por una degustación. La dejarían en paz y nadie saldría herido.

Nadie moriría.

—Fuimos a su funeral —dijo Juniper, y apartó la mirada de los barrotes de la ventana—. Vimos cómo lo enterraban y lanzamos pétalos de rosa…

—Ataúd cerrado —murmuró Ruby, que se dejó caer en el sofá frente a Gavin. Parecía tener problemas para mantenerse en pie, como un recién nacido que no puede levantar su propia cabeza. Y con una nueva oleada de odio hacia sí misma, Juniper pensó que sostendría la cabeza de Ruby si fuera necesario.

Incluso le daría su sangre. Su aliento. Por el momento, se arrodilló frente al sofá y le tomó las manos enguantadas.

—Shane no está detrás de esto. Piénsalo, Ruby. Si no murió, ¿qué sentido tiene encerrarnos en una casa y torturarnos?

—No estamos encerrados.

—Tienes razón. La puerta trasera está abierta. —Intentó que su mirada se encontrara con la de Ruby, pero esos ojos se agitaban tanto como las alas de una mariposa y se negaban a fijarse en nada—. No deberíamos estar sentados en esta habitación esperando a que alguien viniera a buscarnos. Deberíamos estar en la puerta y en la carretera.

—No podemos. Un coche es el último lugar donde deberíamos…

—¡Nadie obligó a Shane a entrar en ese coche! Nadie puede culparnos por lo que le pasó. Él eligió conducir…

—¿Lo viste salir de la fiesta? ¿Lo viste sacar las llaves del bolsillo de Parker? —Ruby por fin la miró a los ojos, pero esa mirada era inquietante. Tenía una intensidad que Juniper nunca había visto. Ruby estaba desesperada por entender lo que había sucedido la noche de la fiesta.

Pero Juniper no tenía las respuestas que buscaba.

—Me fui antes que Shane —admitió, con la mirada puesta en las palabras escritas en la piel de Gavin—. No vi a Gavin hacer nada, y solo me enteré de lo que hizo Brett después de que ocurriera.

—¿Y tú? —inquirió Ruby. Lo dijo con tanta delicadeza que Juniper casi pensó que podía decir la verdad. Confesar. Hacer borrón y cuenta nueva. Pero todavía se aferraba a la ilusión de que podrían reavivar su amistad, y este poco de honestidad apagaría ese fuego.

Para siempre.

De modo que dijo una verdad a medias. Lo que se decía a sí misma una y otra vez desde la fiesta.

—Mi intención nunca fue hacerle daño —respondió, sin dejar de sostener la mirada de Ruby. Sin dejar de sostenerle las manos por increíble que pareciera—. Vino, se sentó conmigo y nos tomamos una cerveza juntos.

—¿Shane se sentó contigo? —preguntó Ruby. Lo dijo en voz baja, como si acariciara su nombre con la boca. Juniper no lo llegaba a comprender. Por lo que sabía, Shane le había hecho algo horrible a Ruby, pero, si eso fuera verdad, no pronunciaría su nombre de esa manera.

Escupiría en su tumba.

—Vale, sé sincera conmigo —dijo Juniper, y le lanzó una rápida mirada al fuego abrasador—. No te estás quedando aquí… No te estás escondiendo en esta habitación porque quieres verlo. ¿Verdad?

Ruby bajó la mirada.

—Si pudiera disculparme…

—¿En serio? —El calor inundó el pecho de Juniper—. ¿Después de lo que te hizo?

—¿Qué crees que hizo?

—No estoy segura, la verdad. Todo lo que sé es lo que vi en el instituto. En un momento le estás *dando* de comer en el patio y, al siguiente, ese vídeo aparece en mi bandeja de entrada, y veo que tú… Bueno, no hace falta que te recuerde lo que mostraba.

—No. No hace falta —coincidió Ruby, y ahora su voz era fría. Juniper podía visualizar carámbanos colgándole del corazón. Tal vez eso era lo que tenías que hacer cuando todos a los que amabas se volvían en tu contra, o te abandonaban, o algo peor. Tal vez tenías que juntar todas las partes cálidas y sangrantes que formaban parte de ti y cubrirlas de escarcha.

Para sobrevivir.

Ruby era una superviviente. Eso siempre fue verdad. En cierto modo, fue lo primero que le atrajo a Juniper de ella. Cuando Ruby se caía en el patio, no lloraba. Cuando su padre le gritaba, ni siquiera se inmutaba. Y cuando Shane Ferrick la humilló delante de todo el instituto, no buscó venganza.

Claro que no tuvo que hacerlo. La gente lo hizo por ella. Parker, junto con su leal secuaz, Brett. Gavin, al parecer. Juniper también. Ahora estaban aquí. Cinco pequeños jugadores en un juego peligroso del que intentaban salir con vida. ¿Y Ruby quería quedarse para poder charlar con el chico que la humilló?

—Deberías odiarlo —escupió Juniper al tiempo que se ponía de pie. Sintió frío sin las manos de Ruby entre las suyas—. Se coló en tu habitación. Se coló en tu cama y luego…

—No se coló.

El corazón de Juniper se tomó unas vacaciones. Llevaba toda la noche latiendo en su interior, y ahora… silencio. Siempre había silencio con Ruby. Siempre había sufrimiento y remordimiento, porque Ruby ni perdonaba ni olvidaba. Pero sí perdonaba a Shane y lo defendía.

Ruby se levantó despacio. Bajo la luz parpadeante del fuego, su pelo brillaba más que las amapolas antes de pasar a ser más oscuro que la sangre.

—No se coló en mi habitación y no se coló en mi cama. Yo me colé en la suya.

17.

VIENTO DEL DESIERTO

Ruby se sentía como si estuviera poseída. Tenía el cabello largo y pelirrojo recogido en un moño y metido en un gorro de lana. Llevaba unas mallas negras y una sudadera a juego, lo cual no era exactamente su primera elección en cuanto a atuendo de seducción, pero siempre podía quitárselas.

Y necesitaba ser sigilosa.

Se quedó detrás de la caravana de los Ferrick, en la esquina izquierda del aparcamiento, y se preguntó qué estaba haciendo aquí un sábado por la noche. Parker la iba a matar por esto. Luego mataría a Shane y, probablemente, a Brianna, solo para ser un capullo.

Parker era ese tipo de chico. Ruby lo supo esa noche, aunque no tuviera ni idea cuando empezaron a salir. Él era posesivo y, si bien nunca le había hecho daño propiamente dicho, encontró la forma de adentrarse en todos los aspectos de su vida. Sentía su presencia incluso cuando estaba sola.

Golpeó la ventana de Shane. Solo había hablado con él un par de veces desde el infame baile lento en el pasillo, pero había algo que crepitaba entre ellos, y no necesitaban palabras para que eso apareciera. El fuego se encendió el día de la tormenta, cuando la miró a los ojos, y Ruby ardía desde entonces.

Shane abrió la ventana.

En silencio, se subió a sus sábanas arrugadas.

—Necesitaba verte —dijo, y se quitó el gorro de lana. El pelo se le onduló a su alrededor y se pasó una mano por él, tímida.

Frente a ella, Shane sonrió. Dios, qué guapo era. Un mechón de pelo se le curvaba sobre el ojo izquierdo, como una luna creciente negra en un cielo zafiro. Como algo imposible de ver en este planeta, pero que, *en algún lugar*, tenía sentido. Ese era Shane, extraño y natural al mismo tiempo.

Míralo, apoyado en su cama de forma tan despreocupada, pensó Ruby. *Ni siquiera lo pone nervioso que esté aquí.* Nadie la trataba así. No desde que empezó a salir con Parker. Antes de que pudiera detenerse, habló.

—No te has enterado, ¿verdad?

—¿De qué? ¿Lo de tu novio?

Seis palabras pronunciadas con tanta facilidad. No había miedo en la voz de Shane. Pero Ruby tenía suficiente miedo por los dos, y su voz tembló cuando habló.

—Te haría daño si supiera que estoy aquí.

—Pero, a pesar de ello, viniste.

—Sí.

—Porque necesitabas verme.

—Sí.

Su sonrisa se intensificó. Era pícara y traviesa, y Ruby sintió cómo las estrellas se despertaban en todo el universo. Las galaxias que antes eran oscuras ahora tenían luz.

—Bueno —continuó mientras se acercaba a ella—, eso me basta.

—Ah, ¿sí?

Asintió, jugueteando con las sábanas. Su ropa de cama era de color cerúleo y marfil. Sus paredes, de un profundo azul crepuscular.

—Te he visto con ese novio. He visto cómo te estremeces cuando te toca. Cómo buscas excusas para escabullirte adonde él no pueda seguirte. ¿Acaso te gusta, Ruby?

Ella bajó la mirada. Le gustaba más cuando él la llamaba «Fresa», le gustaba más cuando ambos coqueteaban. Cuando se ponían con esos jueguecitos. Lo único que quería era venir aquí y hacer una estupidez. Quitarse la ropa y hacerle perder la cabeza. Permitirse a sí misma perder la suya.

Por una vez.

Sin embargo, en este momento, mientras miraba fijamente esos ojos zafiro, decidió hacer algo más peligroso. Decidió decirle la verdad. Que había roto con Parker *siete veces* y que, cada una de esas veces, él siguió apareciendo en su casa, jugando al escondite con sus hermanas y haciendo sándwiches con su madre en la cocina. Una noche, tras una ruptura especialmente mala, se lo encontró en el comedor con un enorme cuchillo de trinchar en la mano y de pie junto a un pavo.

Eso era lo que pasaba con Parker. Puede que fuera un acosador, pero era inteligente. Todo lo que hacía, lo hacía con el pretexto de proteger, de cuidar. Todo lo que hacía incluía el elemento de la duda. Como que quizá solo fuera un chico dulce y leal que no entendía que lo que había entre ellos se había acabado. Y era *tan bueno* con sus hermanas. Su madre lo adoraba. Tal vez Ruby se había equivocado al intentar romper.

Ahora, en la tranquilidad de la habitación de Shane, todo sonaba ridículo. Pero Shane no le echaba la culpa de que Parker fuera posesivo.

—Toda rebelión comienza con un pequeño acto de desobediencia —dijo mientras le rozaba el interior de la muñeca con los dedos. Ruby sintió que un trueno y un relámpago se agolpaban en sus venas—. Vosotros dos almorzáis juntos, ¿verdad?

Ruby asintió. Todos los días durante el último año almorzaba con Parker, quisiera o no. Con lluvia o con nieve, con aguanieve o con tormenta. Fin de semana o día de entre semana, Parker estaba allí.

—Pues el lunes vas a almorzar sin él —declaró Shane—. Quedaremos después de la tercera hora y nos podemos sentar juntos unos cuantos.

—¿Quiénes?

Se encogió de hombros.

—Amistades que he hecho. —Quiso decir *amigas*, pero Ruby no estaba celosa. Parker estaría menos dispuesto a ponerse histérico con un grupo de chicas mirando—. Cuantos más, menos peligro, ¿no?

—Aun así, me seguirá a casa. Me acorralará en la puerta. Hará que acceda a que volvamos juntos. Lo siento, sé que parece una locura...

—No parece una locura. De hecho, odio un poco esa palabra. —Miró hacia abajo al tiempo que jugaba con una colcha de retazos que había al final de la cama—. Parece que llevas mucho tiempo asustada. Créeme, conozco esa sensación.

A Ruby se le cortó la respiración. Pensó en aquel día, en el pasillo del instituto, cuando bailaron y la máscara de Shane se cayó. La tristeza en sus ojos reflejó la de ella. Ahora él no quería mirarla y no dejaba de jugar con su manta. La colcha estaba compuesta por cuadrados multicolores, y Ruby vislumbró unas palabras tejidas en la esquina.

Para Shane, con amor.

—¿Tu madre? —inquirió, y puede que estuviera curioseando un poco. Puede que hubiera oído rumores en el instituto sobre la *desaparición* de la madre de Shane durante la noche. Corpórea un minuto, vapor al siguiente.

Y luego viento.

—Hizo una para cada uno —contestó mientras doblaba la esquina de la manta de modo que Ruby no pudiera ver su nombre tejido en ella. Se dio cuenta de que estaba sentada sobre uno de los parches y lo levantó de debajo de ella, por respeto.

—¿Está...? —Ruby se interrumpió, sin saber cómo terminar la pregunta.

—Se fue.

—Uh. —Un latido—. Mi padre también se fue.

—Ah, ¿sí? —Shane se pasó una mano por el pelo—. Yo estaba, esto… Estaba siendo eufemístico.

El corazón de Ruby tropezó consigo mismo. Se detuvo, luego se aceleró para compensar el lapsus. Durante un segundo, pensó que podía contarle todo. La oscura y horrible verdad sobre la noche en la que su padre había desaparecido. Pero Ruby ya se había convertido en la víctima en el escenario de Parker y, aunque lo fuera, odiaba hablar de sí misma de esa manera. Como si los chicos pudieran envolverla en sus pegajosas telarañas y obligarla a hacer lo que quisieran. Asfixiarla. Chuparle la sangre poco a poco. Se había liberado de la red de su padre y se liberaría de la de Parker también, con o sin la ayuda de Shane.

Ahora mismo, quería ayudarlo *a él*.

—Deberías hablarme de tu madre —dijo.

—¿Debería? —Shane alzó una ceja—. ¿Y por qué?

—Porque no quieres tener ese peso en el pecho. —Ruby le apretó las manos—. Créeme, llevo meses deambulando, sintiendo como si tuviera un elefante sentado en el pecho. Y todo este tiempo he estado culpando a Parker de ser un acosador…

—Es un acosador.

Ruby asintió con la cabeza pero el gesto fue espasmódico, más bien el movimiento de una marioneta que el de una persona.

—Parker siendo Parker, en fin. Eso es cosa suya. Pero lo he mantenido en secreto. Lo he mantenido en secreto *por él*, y no me he dado cuenta hasta que lo he soltado. —Alzó la vista y se encontró con la mirada de Shane—. Así que háblame sobre tu madre.

El chico se rio, pero se desvaneció enseguida.

—Le encantaba llevarnos al circo —comenzó—. Solía inventarse historias sobre los animales y, cuando los equilibristas se caían y Bri se preocupaba por ellos, nos decía que tenían alas invisibles. —Tragó saliva mientras jugueteaba con el borde deshilachado de su camiseta. Era negra como su pelo, y Ruby quería quitársela y usarla para dormir. En vez de eso, se quedó muy quieta y escuchó en silencio mientras él hablaba—. Luego nos hicimos mayores y empezó a leer sobre lo mal que trataban a los animales. Decía que veía agujeros en las alas de los equilibristas. Un año, cuando yo tenía ocho, fui a su habitación, ya preparado para irnos, y estaba tumbada en la cama, todavía con el camisón puesto.

—¿Estaba…?

—¿Qué? ¿Deprimida? —Shane resopló con amargura—. Mi madre era la persona más feliz que he conocido. Siempre nos contaba cuentos o nos cantaba canciones. Pero a veces se acostaba en la cama y era como si nada pudiera sacarla. Como si toda la carpa se derrumbara a su alrededor y no pudiera encontrar la salida. —Miró a Ruby—. Como si tuviera un elefante sentado en el pecho.

Ruby sonrió; fue una sonrisa suave y ligera que se desvaneció en un instante. Casi podía imaginarse a la madre de Shane, de pelo oscuro y ojos brillantes, intentando explicarles a sus hijos qué sentía al tener depresión. Era dulce y desgarrador, y Ruby quería introducirse en el recuerdo y mecer a Shane cuando su madre no pudiera hacerlo.

—Decidí no ir ese año —continuó, irrumpiendo en sus pensamientos—. Le dije a mi padre que me iba a quedar en casa, pero no se lo dije a mi madre. Quería llevar el circo hasta ella. Así que reuní todos mis tigres y elefantes de peluche, e incluso me puse un sombrero de copa, como si fuera el jefe de pista. —Hizo una pausa y sonrió. Pero le temblaban las manos cuando dijo—: Mientras yo lo preparaba, ella fue a bañarse. A veces eso ayuda en los días más oscuros, ¿sabes? Encender un montón de velas y que el calor la envolviera. Pero era raro, porque el grifo estuvo tanto tiempo abierto que pensé que ya debía de hacer frío. Que se debía de estar muriendo de frío. —Otra pausa.

»No contestó cuando la llamé. Pero el pestillo de la puerta es delicado, y si uno empuja lo suficiente se quita. Empujé y la puerta se abrió, y todo el baño era de color rosa. Me dije a mí mismo que había echado colorante alimentario. Lo hacía cuando éramos niños y a Bri le daba una pataleta porque no quería bañarse. Mi madre hacía como que el agua era el océano y la teñía de azul. Traía tiburones y delfines de plástico y hacía que se sumergieran. Al final, Bri se reía y chapoteaba y ninguno de los dos queríamos salir.

—No era colorante alimentario —dijo Ruby—, ¿no?

Shane negó con la cabeza.

—Seguro que, en el fondo, lo sabía. Pero es muy curioso cómo te la juega la mente en esos momentos.

Ruby se mordió el labio. Algo sabía sobre entrar en estado de shock. La mente divagaba y te llevaba a lugares extraños, algunos de los cuales eran muy oscuros, mientras que otros, por raro que pareciera, tenían bastante luz.

—¿Qué hiciste? —preguntó al cabo de un minuto, y deslizó el pulgar sobre el dedo de Shane.

Se apartó, sobresaltado.

—Llamé a la policía y saqué toda el agua de la bañera. No encontré ninguna venda, pero llevaba un vestido largo de encaje y le arranqué la parte inferior para vendarle las muñecas. No dejaba de pensar: *Se va a enfadar conmigo por haberle estropeado el vestido*, pero cuando llegó la ambulancia me di cuenta de que ojalá se enfadara conmigo, porque de lo contrario…

—Tuvo que ser aterrador.

—Fue… algo que creía imposible hecho realidad —dijo—. Pero mucho más real que cualquier otra cosa.

—Más brillante y más vívido.

—Sí. —Levantó la vista y la miró a los ojos—. ¿Cómo lo sabes?

Ruby se encogió de hombros, de repente tímida.

—Al igual que supe que tenía que llevar fresas el primer día que nos conocimos. El universo me lo dijo.

Shane sonrió mientras miraba la colcha. En uno de los parches, dos bebés de pelo oscuro se tomaban de la mano, uno vestido de blanco y otro de negro.

—Lo que pasa con el miedo es que no desaparece una vez que ha ocurrido lo más terrible. Se agrava, así que esperas que ocurran más cosas terribles. Las esperas.

—Brianna —susurró Ruby, y ni siquiera estaba segura de por qué lo había dicho. Brianna no estaba de pie al otro lado de la ventana. No estaba llamando a la puerta. Sin embargo, desde el momento en que Shane mencionó a su madre tumbada en la bañera, Ruby se había imaginado a Brianna flotando en el agua. Con un vestido largo de encaje. Imitando a la señora Ferrick de igual modo que otra chica podía vestirse con el vestido de novia de su madre. Con un collar de perlas. Y bailando con unos zapatos demasiado grandes.

—Bri se parece mucho a nuestra madre —dijo Shane—. Demasiado, si te soy sincero. Las dos les dan la mano a las ramas de los árboles y las dos bailan a medianoche en el jardín. Lo *hacían* —corrigió, como si recordara que su madre se había adentrado en otro plano de la existencia y no estaba esperándolo en la habitación de al lado.

Ruby se sintió identificada. Tras la desaparición de su padre, se despertaba mañana tras mañana y se le olvidaba que se había ido. Eso sucedió durante días, luego semanas, luego meses.

Al final, asumió la verdad.

—Sé que Bri no es mi madre, y nunca ha hablado de irse, pero, aun así, me preocupa. —Bajó la cabeza—. Cada vez que oigo el grifo de la bañera, me quedo totalmente quieto y escucho. Puedo verla ahí dentro, metida en el agua, y…

Ruby le tomó las manos. Como si nada, le acarició los brazos con los dedos hasta llegar al pelo. Apoyó su frente contra la de él.

—No dejaremos que le pase nada, ¿vale? Te lo prometo.

—No dejaré que te pase nada. —Las manos de Shane eran cálidas al deslizarse sobre las suyas—. Vamos a dejar de tener miedo. Juntos.

—¿Y después? —preguntó Ruby, sin aliento—. ¿Después de que hayamos dejado de tener miedo?

Shane sonrió. Fue una sonrisa como la del gato de Cheshire, una luna creciente que se le curvaba en la cara. Era una combinación de travesura y magia.

—Después estaremos juntos.

Ruby inspiró, con los dedos enroscados en su pelo. Quería protegerlo. De la tristeza. Del dolor. Del horror absoluto de saber que un ser querido nunca iba a volver, excepto en las pesadillas.

—¿Qué pasa con Parker?

Shane se inclinó hacia ella. Con los labios cerca de los suyos, dijo:

—Parker Addison es un grano de arena en una tierra de pirámides y dioses. Todo lo que tienes que hacer es esperar a que llegue el viento y se irá volando.

—Llevo mucho tiempo esperando el viento. ¿No podríamos simplemente…? —Bajó los labios a su cuello y, cuando exhaló, *supo* que él podía sentirlo.

—Ruby…

—¿Ese es mi nombre?

—Fresa —dijo en voz baja y sensual, y el calor inundó el cuerpo de Ruby. Se sentía como una diosa de la luna en una tierra de pirámides y arena, rebosante de luz, llena de anhelo. Entonces, Shane le recorrió la línea de la mandíbula con los labios y susurró:

—Dime lo que quieres.

Se le paralizó todo el cuerpo. Sintió que el corazón cedía bajo el peso del deseo. Del peligro.

—No lo sé —contestó.

—No pasa nada. —Se apartó y le levantó la barbilla con los dedos—. No tienes por qué saberlo.

—¿No? —Nadie, en la historia de la existencia de Ruby, le había dicho que no pasaba nada si no estaba segura. Si no sabía lo que quería. Si se daba espacio para averiguarlo—. ¿Estás enfadado?

—¿Estás de coña? —Se rio—. Desde que te conocí me he estado contando la historia de que aparecías en mi ventana. Sabía que era una fantasía. Sabía que esta chica imposiblemente bella y poderosa no iba a entrar en mi habitación solo porque yo lo deseara.

—Y, sin embargo...

—Viniste. —Le besó la nariz—. Apareciste y fue mucho mejor que cualquier cosa que mi memoria pudiera evocar. Mucho mejor que cualquier cosa que mi imaginación pudiera crear. Fuiste lo contrario a todas mis pesadillas, el antídoto de todos mis miedos.

En ese momento, Ruby lo supo. Era el gran amor de su vida. Podía ver su futuro desplegado ante ellos: una salida a lo grande de la ciudad, una lista de trabajos disparatados que irían adquiriendo de ciudad en ciudad. Descubriendo siempre nuevos lugares, comiendo nuevos tipos de comida. Dándose de comer con las manos. Hijos, quizá, en el futuro. Ruby no estaba segura todavía. Pero estaba segura en cuanto a él de una manera que probablemente no debería haber estado.

Acababan de conocerse.

Sin embargo, en su interior sabía que estaban hechos el uno para el otro, al igual que sabía que Parker le haría daño si alguna vez se enteraba de lo suyo. Esa era la parte complicada. ¿Cómo iban a alejarla de él?

Y así, esa noche, después de haberse metido bajo las sábanas de Shane, susurraron sobre cómo liberarse. Se durmieron cuando el sol empezó a salir. Por primera vez desde la desaparición de su padre, Ruby durmió sin pesadillas y sin despertarse aterrorizada. Y cuando se despertó, una vez, al oír el ladrido de un perro en el exterior, Shane se limitó a mantenerse pegado a su cuerpo, curvándose hacia ella. Podía sentir que la deseaba. Cuando se apretó contra su espalda, su cuerpo cambió de posición. Sin embargo, no hizo el intento de aprovecharse. Ningún dedo se deslizó en la abertura de su camisa. Ningunos labios gimieron: «¿Por favor?». Incluso se apartó un poco para evitar que se sintiera incómoda. Pero Ruby tiró de él para acercarlo y se llevó su mano al corazón, deleitándose con la sensación de sentirse segura y deseada al mismo tiempo. Y se dio cuenta de que haría cualquier cosa para alejarse de Parker y para poder seguir «robando» esos momentos con el amor de su vida.

Cualquier cosa.

18.

CAZADORA DE TORMENTAS

Juniper estaba mareada. Se le nubló la vista y se le revolvió el estómago. De todos los secretos que Ruby le había ocultado, este era el peor.

—Estabas enamorada de él. Conociste a Shane Ferrick por dos segundos y te enamoraste de él, igual que te pasó con Parker.

—Shane no era como Parker —espetó Ruby, con el tono de voz a la defensiva—. Era quien más me protegía, el antídoto de todos mis miedos.

—¿Y qué tal te fue? ¿Grabó ese vídeo para *protegerte*? ¿Se lo enseñó a todo el instituto porque…?

—No sabes de lo que estás hablando.

—¡Pues dímelo, Ruby! Dime *algo*. Porque todo este tiempo he estado pensando en ti como en la víctima. Como la chica que fue arrastrada por un huracán hasta que tu cuerpo se retorció y tu ropa se rasgó y no podías ver ni lo que tenías delante de la cara. Pero ahora…

—Dilo —se burló Ruby mientras se acercaba—. Dime que me merezco lo que la gente me hace. Dime que es culpa mía.

—¡No estoy diciendo eso! Pero, por Dios, hay gente que sella las ventanas cuando oye que se acerca una tormenta y gente que sale corriendo por la puerta.

—¿Y yo?

—Tú te subes al tejado con una horca en las manos. Invocas al rayo. Persigues la tormenta.

—¿Ves? ahí es donde te equivocas, Juniper. Yo no persigo la tormenta. Yo *soy* la tormenta. Soy una diosa en una tierra de pirámides y arena y, si quiero, puedo hacer que todo esto desaparezca con el viento.

Juniper tragó saliva y se tambaleó hacia atrás.

—Todavía está en tu cabeza —dijo con amargura—. Lo has convertido en un héroe, como hiciste con Parker. Como hiciste con tu padre.

—Vaya, ya hemos llegado al quid del asunto, ¿no? La verdadera razón por la que entregaste a mi padre.

—Intentaba protegerte —se defendió Juniper, pero su pecho estaba inundado de calor. Tenía una extraña sensación de cosquilleo en la base del cuello, como si Ruby supiera algo que ella debía saber, algo que debía haber sabido durante años—. Te estaba haciendo daño.

—Sí, pero ¿cuánto tiempo llevaba haciéndome daño? ¿Cuánto tiempo supiste lo que pasaba y no hiciste nada?

—¡No lo sabía! —Juniper insistió, y era la verdad. Lo único que tenía eran sospechas. Sospechas y esa misma sensación de cosquilleo en la base del cuello que le decía que había algo que debía saber.

Ruby entrecerró los ojos hasta que estos se volvieron finas rendijas.

—Esperaste a que empezara a salir con Parker y *entonces* delataste a mi padre. ¿Por qué?

—Fue una coincidencia. O… No sé, puede que reconociera algo en Parker, algo que me recordaba a tu padre. No todo el mundo lanza a un chaval contra una fila de cubos de basura y luego te abraza sin parpadear. Puede que pensara que se estaba repitiendo alguna especie de ciclo.

—Cierto. —Ruby resopló—. Como si yo fuera un capítulo de un libro de texto de Psicología titulado «Problemas paternales». Como si para nada fuera una persona.

144 | ESTA MENTIRA TE MATARÁ

—Eres una persona. —Juniper dio un paso hacia delante. Quería volver a tomarle las manos a Ruby. Acercarla hasta que se miraran a los ojos y así ver en ellos la verdad. *Sentirla*—. Eres la persona más increíble que he conocido. Eres salvaje y maravillosa y un poco malvada, y mi vida ha sido mucho mejor por tenerte en ella. Me habría pasado la infancia hecha un ovillo en mi cuarto, leyendo sobre aventuras en lugar de vivirlas. Cada vez que golpeabas mi ventana...

—Entonces... ¿sí está bien subir por las ventanas de *algunas* personas?

—Claro que sí. Si las conoces.

—Pero yo no te conocía —replicó Ruby, y era cierto. La primera vez que había golpeado la ventana de Juniper ni siquiera eran amigas. Eran compañeras de clase. Sin embargo, ese mismo día, cuando su maestra de tercero les dijo que tenían que hacer árboles genealógicos para un proyecto sobre el linaje, Juniper rompió a llorar y salió corriendo de la clase. No se enteró de que Ruby Valentine (la persona que la seguía por orden alfabético en la lista de la clase) había sido asignada como su compañera. Nunca esperó ver ese rostro pálido mirando a través de su ventana y con el aliento empañando el cristal. Y, al estilo propio de Juniper, decidió no abrir la ventana y no arriesgarse a dejar entrar a una desconocida en su habitación. En vez de eso, como si fuera una especie de villano de Batman, dibujó un signo de interrogación en el cristal, y Ruby, al verlo, se echó a reír.

—Déjame entrar —articuló con movimientos grandes y exagerados. Luego golpeó (un, dos, tres golpecitos) hasta que Juniper abrió la ventana.

—¿Qué haces aquí? —preguntó—. ¿Y cómo has encontrado mi casa?

—Te busqué —respondió Ruby mientras se subía a la cama—. Necesitaba saber por qué lloraste. ¿Ha sido por el proyecto del árbol genealógico? ¿Eres huérfana?

—Eso es de mala educación. No puedes preguntar eso así como así.

—¿Por qué no? Los huérfanos son la hostia. —Ruby lo dijo de forma tan casual, como si decir palabrotas fuera lo que se solía hacer en la cama de un desconocido en mitad de la noche. Como si fueran chicas de veinticinco años a punto de encender unos cigarros—. Harry era huérfano —añadió mientras tomaba *La cámara de los secretos* de la mesita de noche de Juniper—. Eh, este es bueno. Oye, adivina lo que he hecho.

—¿El qué? —inquirió Juniper, sin intentar seguir el hilo de sus pensamientos. En vez de eso, observó cómo Ruby sacaba una pila de fotos de su bolsillo.

—Las encontré en mi sótano —explicó—. Fingí que era una cámara de los secretos y rebusqué en cajas, y encontré estas fotos de mis bisabuelos en Irlanda. Para el proyecto.

Ah, así que había una lógica en las divagaciones de Ruby. Pese a ello, Juniper no se sintió mejor al comprenderlo. Las lágrimas se le agolparon en los ojos y, para su absoluta sorpresa, Ruby alzó un dedo hacia sus pestañas y atrapó una antes de que cayera.

—Pide un deseo.

—¿Qué? —Juniper estaba tan sorprendida que dejó de sentirse triste durante un segundo—. No es una pestaña.

—¡Las lágrimas son mejores! Por eso siempre funcionan en los cuentos de hadas. Son como emoción pura. Eso es lo que dice mi madre. —Ruby sonrió y su nariz pecosa se arrugó—. Dice que llorar es, esto... sacar tus emociones a la luz. Puedes ver todos tus sentimientos brillando en una sola lágrima y, si le pides un deseo, el universo te escuchará porque sabe que sientes algo sincero. Así que... sopla.

Juniper lo hizo. Sin embargo, las lágrimas eran más pesadas que las pestañas y, por mucho que soplara, la lágrima no se movió. Finalmente,

Ruby lanzó la lágrima al aire al grito de *¡Pide un deseo!* y, para entonces, ambas se estaban riendo tanto que Juniper olvidó su tristeza. Tanto que, cuando Ruby le preguntó por qué estaba triste, se obligó a responder.

—No tengo ninguna foto de mis bisabuelos —contestó—. Todas fueron quemadas.

—¿Quién las quemó?

—Pues… fueron mis bisabuelos —comenzó Juniper, con el pecho encogido por el miedo. Nunca le había contado a nadie esta historia—. Nacieron en Cuba. Pero no era seguro estar allí, así que se embarcaron en una larga y aterradora aventura, y acabaron aquí.

—¡Uh! Final feliz —exclamó Ruby, con tanta simpleza, como si la vida fuera un cuento de hadas. Como si todos los niños tuvieran una cámara de los secretos en su sótano y buscar refugio en este país no tuviera consecuencias.

—Fue un final feliz —coincidió Juniper, mirándose las manos—. Pero también era peligroso, porque si alguien descubría que no habían nacido aquí, podían echarlos, así que…

—¡Uh! Quemaron todas las fotos.

—De su familia en Cuba, sí. —Juniper dejó escapar un largo y lento suspiro—. Las cosas cambiaron más tarde. La gente decidió que no pasaba nada si se quedaban aquí a causa de lo mal que estaba todo en su país natal. Pero, para entonces, habían destruido todas las fotos y… —Se le formó un nudo en la garganta—. Nunca las recuperaré. Mi árbol genealógico se va a quedar pequeño y rechoncho porque ni siquiera puedo *ver* a mi familia en fotos, y mucho menos conocerla…

—Eso no es verdad. —Las manos de Ruby encontraron las suyas, y fue sorprendente cómo sus dedos encajaban a la perfección. Como si estuvieran hechos para encontrarse—. Cuando seamos mayores, puedes venir conmigo a Irlanda y yo puedo ir contigo a…

—Cuba.

—¡Eso! Y seremos como Indiana Jones, solo que iremos en busca de *gente*, y entonces podrás conocer a toda tu familia. Iremos juntas, ¿vale?

Juniper tragó saliva y sintió cómo se le agitaba la respiración en la caja torácica. Sonaba maravilloso. Sonaba como un cuento de hadas y ella se moría de ganas de creérselo. Quería creer que viajarían juntas por el mundo, que aprenderían la historia de la otra y que serían mejores amigas para siempre.

Y lo habrían sido. Seguirían una en la vida de la otra todavía, si no hubiera sido por Parker. Parker entró de repente y Parker le robó a Ruby, y Ruby ni siquiera veía lo posesivo que era. Lo violento. Lo familiar.

Pero Juniper sí lo veía. Y, sí, puede que por eso llamara a la policía cuando lo hizo. Puede que viera cómo Parker le agarraba el brazo a Ruby, y puede que fuera como si la historia se repitiera, y puede que estallara. Puede que se quedara sollozando hasta altas horas de la noche, contando mentalmente los días que faltaban para que Ruby acabara en el hospital —o algo peor—, y puede que hiciera lo necesario para salvar la vida de su amiga.

Ahora volvería a salvarla.

A pesar del peligro de ser rechazada una vez más, extendió el brazo y le aferró las manos.

—Pienso sacarte de aquí —prometió—. Tendremos que gritar mientras nos vamos para que así los chicos vuelvan a esta habitación corriendo. Mantendrán a Gavin a salvo mientras nosotras vamos a buscar ayuda.

—Pero los coches…

—No usaremos los coches. Correremos a la casa del vecino y llamaremos a la policía. Llegarán rápido, este es un buen barrio. —Guio a Ruby hasta las puertas y arrastró la mesa de café de cristal fuera de su camino—. ¿Qué dices? ¿Deberíamos emprender una última aventura?

Ruby tomó una bocanada de aire. Finalmente, tras una tortuosa eternidad, asintió.

—¿Prometes que no vendrá a por nosotros?

—Lo juro —dijo Juniper, con el oído presionado contra la puerta. No se escuchaba nada—. El fantasma de Shane Ferrick no viene a por nosotros.

—Lo sé. Es solo que… no puedo dejar de imaginarme a su espíritu deslizándose por las paredes. No puedo dejar de imaginarme a su madre flotando hacia delante con un vestido de encaje blanco…

Juniper alzó la cabeza.

—¿Qué has dicho?

—Su madre, con el vestido…

—¿Era blanco? No me dijiste que era blanco.

—¿Qué más da? —Ruby tenía el ceño fruncido y había una pequeña arruga en la parte superior de su nariz, como cuando tenía ocho años. Habría sido adorable si no fuera porque el corazón de Juniper estaba a punto de salírsele por la garganta.

—Había una muñeca en el piso de arriba —comenzó, y luego se detuvo. ¿Cuánto debía contar? Tenían que salir de allí—. Llevaba un vestido de encaje blanco. Pensé que me sonaba de algo porque tenía los ojos azules, pero su pelo era blanquecino, y eso desbarató mi teoría.

—¿Qué teoría? ¿Estás diciendo que lo has sabido todo el tiempo?

—Me dije que era imposible. Era una paranoia, y, de todos modos, estabas atrapada con Parker y no podía salir corriendo por la puerta. Ni pude ni tuve que hacerlo, porque ese pelo era blanco y el de Brianna era negro.

—¿Brianna? —Las mejillas de Ruby palidecieron y sus labios se separaron.

Mierda. Juniper no debería haber dicho nada hasta que estuvieran fuera de la casa.

Estiró la mano hacia el pomo.

Y, por supuesto, *por supuesto*, Ruby la detuvo.

—Había… una peluca —dijo, poniendo una mano sobre la de Juniper—. La llevaba puesta en el funeral.

—¿Sí? Dios, ni siquiera lo recuerdo. Aún está borroso ese día.

—Un borrón negro. Pero su pelo era blanco. Era difícil de ver porque llevaba el velo, pero hubo un momento en el que sollozó tan fuerte que se le resbaló. Ambos se deslizaron, y me pareció ver piel debajo.

—¿Piel? —Juniper entrecerró los ojos, perturbada por la imagen—. ¿Como si se le hubiera caído el pelo?

—No… no estoy segura, pero sé que llevaba una peluca. ¿Por qué la sigue llevando? —Ruby se mordió el labio—. Tenemos que avisarle a Parker. Brett puede cargar con Gavin y juntos podemos registrar la casa. Seguro que hay un estudio. Encontraremos un ordenador y así llamaremos a la policía.

—¿Tú te estás escuchando? ¡No deberíamos adentrarnos más en la casa! Deberíamos salir por la puerta, y Parker es la última persona a la que deberíamos esperar. Está decidido a mantenerte aquí.

—Por favor, no sé explicarlo, pero tengo un muy mal presentimiento sobre esto. Si sales por la puerta… —Ruby hizo una pausa y bajó la mirada—. Si pasas por la piscina, ambas sabemos lo que pasará.

—No, no lo sabemos. —La voz de Juniper sonó clara, pero el resto de ella temblaba. No quería hacer esto ahora. No quería hacer esto nunca—. *Nosotras* no fuimos a esa fiesta. Yo fui…

—Junto con la mitad de la clase de tercer año. Todo el mundo vio lo que hiciste. —Ruby se acercó, y Juniper notó su aliento caliente en la mejilla—. Hiciste que Shane se *emborrachara* y lo atrajiste hacia la piscina. Observaste mientras te reías cómo se hundía hasta el fondo. Y, cuando salió a tomar aire, lo empujaste de nuevo hacia abajo...

—¡Eso no fue lo que pasó! —El corazón de Juniper latía con fuerza y sus pulmones luchaban por respirar, como si ya se estuviera ahogando. ¿Ya? *No*, pensó con un estremecimiento. Brianna no podía empujarla a las profundidades porque ella no empujó a Shane.

Sin embargo, lo *atrajo*. Le robó el aliento.

—No tengo tiempo para defenderme —espetó, y miró al chico que había en el sofá—. Gavin necesita atención médica y, si no quieres venir conmigo a buscar ayuda, pues protégelo con tu arma. Tu arma *cargada* —añadió, acercándose a la puerta.

Ruby cruzó los brazos sobre el pecho.

—No vas a dejarme aquí. Sé que no vas a hacerlo, porque siempre intentas protegerme. —Así de fácil, las esperanzas de Juniper se desinflaron. Sintió que daba vueltas y más vueltas, atrapada en una espiral interminable en la que se ponía en peligro para salvar a Ruby. ¿Por qué, si no, estaba aquí? Tenía sus sospechas sobre la fiesta desde el principio, y no fue hasta que Ruby le confirmó que iba a ir, que Juniper decidió asistir. Tuvo más sospechas en el vestíbulo cuando vio cómo cambiaban los retratos (cómo la gente *desaparecía* en ellos) y, aun así, se quedó porque ella estaba atrapada en el dormitorio de Parker.

Una y otra vez, elegía la felicidad de Ruby, la seguridad de Ruby, por encima de la suya. Ahora, en este momento crucial, no podía adentrarse en la casa. No podía atrincherarse y esperar a que la persona que tenía *todas las razones para odiarla*, la que tenía todas las razones para odiarlos a todos, atravesara la puerta con un cuchillo. Tenía que huir y, si Ruby quería quedarse, en fin, Juniper no podía obligarla a ir. Hablaba en serio cuando dijo que la policía llegaba rápido a un barrio como este. Si se daba prisa, podría llegar a la casa del vecino en minutos. Podría salvar a Ruby y a Gavin, esta vez sin ser tonta.

Sin ponerse en peligro.

—Desde el momento en que te conocí, supe que eras mágica —dijo, sin mirar a Ruby a los ojos. No podía; de lo contrario, se convencería a sí misma para quedarse—. Supe que mi vida iba a cambiar para siempre, y así fue. E, incluso después de haberte perdido, incluso después de que se me rompiera el corazón, seguiste siendo mi amiga para siempre. Y te quiero.

Una lágrima se estaba formando en las pestañas de Ruby, y Juniper podía verla. Incluso sin mirarla a los ojos, podía verla. Se deslizó por la mejilla de Ruby y Juniper la atrapó con sus dedos.

—Pide un deseo —dijo, lanzando la lágrima al aire.

Luego abrió las puertas. Entró en el pasillo, y solo protestaban sus talones. Sus pasos eran los únicos que se oían sobre la madera; nadie la perseguía. Con ese único pensamiento, avanzó y corrió a través de la entrada hacia el comedor. La habitación estaba vacía, al igual que el patio. Iba a escapar. Por una vez iba a romper las reglas en vez de seguirlas de forma obsesiva. Casi había llegado a las puertas del porche cuando algo le llamó la atención. Algo brillaba bajo la luz de la lámpara de araña. Era la copa de vino de Gavin, y la imagen de los restos hechos añicos la molestó más de lo que era capaz de expresar.

Si el siniestro funcionamiento de la fiesta era cosa de Brianna, ¿cuándo le echó droga a la copa de Gavin? Juniper recordaba haberse sentado en la mesa, aturdida tras ver la piscina, y haber mirado los cubiertos. Esas copas estaban vacías. Limpias. Lo habría jurado, pero, si eso era cierto, tuvo que ser otra persona la que le echó algo a la copa de Gavin.

Alguien que ya estaba en la habitación.

Ahora sintió algo más que un cosquilleo en la base del cuello. Unas uñas afiladas le estaban rozando la columna vertebral. Notó cómo alguien respiraba contra su piel y se giró, preparada para luchar. Pero no había nadie detrás de ella, y las únicas señales de vida eran los pasos estruendosos que bajaban por las escaleras. Los chicos volvían al primer piso, y si Parker la veía intentando salir, podría interponerse, como había hecho con Ruby.

Parker... Juniper se detuvo y vislumbró el cabello rubio a los pies de la escalera. Parker se quedó en la mesa cuando los demás dejaron sus móviles en la pequeña bandeja. Parker rompió la copa de vino y encontró la nota en el bolsillo de Gavin. Luego, cuando Ruby quiso escapar, fue él quien le recordó que era peligroso subirse a un coche. Era peligroso porque, hacía un año, Shane Ferrick se metió en uno y no volvió a salir.

¿Y de quién era ese coche? De Parker.

Un escalofrío le recorrió todo el cuerpo al abrir de un tirón las puertas y salir al patio. El vestido se le enganchó en las zarzas de una maceta grande. Había una lentejuela roja tirada sobre la tierra, tan familiar que hizo que se le encogiera el corazón. Esas mismas ramas arañaron el vestido de Ruby, y Ruby debería estar aquí, ahora, escapando junto a ella.

Echó una mirada a su espalda. Se arrepintió de inmediato, ya que Parker estaba abriendo las puertas que daban al patio, y Brett estaba a su lado. Ruby no estaba por ninguna parte. No había ido corriendo detrás de su amiga para emprender una última aventura. Juniper estaba sola, tal y como había estado durante años.

Se mantuvo pegada a la mansión, evitando la piscina helada. La nieve espolvoreaba el suelo, pero ella no vaciló. No redujo la velocidad. Casi había cruzado por completo el patio cuando oyó la voz de Parker. Sus gritos eran incomprensibles, distorsionados por el miedo o amortiguados por la distancia, pero Juniper distinguió una sola palabra.

Cuerda.

Estaba extendida a lo largo del patio, a escasos cinco centímetros del suelo. Juniper no la vio hasta que tropezó con ella, y entonces salió volando. Su hombro se llevó la peor parte de la caída. Se imaginó el moretón que le seguiría, la marca negra y púrpura que le oscurecería la piel. Luego no se imaginó nada cuando una mano la agarró del brazo y la arrastró hacia la piscina. Juniper lanzó patadas al aire. Juniper gritó. Juniper hizo todo lo que se le ocurrió para escapar, pero al final no pudo hacer nada contra su captor.

La caída le había robado el aliento.

Levantó la vista para ver unos impresionantes ojos azules en un rostro pálido como la luna. Luego, Juniper Torres se sumió en la oscuridad y no vio nada.

19.

CHIVO EXPIATORIO

Brett siempre actuaba rápido. Una vez, cuando a su madre se le quemó el aceite y provocó un incendio en la cocina, lo apagó sin ningún problema. En cuanto apareció el primer atisbo de humo, Brett, con tan solo cuatro años, corrió hacia la despensa, sacó el extintor y apagó a ese cabronazo hasta que la cocina se volvió blanca.

Estaba programado para actuar primero y razonar después.

Eso era lo que siempre había creído. Sin embargo, mientras veía cómo una chica alta de aspecto fantasmal arrastraba a Juniper hacia la piscina, se quedó paralizado. Su mente le gritaba que se moviera, que actuara, que interviniera, pero su cuerpo se negaba a escucharla.

Era tan inútil como una piedra.

Con ese único pensamiento, Brett oteó los alrededores en busca de algo que pesara como una roca. Clavó la mirada en el candelabro. Parecía pesado. Inspiró profundamente cuando agarró el centro de mesa alto y negro. *Era* pesado. Podía dejar a alguien inconsciente si lo golpeaba bien. Cruzó las puertas que daban al patio y arrojó el candelabro a la oscuridad.

El metal chocó con la porcelana. Un trozo de la máscara se cayó y reveló una boca. La chica de blanco alzó la mirada. Brett se estremeció cuando esa boca roja y desdibujada se curvó en una sonrisa, y se puso derecho, preparado para meterse de lleno en el peligro. Pero alguien pasó junto a él en ese momento, alguien con el pelo dorado y una silla de respaldo alto en las manos.

—Yo me encargo —dijo Parker.

Brett se echó a un lado. El corazón le latía con fuerza. Le golpeaba el pecho, como si quisiera huir de allí. Mientras tanto, al otro lado del patio, Juniper había dejado de intentar escapar. Su cuerpo yacía desplomado sobre el borde de la piscina, mientras Cara de Muñeca le metía la cabeza en el agua.

—¡Eh, zorra! —gritó Parker, y Cara de Muñeca se quedó quieta. Sus mangas blancas ondeaban sobre la superficie del agua. Parecía que estaba muerta. No, parecía una muerta viviente, como si la hubieran enterrado antes de salir arrastrándose de la tierra tras un año descomponiéndose.

Brett se estremeció. Lo que enterraron un año atrás no fue una chica. Enterraron a un chico, y lo único que en este momento conseguiría al pensar en ello era distraerse. Tenía que estar alerta. Con Parker al ataque, Brett podía centrarse en sacar a Juniper de la piscina.

O eso pensaba. Sin embargo, tras sentir el fuerte golpe del candelabro, Cara de Muñeca parecía no estar interesada en que la noquearan con una silla. Le lanzó una mirada a Parker y salió disparada hacia la parte delantera de la casa.

Brett corrió para situarse junto a Juniper.

—Metámosla dentro y le hago RCP —dijo, con la voz sorprendentemente segura, mientras la alzaba.

—¿Sabes hacer RCP?

—Lo aprendí en el campamento, ¿no te acuerdas? —Durante un precioso verano, Brett entrenó para ser socorrista antes de que su padre decidiera que el campamento era demasiado frívolo para un chico de la familia Carmichael. Después de eso, sus veranos se basaron en destruir a personas en vez de salvarlas.

Pero no esta noche.

Metió a Juniper en la casa. La tumbó en el suelo del comedor, lejos de la copa de vino rota de Gavin, y le dio un buen uso a su entrenamiento. *Empuja. Empuja. Empuja. Respira.* Juniper nunca había estado tan fría. Le goteaba agua de los dedos, de los párpados, del pelo. Brett temblaba mientras le empujaba el diafragma, y aquel frío le caló la piel y lo heló hasta la médula.

—Vamos, vamos… —murmuraba, presionando sus labios contra los de ella—. Vamos.

—¿Está…? —empezó Parker, pero Brett no escuchaba. No paraba. Nunca pararía. Estaba demasiado harto de robarle al universo; quería devolverle algo.

Se inclinó para darle su aliento a Juniper. Para darle todo lo que tenía. Un sonido atravesó los labios de la chica, como bisagras chirriando, y luego comenzó a toser.

—Estás bien —dijo Brett, quitándole el pelo de la cara—. Te voy a llevar al salón. Te sentirás mejor en el sofá. —Mentira. No se sentiría mejor hasta que no la llevaran al hospital. Pero con un armario bloqueando una salida y esa chica con aspecto fantasmal vigilando la otra, su mejor opción era hacer que Juniper se sintiera lo más cómoda posible. Gavin también. Y Ruby, en el caso de que le hubiera pasado algo durante su ausencia. Era extraño que no se hubiera dado a la fuga con Juniper. Una vez en el pasillo, Brett se giró hacia Parker para hablarle.

—¿Por qué no te adelantas? Asegúrate de que los demás estén bien.

Parker asintió y atravesó el pasillo al trote. Cuando llegó a las puertas del salón, las abrió de par en par y miró dentro. Pero no se adentró en la habitación. En vez de eso, se giró con el rostro más pálido de lo que Brett había visto nunca.

—No está —murmuró.

—¿Quién?

Pero, por supuesto, la respuesta era obvia. Solo una persona podía hacer que Parker se pusiera tan pálido. Solo una persona podía hacer que se sumergiera en el peligro momentos después de que Juniper se sumergiera en la piscina.

—No se han llevado a Ruby —dijo Brett mientras conducía a Parker al interior de la habitación—. Vi a Cara de Muñeca antes de subir, ¿te acuerdas? Estaba en el patio, esperando a Juniper con esa cuerda. Seguro que Ruby ha ido a buscar su móvil.

Juniper separó los labios y exhaló una palabra.

—Estudio.

—¿El estudio? —repitió Brett, y cerró las puertas de un empujón, lo que los aisló del pasillo y del peligro—. ¿Ahí es adonde ha ido Ruby?

Juniper volvió a abrir la boca, pero las palabras que se le escaparon sonaron erróneas. No sonaron como si fuera ella en absoluto. Cuando dijo «no estaba», sonó como si alguien se hubiera metido en su cuerpo y la hubiera poseído. La voz era entrecortada, casi etérea.

También era masculina.

—No estaba —repitió la voz, y Brett se dio cuenta de que, después de todo, no procedía de Juniper. Procedía del chico de piel pálida y pelo oscuro y brillante. De ojos brillantes. Gavin se estaba incorporando en el sofá con algo blanco en las manos—. No estaba cuando me…

—¿Cuánto rato llevas despierto? —preguntó Parker, que se le acercó con violencia.

Gavin se tambaleó hasta ponerse de pie. Al ver a Juniper con el pelo goteando y la piel magullada, abrió la boca de par en par.

—¿Qué te ha pasado? ¿Ha sido Parker?

—Ni… —Juniper se dobló de dolor cuando Brett la dejó sobre el sofá. Por su parte, Parker tenía el ceño fruncido y movía la cabeza de Juniper a Gavin como si fuera un látigo—. Más vale que alguien me explique qué cojones está pasando…

—¿O qué? —espetó Gavin, alisándose el chaleco arrugado. Le había dado su chaqueta a Juniper al comienzo de la fiesta y ahora tampoco había ni rastro de su sombrero—. ¿Nos dejarás inconscientes con cloroformo?

Parker lo miro boquiabierto.

—Tío, estás divagando. Cara de Muñeca debió darte mierda de la buena.

—Cuando me desperté se estaba reproduciendo una película —contó Gavin, que se tambaleaba hacia la televisión—. No sé quién la encendió, pero una cosa sí sé: la película me sonaba.

Gavin tomó el mando a distancia y le dio a *reproducir*. Juniper lanzó un grito ahogado y se llevó las manos a la boca. Los dedos de Brett se tensaron en puños. Les *sonaba* la película. Tenían sus motivos.

—Enfoca a los héroes —dijo Gavin, como si estuviera narrando la escena—. Acaban de llegar al comedor y están listos para que comience la fiesta. Sin embargo, mientras que cuatro se escabullen a la cocina para entregar sus dispositivos electrónicos, uno de ellos se queda atrás.

Y uno de ellos se quedó atrás. Parker estaba sentado como un rey en un trono, observando cómo el resto dejaba sus móviles en la pequeña bandeja. Se habían ido menos de un minuto. En realidad, pareció que había sido un abrir y cerrar de ojos, pero no hizo falta más para apuñalar a alguien por la espalda.

Con el corazón latiéndole con fuerza y la boca seca, Brett observó cómo el rey Parker se metía la mano en el bolsillo y sacaba una botella de colirio. Pero esa botella era una tapadera, ¿verdad? Una pequeña forma de protegerse en el caso de que lo pillaran con las manos en la masa. Inteligente, si uno lo pensaba. Puede que hasta brillante.

Parker apretó la botella y se echó el líquido en las manos ahuecadas. En cuestión de segundos, bañó el borde de la copa de Gavin. Pero eso no fue todo. Tenía que asegurarse de que tomara la droga; así pues, después de que Gavin inhalara profundamente y se desplomara en el suelo, Parker se dejó caer a su lado.

—No —susurró Brett. Le temblaban las manos y no parecía justo que él estuviera ardiendo mientras que Juniper se moría de frío.

Al mirarla, se dio cuenta de que la chica había tomado un bolígrafo y un bloc de notas de una mesa auxiliar cercana y estaba garabateando las palabras *Cara de Muñeca* en el pequeño cuaderno. Sin embargo, le dio igual. La verdad era que ni siquiera procesó las palabras. Porque Parker, el que estaba en la pantalla, le estaba tapando la boca a Gavin con la mano. Drogándolo en silencio mientras Brett miraba sin tener ni idea. Confiando. Ahora, el Gavin que no estaba en la pantalla dio un paso adelante, de manera que ya no podían ver la televisión.

—La película se estaba reproduciendo cuando me desperté. Ruby no estaba. Y esto estaba encima de la tele. —Abrió la mano y reveló una tarjeta. La tarjeta de un personaje en cuya parte delantera decía PARKER ADDISON.

—«Mi nombre es La Antorcha Humana» —leyó—. «Estoy enamorado en secreto de El Truco de Desaparición. Mi arma es una cuerda porque así la gente no puede huir de mí. Mi mayor secreto es que...». —Retrocedió cuando Parker dio un paso hacia él. Brett se colocó entre los dos.

—Sigue leyendo —ordenó.

Gavin lo hizo. Con gran floritura, teniendo en cuenta que acaban de drogarlo, habló.

—«Os sacrificaré a cada uno para recuperarla».

—No —gimió Brett, y el corazón se le partió en dos—. Es imposible que esté compinchado con...

Gavin lo interrumpió.

—Damas y caballeros —Su voz resonó mientras hacía una exagerada reverencia hacia Parker—, les presento... ¡al Maestro de Ceremonias!

20.

MAL MENOR

Parker dejó caer la cabeza sobre sus manos y dio tres desesperadas bocanadas de aire. No podía creer que estuviera haciendo esto. Pero no tenía otra opción. Su cómplice le había clavado un puñal por la espalda y, cada vez que cerraba los ojos, veía fogonazos de Juniper cayéndose sobre la piedra. Veía cómo se sumergía en el agua y agitaba los brazos. Veía el cardenal de su hombro.

—Se suponía que no tenía que ser así —dijo, y alzó la cabeza. Sobre el sofá, Juniper lo observaba. Gavin estaba junto al equipo multimedia. Por su parte, Brett se quedó entre ellos y miraba a Parker con la expresión más fría que jamás había visto. Menos mal que Ruby no estaba aquí para presenciarlo. Parker estaba desesperado por ir a buscarla, pero primero tenía que convencer a los demás de que le guardaran el secreto.

Por mucho que odiara admitirlo, necesitaba su ayuda.

—Hace tres meses recibí un correo de una chica —comenzó con voz temblorosa—. Se llamaba Abby Henderson y estaba haciendo prácticas en el Centro de Salud Mental Fallen Oaks, el cual es real, por cierto. Lo busqué. Lo comprobé todo antes de acceder a trabajar con ella. Hurgué en su perfil de Facebook y de LinkedIn.

Juniper bufó. Tras un minuto garabateando en su pequeño cuaderno, alzó el mensaje. *Hurgué. Por fin admites cómo eres.*

Parker frunció el ceño, pero no contraatacó. Eso era justo lo que quería, convertirlo en el chico malo para que así ella pudiera ser la heroína. Sin embargo, Juniper Torres no era la heroína en este escenario y Gavin tampoco. Ni Brett. El héroe estaba de pie frente a ellos, haciendo un apasionado llamamiento para que lo apoyaran.

Parker respiró hondo.

—Abby estaba trabajando con una nueva paciente, una chica que perdió a su hermano mellizo en un trágico accidente de tráfico.

Gavin emitió un sonido gutural que quedó a medio camino entre lanzar un grito ahogado y atragantarse, y Parker prosiguió antes de que le robara el protagonismo.

—Abby solo estaba realizando prácticas, pero no estaba de acuerdo con lo laxo que estaba siendo el psiquiatra con el caso de su paciente. Brianna sufría delirios, convencida de que habían asesinado a su hermano. Ahora sé que eso no es verdad, pero, lo creáis o no, la compadecí. Sí, daba un poco de mal rollo, pero su hermano era el psic…

—Brianna no daba mal rollo —dijo Gavin, con brusquedad y con la respiración entrecortada y acelerada—. La entrevisté para el periódico el año pasado. Se encargaba *ella sola* de la colecta de ropa del instituto, a pesar de que, como es obvio, le costaba.

—Bien, era una santa. —Parker agitó la mano—. Luego murió su hermano y empezó a divagar sobre capturar a sus asesinos. Quería torturaros, uno por uno, hasta que admitierais lo que le hicisteis.

Parker tragó saliva y, con culpa, miró a Brett. Daba igual lo que decidieran hacer Gavin y Juniper, mantener a Brett a su lado era *esencial* para sobrevivir esta noche. Parker miró a aquellos ojos almendrados cuando habló.

—Cuando Abby me contó su idea, pensé que era la alternativa más segura, la verdad.

—¿Drogarme era la alternativa más segura? —inquirió Gavin mientras se tambaleaba hacia delante—. ¿Qué habría pasado si hubiera bebido de mi copa? Estoy *bastante* seguro de que no es seguro ingerir cloroformo.

—Y yo estoy *totalmente* seguro de que nunca beberías algo que yo hubiera servido. —Parker tenía el corazón acelerado, pero se dijo a sí mismo que se calmara. Que se tranquilizara—. Siempre y cuando me vieras llenar las copas y alterar la mía con la petaca de Brett, sabía que olerías tu bebida para comprobar si tenía alcohol.

Gavin cruzó los brazos sobre el pecho.

—Supongo que lo tenías todo pensado. Yo no podía acabar drogado, al igual que Juniper no podía haberse ahogado.

—Ya te lo he dicho, se suponía que no tenía que ser esto. —Parker alzó las manos—. Íbamos a gastar una broma. Crear alguna que otra ilusión. Con mi dinero y la creatividad de Abby, íbamos a recrear la noche en la que Shane Ferrick murió para que Brianna pudiera pasar página. Primero te desmayarías y ella escribiría sobre ti. Luego empujaría a Juniper a la piscina. ¡Solo un empujón! —Se giró hacia Juniper y apeló a ella por primera vez en su vida. De verdad que se sentía mal; por eso estaba siendo sincero. Era el chico bueno. Brianna era la mala al manipularlo para que la ayudara y después volverse contra él.

—¿Por qué no fuiste a la policía? —preguntó Gavin—. Por lo que oí, el padre de Brianna empezó a educarla en casa después del accidente. Si le hubieras contado a la policía que planeaba *torturarnos*, podrían haber pasado por su casa...

—Habría dado igual —exclamó Parker, y la voz se le rompió—. La noche después de que Brianna confesara sus oscuras fantasías, alguien allanó la oficina del psiquiatra y destruyó su expediente. Todas las grabaciones y las copias en papel. Todo. Abby no tenía pruebas, y, si iba a la policía, Brianna iba a mentir. Iba a mentir y después... —En este punto de la historia de Parker, oyó lo que parecía un hipo. Un suave obstáculo en la garganta, luego otro. Se giró para encontrarse a Juniper encorvada y jadeando.

Por fin se ha derrumbado, pensó, y se apresuró hacia ella. ¿Cuán genial sería que, en ese momento, se arrodillara junto a ella? ¿Que le rodeara un brazo con el suyo? Sí, pensó Parker mientras se acercaba al sofá, le limpiaría las lágrimas a Juniper y todos se darían cuenta de que los estaba cuidando.

Pero Juniper no estaba llorando. Se estaba riendo tanto como le era posible, con unos pulmones que ya habían llegado a su límite. Garabateó un mensaje en el cuaderno y alzó las palabras: *No existe ninguna Abby. Brianna te la ha jugado.*

—La busqué —repitió Parker, que se había puesto a la defensiva al instante, pero ahora era Gavin quien negaba con la cabeza.

—Solo porque exista no significa que haya contactado contigo. Brianna pudo crear una dirección de correo electrónico falsa para hacer como que era del centro psiquiátrico. Puede que Abby de verdad trabajara con ella, pero ¿todo esto? —Gesticuló hacia las letras escritas sobre su piel, hacia el agua que goteaba del pelo de Juniper—. Ningún profesional estaría de acuerdo con esto. Te la han jugado.

Parker soltó aire despacio y el calor le inundó el pecho. Se negaba a creer que lo habían engañado. Pero Brianna ya lo había tomado por tonto cuando le prometió que «empujaría» a Juniper a la piscina para después ahogarla y dejarla al borde de la muerte. Todavía se acordaba del ruido que hizo su cuerpo cuando golpeó el suelo de piedra. También se acordaba de las palabras que Abby le envió por correo la noche en la que contactó con él. «Nadie saldrá herido», prometió. «Solo se asustarán y confesarán lo que hicieron. ¡Les salvarás la vida!».

Ahora, mientras se frotaba los ojos, dijo:

—Pensaba que Brianna iba a mataros.

—Sigue queriendo matarnos —murmuró Brett—. Arriba, en mi habitación, se ofreció a…

—Vamos a estar bien —interrumpió Parker con brusquedad antes de que Brett pudiera decir algo incriminatorio—. Siempre y cuando sea yo quien lleve las riendas…

Dejó de hablar al oír un sonido parecido a un arañazo. Se giró despacio y se encontró a Juniper alzando una nota. *Tú no eres el Maestro de Ceremonias. Eres la cabeza de turco. El Maestro de Ceremonias no existe.*

A Parker se le tensó la mandíbula. Él llevaba las riendas. *Él.* Abby se lo había prometido, e, incluso si Abby era en realidad Brianna, no iba a dejar de llevar las riendas del circo. Iba a ganarse el título de Maestro de Ceremonias y a domar al león.

—Tienes razón —dijo, y agachó la cabeza—. Se aprovechó de mi miedo. No quería que le hiciera daño a Ruby y tampoco a Brett, así que accedí a ayudarla…

—Te ofreció algo —interrumpió Juniper. A pesar del dolor, optó por pronunciar las palabras en lugar de escribirlas. A Parker se le bajaron los humos. En un instante, había recogido el látigo con las manos y ella se lo había arrebatado.

—Se ofreció a perdonaros la vida. ¡Eso es todo!

—Mientes —intervino Gavin—. Te palpita la nuez cuando mientes. Tienes un tic, todos nosotros tenemos un tic. Excepto tal vez Ruby. A ella no puedo entenderla.

Brett respiró hondo.

—Ruby —repitió, y Parker alzó la mirada.

—¿Qué? —Avanzó sigilosamente, con la delicadeza de un cazador que se acerca a un ciervo—. ¿Crees que deberíamos ir a buscarla?

Brett negó con la cabeza.

—Te ofreció a Ruby.

—No.

Con una luz extraña en los ojos, Brett asintió con la cabeza.

—Brianna quería respuestas. Tú querías recuperar a Ruby. Así que hicisteis un trato, ¿no? Nos das un susto de muerte y admitimos lo que hicimos el año pasado. *Nosotros* lo admitimos, pero tú no dices nada.

Juniper se espabiló ante eso. Gavin también. Y Brett siguió hablando y revelando secretos que no tenía por qué confesar.

—La verdad iba a salir a la luz. *La mayor parte* lo hace, ¿y luego qué? ¿Te enfrentas a Brianna y ella finge pasar a la historia? ¿Y Ruby se pasa el resto de su vida pensando que eres la única persona que puede mantenerla a salvo? Madre mía, Parker, es brillante.

—Más bien malvado. —Gavin negó con la cabeza—. Actúas como si la gente existiera para tu disfrute. Ruby es tu juguete sexual y Brett es tu pequeño y descerebrado secuaz que se dedica a revolear a la gente cuando no ha hecho nada…

—Oye. —Brett dio un paso hacia él con la mandíbula apretada. Parker sonrió. Lo ocultó enseguida, pero se moría de ganas de ver cómo Brett golpeaba a Gavin y lo mandaba a la otra punta de la habitación. Gavin no era bajito, pero Brett era una fuerza de la naturaleza y, con la cantidad adecuada de esfuerzo, podía estampar a Gavin contra la pared.

Bum.

—Aquel día —comenzó Brett con una voz sorprendentemente suave—, cuando fuimos a dar una vuelta…

Gavin resopló y Parker entrecerró los ojos. ¿Iban a hablar de *eso* ahora? ¿No había asuntos más urgentes?

Al parecer, no. Gavin se puso derecho, lo que lo hizo casi tan alto como Brett.

—No fuimos a dar una vuelta. Me metiste en el maletero del coche de Parker. Me encerraste allí durante horas. Mira, antes no era claustrofóbico, pero ¿ahora? —Hizo un gesto hacia el espacioso salón—. Estas paredes se acercan cada vez más.

Juniper miró boquiabierta a Brett.

—Dime que es mentira —dijo.

Brett tragó saliva. Abrió la boca como para defenderse, luego se volvió hacia Gavin.

—Escribiste ese artículo sobre mi familia. «La familia Carmichael, desmoronada». Lo imprimiste en el periódico del instituto y luego te quedaste al margen mientras todo el mundo se reía de mí. ¿Pensaste que era divertido? Vaya, mirad, el padre de Brett no puede ganar una pelea. Vaya, mirad, a su madre se la llevaron a rastras...

—Ya te lo dije, yo no lo escribí —se defendió Gavin, con las manos hechas un puño. Parecía que se le estaban clavando las uñas en las palmas—. *Sabes* que no haría algo así. Ya sabes cómo soy.

Parker se interpuso entre ellos con las manos alzadas. Lo último que necesitaba era un recordatorio cursi de que estos dos solían ser amigos. Sí, lo sabía. La mansión de Parker estaba en lo alto de Fallen Oaks, por lo que podía ver todo el camino que descendía hasta el bosque. Se acordaba del verano en el que Gavin y Brett se escaparon al bosque para alimentar a un par de escuálidos pajaritos. Y, cuando aquellos pájaros estuvieron lo suficientemente fuertes como para volar, los niños celebraron una puñetera ceremonia en la que Gavin rasgueó una pequeña guitarra mientras Brett daba vueltas alrededor del nido.

Fue duro de ver.

Entonces, la madre de Brett se fue y el chico risueño de cabello rizado cambió. Se volvió sombrío. Se volvió violento. Gavin no sabía cómo ayudarlo, pero Parker sí. Entró de lleno y le ofreció a Brett las cosas que había perdido. Un dormitorio lujoso. Cenar con una familia amable y cariñosa. Sus padres tenían a Parker en un altar, pero no pudieron tener más hijos y él sabía que eso les rompía el corazón. Querían una familia grande. Así pues, trajo a otro niño a su casa para que lo amaran.

Todos estaban felices.

Excepto Gavin. No le gustaba la forma en la que Brett estaba cambiando y, durante su segundo año de secundaria, escribió artículos sobre «los peligros del boxeo». «Los riesgos para la salud». «El precio emocional». Parker no lo entendía. Brett tenía talento para pelear y, con una carrera como boxeador, podría mantenerse de la manera que sus padres no habían podido. Iría a la universidad. Construiría su propia vida. Y, si eso hería los sentimientos de Gavin, bueno...

Parker lo expulsaría de la ecuación.

Así que sí, escribió un artículo sobre la familia de Brett y puso el nombre de Gavin en él. Se coló en la sala de redacción fuera del horario escolar. Hizo un pequeño cambiazo. El artículo no era *tan* degradante. La mayor parte de lo que escribió ya lo sabía la gente. Pero Brett quedó destrozado al ver los secretos de su familia expuestos en la portada y nunca superó la traición.

Ni en aquel momento, ni ahora.

—Escúchame —suplicó Gavin, mirando a Brett a los ojos—. Yo no escribí ese artículo. Me pasé todo el primer año haciendo fotos para el periódico solo para que el señor Keller *me tuviera en cuenta* para un puesto de periodista.

—¿Y qué? Te encanta hacer fotos —replicó Parker, agitando la mano.

—No. La gente asume que sí y ya está. No se me ocurre por qué.

—Eh, ni se te ocurra. —Parker bufó y puso los ojos en blanco—. Ni se te ocurra hacer como si esto fuera sobre...

—¿Por qué habría de hacer eso? ¿Para que tú puedas llamarme *a mí* racista por señalarlo y yo pueda literalmente caer muerto de la ironía? No, gracias. Prefiero arriesgarme con Brianna. —Gavin negó con la cabeza y se volvió hacia Brett—. Casi me echan del periódico por ese artículo. Pero ¿sabes qué? Eso no fue *nada* comparado con lo que me hiciste.

Brett se miró los pies. Le ardían las mejillas y su voz sonó suave como una pluma cuando habló.

—Eres el único que podría haberlo escrito. Nadie más sabía adónde llevaron a mi madre...

—Alguien lo sabía —dijo Gavin, recorriendo la habitación con la mirada—. La misma persona que te ha atraído a esta casa para recuperar a Ruby...

Al mencionar el nombre de Ruby, Juniper jadeó. La verdad era que Parker se estaba cansando del teatro. Sin embargo, cuando su mirada siguió la de la chica hacia el equipo multimedia, se dio cuenta de que a veces lo teatral era apropiado. La imagen en la pantalla había cambiado. O, más bien, la *habitación* había cambiado y ahora estaba mirando hacia un espacio oscuro y granulado con una sola silla. La visión de Parker se dilató y se centró en la chica de la silla. El amor de su vida. La joven con la que perdió la virginidad.

Ruby Valentine, atada con una cuerda.

Justo cuando tocó la pantalla con los dedos, una mancha blanca apareció frente a Ruby y la tapó. Cabello blanco, vestido blanco. Rostro blanco con esa máscara rota que dejaba al descubierto su boca. Brianna Ferrick sonrió, acercándose, hasta que su sonrisa se apoderó de todo el encuadre.

—Hola, queridos. ¿Listos para confesar?

Tardaron un minuto en darse cuenta de que estaba esperando a que respondieran. Pero si podían verla, era probable que ella pudiera verlos también. Parker sabía que había colocado cámaras en las habitaciones principales de la casa; le dio el dinero para que lo hiciera. Pagó la decoración y las rejas de las ventanas. ¡Echó mano a su fondo fiduciario para esto! Ahora, con la mirada puesta en la pantalla, asintió de mala gana. Gavin y Juniper también. Brett solo tragó saliva y no miraba a la pantalla, sino a Parker.

Los labios de Brianna se curvaron.

—Tres de cuatro no está nada mal. Pero no te preocupes, mi pequeño Estómago de Hierro, voy a ir a por ti a continuación.

—Déjalo en paz —gruñó Parker, ya que no le gustó la forma en la que le habló a su amigo. Puede que todavía sintiera que debía defenderlo, a pesar de que se habían distanciado. O puede que supiera que si Brianna estaba dispuesta a torturar a Brett, también estaba dispuesta a torturar a Ruby.

Se suponía que Ruby era zona vedada.

—Te diré lo que quieres saber —accedió Parker. Vio la pequeña luz roja que parpadeaba sobre el televisor y habló directamente a la cámara—. Estuve allí durante toda la fiesta.

—Me encantaría escuchar tu versión de los hechos —dijo Brianna al tiempo que se arrodillaba junto a Ruby—, pero, por desgracia, la historia no empieza contigo.

—¡Llegué temprano a la fiesta! Hasta le puse el rotulador en la mano a Gavin. Asumo toda la responsabilidad. —Parker alzó las manos en señal de rendición y notó cómo cambiaba el ambiente en la habitación. La mirada de Gavin estaba fija en él. La de Juniper también. Ambos pensaban que se estaba cayendo sobre su espada para protegerlos. Pero Parker siempre había entendido la historia de Damocles y, en ese momento, sabía con exactitud de dónde colgaba la espada.

No iba a dejarla caer.

—Llegué a la fiesta alrededor de las nueve. Estaba solo y quería hablar con Gavin antes...

—No empieza contigo —interrumpió una voz, y a Parker se le aceleró el pulso. Esa voz era melodiosa, dulce. Familiar. Ruby miró directamente a la pantalla, y sus perfectos labios arqueados temblaban—. Empieza la noche anterior, en mi habitación. Sabes que es así. Empieza con Shane, la cuerda y...

—El vídeo que grabó —continuó Parker con las mejillas enrojecidas—. El vídeo que le enseñó a todo el instituto. ¡Quería detenerlo!

—Lo sé. Tú, Juniper, Gavin y Brett. Vosotros cuatro hicisteis el control de daños por mí. O, mejor dicho, solo hicisteis daño.

—Eso no es justo —replicó Parker. Juniper parecía herida. Brett y Gavin se quedaron en silencio, mirando, escuchando.

—Solo digo la verdad. Si Shane no se hubiera colado por mi ventana la noche anterior a la fiesta, ninguno de vosotros habría hecho lo que hizo. ¿Verdad? Os vengasteis por mí. Todo empieza conmigo.

La habitación quedó en silencio. Por mucho que Parker quisiera pasar por alto esta parte, olvidarla por completo, sabía que no podía. Ruby tenía razón. Todo lo que pasó en la fiesta fue por ella. Bueno, todo lo que pasó fue por Shane y por lo que le hizo a Ruby aquel jueves por la noche. El 20 de diciembre.

Ruby tomó una temblorosa bocanada de aire y miró a Brianna.

—La noche antes de la fiesta de Navidad de Dahlia Kane, tu hermano se coló por mi ventana. Llevaba una cuerda.

21.

LABIOS SELLADOS

Te necesito. Con manos temblorosas, Ruby deslizó la nota dentro del casillero de Shane. Lo necesitaba desesperadamente. Habían pasado juntos doce noches magníficas antes de que su madre se diera cuenta de su desaparición y llamara a la policía.

La *policía.*

Ruby se sintió humillada cuando volvió a casa a trompicones bajo la luz de la mañana y la recibieron con luces intermitentes y una pandilla de tíos vestidos de azul. *Esto sí que es un paseo de la vergüenza,* pensó al tiempo que se pasaba la mano por el pelo. Por supuesto, Shane y ella no habían dormido juntos *en ese sentido* —*todavía,* pensó, y se sonrojó—, pero, aun así, tenía el pelo hecho un desastre y llevaba puesta la ropa del día anterior.

Daba una imagen determinada.

Pero no para la señora Valentine. La madre de Ruby cruzó el jardín corriendo y envolvió a su hija en un abrazo. Estaba sollozando antes de que Ruby pudiera siquiera decir una palabra. Tardó unos buenos veinte minutos en convencer a su madre (y a la policía y al grupo de «ciudadanos preocupados») de que no la había secuestrado un asesino en serie ni la habían torturado por diversión. Simplemente se había escapado para ir a casa de un amigo y ofrecerle apoyo durante una ruptura reciente.

—Pero alguien llamó a casa —farfulló su madre, que agarraba a Ruby de los hombros con manos pecosas—. Dijo que estabas en peligro.

A Ruby se le encogió el estómago. Solo había una persona que haría semejante numerito, pero no podía explicárselo a su madre sin contarle todo lo demás.

—Mamá, fue una broma. Estaba por ahí con Juniper. —Después de todo, ambas solían ser mejores amigas. Habían crecido juntas, se habían contado secretos, todas esas cursiladas de niñas pequeñas. Pero las cosas se complicaron cuando Ruby comenzó a salir con Parker y, por aquel entonces, creía que Juniper estaba siendo injusta.

Parker no era posesivo. Era atento. Fiel.

Ese era el problema de salir con un chico como él. Al principio, su posesividad se parecía mucho al amor, como si no pudiera *soportar* estar separado de ella. Para cuando se dio cuenta de cómo era en realidad, había apartado de su lado a todas las personas que podían ayudarla a alejarse de él.

Por eso Shane fue un regalo del cielo. Y Ruby no estaba dispuesta a dejar que se le escapara de las manos solo porque su madre se había convertido en un desastre neurótico. Sí, Ruby la compadecía y, sí, era verdad que a veces secuestraban a la gente por la noche, pero *Dios santo*. Si no podía colarse en la casa de Shane, ¿cómo se suponía que iban a planear su fuga?

Ruby miró hacia la ventana de su habitación. Estaba situada en el costado de la casa y envuelta en sombras incluso cuando el sol estaba alto. Si esa noche Ruby tenía «problemas para dormir», Charlotte dormiría en el cuarto de su madre y nadie se daría cuenta de que Shane entraba por la ventana.

De ahí la nota metida en su casillero el jueves por la mañana. *Te necesito*, decía, sin instrucciones ni firma. Ruby no podía arriesgarse a mandar un mensaje de texto. Este se podía interceptar, pero esa nota podría haber sido de cualquiera. Y más tarde, ese mismo día, cuando Shane se cruzó con ella en el aparcamiento del instituto, Ruby se inclinó hacia él y susurró:

—El grano de arena ha tomado represalias. ¿Vienes?

Llegó a la medianoche en punto, como un chico hermoso y misterioso. Ruby abrió la ventana y lo metió dentro. Al principio no dijo nada, solo se llevó sus dedos a los labios y los besó, uno por uno. Diez besos diminutos. Podía imaginarlo levantándole el camisón de encaje con ojales, despacio, para absorber cada centímetro de ella. Luego se imaginó a sí misma haciendo lo mismo con su ropa y absorbiéndolo. Cada centímetro. Sí.

Se sonrojó y miró hacia abajo.

—Tenemos que… —*Trazar un plan*, pensó mientras sus dedos le rozaban la parte superior de sus muslos. El camisón no era muy largo. Ella suspiró y se inclinó hacia su caricia—. Shane.

—Está bien —dijo, rozándole la mejilla con los labios. Se estaba derritiendo de verdad—. He resuelto nuestro problema.

—¿Qué? ¿Cómo? —Había contado con que necesitarían semanas de planificación, tal vez un artilugio elaborado. Una ratonera para adultos que contuviera a Parker. Un plan complicado que lo dejaría bajo custodia policial.

Sin embargo, cuando Shane miró en su interior —siempre su interior, nunca *a* ella—, sintió como si las yemas de unos dedos fríos se le deslizaran sobre la piel. Fuera lo que fuere lo que se le hubiera ocurrido, no era una tontería, sino algo grande.

—No podemos hablarle de nosotros. No podemos arriesgarnos a que te haga daño —dijo.

—O a ti.

—Eso me da igual —respondió Shane con despreocupación—. Pero no voy a permitir que te haga daño. Y no voy a permitir que le haga daño a mi familia para así llegar a mí. Bri ya ha sufrido suficiente, y si empieza a meterse con ella…

Ruby tragó saliva y curvó las manos hasta cerrarlas.

—¿Qué vamos a hacer? —Por un momento pensó que iba a proponerle un asesinato, y se asustó por lo tranquila que se sentía. Tal vez fue negación, o tal vez se figuró que, en realidad, no lo haría. *Es una posibilidad*, pensó, pese a todo, en aquel momento. *Eliminar el problema y deshacernos del cuerpo. No volver a pensar en él nunca. Sí.*

Pero Shane no parecía enfadado cuando la miró a los ojos, y tenía que estarlo para sugerir algo así. Parecía, en todo caso, resignado.

—Tenemos que huir.

—¿Huir? —Ruby dio un paso atrás, más ofendida por esta sugerencia que por la que se había inventado en su cabeza—. ¿Qué pasa con nuestras familias?

—Tendrán menos bocas que alimentar.

—Pero… —Fue incapaz de discutir. Tenía razón. Con tres hijas en vez de cuatro, su madre podría sacar la cabeza del agua. Y, en cuanto a la familia de Shane, bueno, Brianna se volvería *loca*, pero su padre solo tendría que mantenerlos a los dos. Este plan podría funcionar.

—¿No los echarás de menos? —preguntó finalmente Ruby mientras le colocaba un mechón de pelo detrás de la oreja. Este se soltó y le dio caza de nuevo. Dios, le encantaba este juego. ¿Cómo iba a decirle que no?

Shane se inclinó y la besó una, dos, tres veces.

—Los echaré muchísimo de menos —contestó contra sus labios, y Ruby abrió la boca para poder acercarlo más—. Pero sin ti moriré.

Eso fue todo. Lo más perfecto que se podía decir del chico perfecto. Ella sentía que se caía. Se *estaba* cayendo, y aterrizó con suavidad sobre la cama, riendo, y luego él gateó hasta colocarse sobre ella. Riendo también.

Le acarició las piernas y, de repente, el corazón de Ruby latía demasiado rápido. Estaba traspasando el umbral de la excitación e iba directo al miedo. Todo su cuerpo se paralizó. Shane debió notarlo, porque su expresión cambió, se apartó y se apoyó sobre su costado.

—Oye, no pasa nada. No tenemos que hacerlo.

—Quiero hacerlo —dijo Ruby y, por primera vez, no se sentía como si estuviera recitando sus líneas. Interpretando un personaje—. Sí —afirmó, y se puso de rodillas. Pero en vez de crear distancia, como siempre quería hacer con Parker, se subió encima de Shane con las piernas a ambos lados de su cuerpo—. Solo que… no *así*. —Recordó cómo se sentía el tener a Parker colocándose sobre ella. Recordó el miedo y la presión de su cuerpo contra el suyo. Inmovilizándola como a una mariposa sujeta con alfileres.

—¿Ruby? Necesito saber lo que estás pensando. Vamos, guíame.

Ella rio. Shane empezó el jueguecito de «guíame» la semana pasada, después de un período de silencio particularmente largo. Ruby se había vuelto tan buena guardándose sus pensamientos para sí misma, que ni siquiera se le había ocurrido que alguien querría que ella hablara, que explicara.

Pero él quería. Hace una semana consiguió que se sincerara sobre su fallida amistad con Juniper Torres, y esta noche iba a conseguir que volviera a sincerarse. *Puede que en más de un sentido,* pensó Ruby con una sonrisa mientras le desabotonaba la camisa para poner su pecho a su alcance. Se inclinó y le recorrió con la lengua desde el estómago hasta la garganta.

Shane gimió. Sus manos fueron a parar al pelo de Ruby, y durante un segundo ella pensó que iba a dejarlo estar. No pasaba nada. De todas formas, en realidad no quería *hablar*. Pero tenía sentido que su silencio lo pusiera nervioso, teniendo en cuenta todos los secretos que guardaba, y, tras besarla durante un minuto más, se apoyó sobre los codos.

—Conoces las reglas —le recordó Shane.

—No quiero que haya reglas entre nosotros —contestó, haciendo un mohín. Era un juego al que estaba acostumbrada, que todo estuviera calculado. Tenía que recordarse a sí misma que podía ser normal con él, y luego tenía que recordarse a sí misma que la normalidad no existía. No cuando te has estado escondiendo durante tanto tiempo.

Shane la miró; ella estaba sentada sobre él.

—Yo tampoco quiero que haya reglas —coincidió—. Pero *nunca* me tomaré tu silencio como un «sí».

A Ruby se le encogió el pecho. Los ojos se le inundaron de lágrimas.

—Cielo —dijo Shane mientras le secaba las lágrimas y la besaba en las mejillas—. ¿Por qué te ha puesto triste eso? —Estaba mirando su interior otra vez, las profundidades de su alma. Nadie miraba a Ruby así. No desde que le crecieron los pechos. La gente escribía canciones sobre sus «cojines de color blanco lechoso, pecosos y hermosos» como si fuera la época medieval, y debería sentirse halagada de que no le dijeran «vaca lechera». Pero ella odiaba que la miraran de esa manera. Era como…

—Como si que la gente quisiera follarte fuese una especie de cumplido —le dijo a Parker en una fiesta particularmente ruidosa en la que se emborracharon y se pasó media noche esquivando las insinuaciones de Nathan Malberry.

Y Parker, el idiota que no se enteraba de nada, se volvió hacia ella y le dijo que era un cumplido, pensando que estaba hablando de él. Luego, cuando pilló a Nathan lanzando miradas lascivas, Brett y él golpearon al chico hasta que vomitó.

Ruby se guardó sus preocupaciones para sí misma después de eso.

Pero ahora, con la mirada de Shane clavada en ella, le contó lo que sucedió aquella noche. Cómo se acostó con Parker no porque quisiera, sino porque sabía, en lo más profundo de su ser, que él no iba a parar, tanto si ella decía que sí como si decía que no. Llevaba *meses* esperándola. Y esa noche, cuando Nathan no dejaba de sobarla, fue como si Parker necesitara una promesa de que ella era realmente suya.

Ruby solo quería irse a casa. Estaba cansada, muy cansada, y pensar en Nathan acurrucado en el suelo la ponía enferma. Pero Parker siguió mirándola como si le hubiera hecho un favor, y ella comenzó a tener la sensación de que se le hundía el estómago, como si lo que le había sucedido a Nathan hubiera sido culpa suya. Así que, después de que la llevara a su casa, se colocara sobre ella en la cama y le lanzara las mismas miradas lascivas que le había lanzado Nathan, Ruby finalmente dijo:

—Vale.

No: «Sí, por favor. Te deseo». Tampoco: «Ya estoy preparada». Solo: «Vale».

Ahora, susurrando sobre eso en su dormitorio, Ruby estaba agradecida por la oscuridad que la envolvía. Se sintió estúpida por dejar que las cosas fueran tan lejos. Se sintió estúpida por hablar de ello. ¿Shane la querría más después de saber lo que sabía?

Se apartó de la cama. Caminó hacia la ventana. Miró al exterior.

—¿Adónde vas? —Por un instante, pensó que iba a dar caza a Parker. Luego, cuando se dio cuenta de que esa era una reacción propia de *Parker*, sintió cómo se le revolvía el estómago—. ¿Acaso me vas a dejar?

—Nunca. —Shane la miró, sonriendo con delicadeza—. Acabo de tener una idea. Espera aquí. —Se deslizó por el alféizar de la ventana. Estuvo ausente menos de un minuto. Cuando regresó a la habitación con un objeto extraño enroscado alrededor de la mano, Ruby palideció. Lo supo incluso sin ver su reflejo. Momentos antes estaba rebosante de calor, de deseo, y ahora solo sentía frío.

—¿Para qué es eso? —Gesticuló en dirección a la cuerda.

—Mi padre me pidió que recogiera un árbol de Navidad y me hacía falta para atarlo. Pero, primero… —Dejó caer la cuerda, enrollada con fuerza y con los extremos deshilachados, sobre la cama.

—¿Primero qué? —Ruby se arrastró hacia atrás, lejos de él.

—Vas a atarme.

—Que voy a… ¿qué? —Lo miró como si hubiera perdido por completo el sentido de lo que era real, como si se le hubiera salido el cerebro de la cabeza.

—Es la solución perfecta —aseguró, y le tendió las muñecas.

—¿Por qué?

—Porque así no podré hacerte daño. Ni siquiera tendrás que preocuparte por ello.

A Ruby se le inundó el pecho de cariño. Quería abrazarlo. Quería hacer otras cosas también. Sin embargo, tenía ciertas preocupaciones.

—No quiero hacerte daño en las muñecas.

—Las mangas me las protegerán. —Hizo un gesto para señalar la camisa que combinaba con sus ojos a la perfección.

—Tendrás que quedarte con la camisa puesta.

—Ya la has desabrochado. —Aquella sonrisa irónica y familiar se apoderó de su rostro. Lo transformó. Era una criatura de amor y luz, un chico que deseaba hacer cualquier cosa con la joven que adoraba.

—¿Estás seguro?

A modo de respuesta, Shane se enroscó la cuerda alrededor de una muñeca, luego de la otra.

—Solo tienes que atarla.

Eso hizo. La ató con un lazo enorme y elegante sobre las muñecas. Parecía un regalo más que un prisionero. Aun así, su estómago era una maraña de nervios, y, cuando lo miró, sintió que estaba cruzando una línea.

—Shane.

—Confío en ti —dijo—. Ciento por ciento. En eso consiste.

—Y yo... —*¿Confiaba en él?* Sí. Llevaba confiando en él desde el momento en el que se conocieron, y hacer que se quedara indefenso solo para demostrarlo... Era una solución típica de Parker. La crueldad de Parker había calado en todos los aspectos de sus vidas y las había vuelto más oscuras. Hizo que sintieran pánico. ¿Ahora iban a perder a sus familias por su culpa?

Ruby enganchó un dedo debajo de la cuerda y guio a Shane hacia la cama.

—Mañana por la noche vamos a ir a una fiesta.

—¿A la de Dahlia Kane? Al parecer va a ser legendaria.

—Siempre pasa algo importante y la gente habla sobre ello el resto del curso —contó Ruby mientras desataba la cuerda. Solo hizo falta darle un único tirón para que el lazo se deshiciera—. ¿Y si este año yo soy lo que pasa? ¿Y si rompo con Parker delante de todo el mundo y luego desaparezco en el bosque?

—*Mmm...* ¿Dahlia vive en una cabaña?

Ruby se rio y empujó la cuerda lejos de ellos. Esta se deslizó por la cama antes de enroscarse sobre el suelo.

—En una hectárea de terreno forestal. Pero hay una carretera al otro lado y, si aparcas ahí, podría escabullirme y encontrarme contigo después de la ruptura.

—No me gusta. ¿Qué pasa si Parker te ve yendo al bosque sola? No hay nada que evite que te siga.

—Ese es el punto. Si Parker me ve metiéndome en el bosque sola y *no* me sigue, bueno, puede que nos equivocáramos con él. Puede que no tengamos que dejar la ciudad. Pero si me persigue porque se niega a que lo deje, entonces huir es lo correcto. Lo seguro. —Ruby se subió sobre el regazo de Shane—. Además, ¿cuán apropiado sería que me persiguiera la noche en la que desaparezco? La gente pensará que fue cosa suya. Lo harán responsable.

—El karma haciendo justicia. —Shane le besó la garganta. Le besó el cuello y paseó los labios hasta su mejilla. Justo cuando llegó a sus labios, preguntó—: ¿Estás segura? —Y podía estar preguntando sobre la fiesta, sobre la cuerda o sobre el hecho de que estaban a punto de descubrirse de una manera totalmente nueva.

—Afirmativo. —Le echó un vistazo a la cuerda y sonrió con picardía—. Además, he oído que es mejor cuando los chicos usan las manos.

Después de eso, Ruby perdió la noción del tiempo durante un rato. Shane le quitó el camisón despacio, tal y como imaginó que haría, mientras le acariciaba la piel. Ella lo ayudó a quitarse los vaqueros. Por último, cuando ambos estaban desnudos y temblando, él alzó la mirada y ella dijo:

—Sí.

—¿Ruby?

—Sí. *Por favor*. Te deseo.

Shane le rodeó la cara con las manos y la volvió a besar. Cuando se movió para colocarse debajo de ella, el universo se movió también. Perdió el sentido de sí misma casi al instante. Luego, con la misma rapidez, Ruby cayó en su cuerpo. Sin embargo, en vez de piel y músculo y hueso, estaba hecha de miel pura y líquida. De luz pura y brillante. El tipo de luz que podría consumir el recuerdo de una chica rota y llena de cicatrices y dejar solo un hermoso esqueleto.

Después, Shane no pudo parar de tocarla. Durante horas, sus dedos bailaron sobre la curva de sus caderas, trazaron círculos sobre su estómago y ascendieron para encontrarse con su rostro. Ruby sonrió y le besó los dedos. Debía tener el brazo cansado, teniendo en cuenta todo lo que había sucedido antes, pero, aun así, no podía parar de estudiarla. De memorizarla con los dedos. Cuando ella se levantó por la mañana, Shane negó con la cabeza y volvió a pegarla a él.

Ella se rio al tiempo que caía entre sus brazos.

Estaba mareada por el amor, mareada por los planes para fugarse. No vio nada al otro lado de la ventana. No vio la luz parpadeante de la cámara. No vio un móvil. Pero, horas más tarde, cuando el vídeo apareció en su bandeja de entrada, Ruby supo demasiado bien que la habían grabado.

Todo el mundo lo supo.

22.

AL DESCUBIERTO

La mañana de la fiesta de Dahlia Kane, Juniper se despertó sin ningún tipo de corazonada. Ningún pájaro se estrelló contra su ventana antes de que se desvaneciera el sonido de sus alas. Las letras de los cereales no formaron la palabra *CORRE*. La verdad es que no hubo ningún indicio de que fuera a pasar algo inusual y, para cuando llegó a la clase de Química a tercera hora, se rindió ante el trabajo como de costumbre.

En ese momento, aparecieron unas risas tontas. Esas que se escuchaban al principio del secundario cuando alguien pasaba una nota escandalosa. Sin duda alguna, nada que preocupara a Juniper, ya que no era una niña de doce años que estaba colada por un chico con el rostro lleno de espinillas. Era prácticamente una adulta. Abrió el libro, pasó las páginas hasta llegar al tema sobre teoría anatómica y tomó un par de notas.

Volvió a oírlas. Esta vez, las risas adquirieron un tono siniestro, al igual que una princesa preciosa que, mientras se reía, se transformaba en una bruja malvada, y su risa pasaba de ser lírica a una carcajada. Juniper se giró en busca de la fuente. Al fondo de la clase, Genevieve Johnson miraba algo que tenía sobre el regazo. Su móvil. El uso de móviles estaba estrictamente prohibido durante las clases, pero, por supuesto, había formas de eludir la norma. Mantener el móvil en silencio. Enviar mensajes mientras mirabas al frente. Los compañeros de clase de Juniper se adherían a un estricto código en lo que respectaba a las normas: si podían saltarse, *debían* saltarse. Para cuando la tercera persona comenzó a reírse, Juniper sintió que se le apretujaba el estómago.

No era solo el matiz cruel que tenía la risa. Un montón de personas compartieron cotilleos durante la clase. Pero cada vez que alguien miraba el móvil, sus ojos iban a parar a la silla vacía que había en la segunda fila.

La silla de Ruby. No había ido hoy a Química, lo cual era raro, ya que no había faltado a clase ni un solo día desde el fin de semana en el que desapareció su padre. Ahora, mientras los estudiantes pasaban la mirada de la silla de Ruby a los móviles que tenían escondidos sobre el regazo, a Juniper se le tensó el cuerpo. De verdad creía que era capaz de sentir las emociones de Ruby. Una vez, cuando Ruby sufrió una intoxicación alimentaria con diez años, Juniper se pasó el día en la cama con escalofríos antes incluso de enterarse de que Ruby estaba enferma. Lógicamente, sabía que no estaban unidas físicamente, pero había una conexión entre ellas.

Siempre la había habido.

Por eso fue que, cuando el chico sentado a su lado se rio, Juniper se sonrojó como si *ella* fuera el objeto de lo que fuera que estuviera circulando. Tenía que mirar su móvil. Ahora. Pero no se atrevió a sacarlo en mitad de la clase, a pesar de que la señora Jacobson estaba ocupada garabateando en la pizarra. Dos minutos más tarde se encerró en el baño, donde trató de calmarse mientras sacaba el móvil.

En él había un mensaje con un archivo multimedia esperando. El mensaje tenía como título «Arando el campo de fresas» y, cuando Juniper lo abrió, se encontró con que estaba mirando un vídeo de la habitación de Ruby. Solo podía ver una esquina de la cama. Parecía que habían hecho el vídeo desde el otro lado de la ventana y, cuando le dio a *reproducir*, vio perfectamente cómo el chico escalaba sobre el alféizar.

Shane Ferrick, sosteniendo una cuerda.

Juniper lanzó un grito ahogado, sin importarle siquiera que estuviera apoyada sobre la sucia pared del baño. No era capaz de ponerse recta. Honestamente, no se le había ocurrido que pudiera ser algo *peor* que un vídeo sexual, algo más oscuro. Y, sin embargo, cuando Shane llegó a la cama, dejó caer la cuerda sobre el edredón de Ruby y le tendió las muñecas.

Ruby ató la cuerda con un lazo. Luego lo condujo hacia la cama y, tras un minuto, Juniper solo pudo ver una maraña de pies.

Lo pausó. Bueno, *intentó* pausarlo, pero el móvil no le hizo caso. Tuvo que intentarlo tres veces antes de darse cuenta de que la pantalla estaba húmeda. Estaba llorando. Estaba destrozada porque Ruby no sabía que la estaban grabando y pronto el instituto entero lo sabría, y *Dios santo*.

¿Cómo pudo Shane hacer algo así? Juniper bajó la mirada y usó la manga para limpiar la pantalla. Ahora estaba seca, pero, en vez de pausarlo, le dio al botón para que avanzara más rápido y mantuvo el pulgar sobre las imágenes mientras estas pasaban a toda velocidad. Quería ver el final de la grabación. Quería ver la cara de Shane al apagar la cámara. ¿Sonreiría con aire de suficiencia mientras Ruby dormía en segundo plano?

¿Guiñaría un ojo?

Al final, Juniper nunca obtuvo una respuesta a sus preguntas, ya que no pudo verle la boca. No pudo verle los ojos. Quizás estaba siendo cuidadoso e intentaba mantener su cara fuera del plano, pero no fue lo suficientemente prolijo. Un mechón de pelo lo delató.

Negro y brillante, se curvó sobre el plano.

De repente, las manos de Juniper se estaban moviendo otra vez y, por mucho que quisiera hacer como si algún fantasma la hubiera poseído, sabía la verdad. No podía permitir que el miedo (¿o era orgullo?) le impidiera contactar con Ruby. Si había una mínima oportunidad de que Ruby quisiera hablar con ella, reuniría todo su valor y estaría ahí para su antigua mejor amiga. Le escribió un mensaje.

Ruby, ¿estás bien?

La respuesta fue bastante rápida. A Juniper le dio una puntada en el corazón cuando leyó lo que Ruby le había contestado.

Él no ha sido.

Juniper escribió el siguiente mensaje frenéticamente.

Espera, ¿qué?

Ruby contestó.

Shane no grabó el vídeo.

¿Hablaba en serio? Parecía imposible, pero cuando Juniper pensó en ello de verdad, tuvo sentido de una forma perversa. El padre de Ruby la había arrojado contra muebles (¿o paredes? ¿escaleras abajo?) y Ruby lo defendía. Parker había arrojado a un chico contra una fila de cubos de basura y Ruby se enamoró de él. Ahora Shane la había arrojado al punto de mira y, por supuesto, era inocente.

Ruby volvió a escribir tras un minuto.

Solo necesito verlo. Supuestamente habíamos quedado para ir a la fiesta de Dahlia esta noche.

Juniper contestó sin pensar.

¡Eh, deberías llevar un vestido de gala! Y Shane que lleve un traje y así podéis asistir juntos al estreno de vuestra película.

Mierda, ¿de verdad había mandado eso? No era su intención. Solo quería verlo escrito. Decirle a Ruby la verdad por una vez en lugar de morderse la lengua. Pero este no era el momento adecuado. Este era el *peor* momento, y Ruby no le contestó.

Ni en ese momento ni una hora más tarde. Minuto tras minuto, clase tras clase, Juniper se mantuvo encorvada sobre su mesa como el resto de las personas. Escribió *Lo siento* durante el almuerzo y no recibió respuesta. Mientras volvía a casa, las palabras *No lo decía en serio* fueron recibidas por el silencio. Para cuando era ya la tarde noche, llegó a la conclusión de que mandar mensajes no iba a desenredar a Ruby de las cuerdas de Shane.

Tenía que entrar en acción.

Ahora, sentada en la mansión Cherry Street, viendo cómo Ruby luchaba contra lo que la ataba, Juniper supo que era hora de reconocer esas acciones. Tomó una temblorosa bocanada de aire y miró a Gavin.

—Creo que es hora de que digamos la verdad.

Y así, finalmente, lo hicieron.

23.

CON LAS MANOS EN LA MASA

Gavin estaba harto de la mierda de todo el mundo. Llevaba años queriendo conseguir una invitación para la fiesta de Navidad de Dahlia Kane y, ahora que *por fin* lo había logrado, resultó ser un truco. Dahlia no quería pasar el rato con su fabuloso y carismático yo. Quería que alguien hiciera fotos con una cámara «antigüilla».

Vale, de acuerdo. *Haré fotos*, pensó al llamar a la puerta de Dahlia. Documentaría cada cosa denigrante que ocurriera en esta fiesta y luego usaría las fotos para impedir que la gente lo tratara como la mierda. Sobre todo, Parker Addison y su leal secuaz, Brett Carmichael.

No obstante, las cosas no fueron como Gavin las planeó. Dahlia, por una vez, estaba siendo amable de verdad, y le puso el brazo alrededor de los hombros y le ofreció una cerveza. Sentaba bien que te dieran la bienvenida, aunque Gavin no se hacía ilusiones acerca de una popularidad sin explotar. Se sentía orgulloso de no ser tan superficial. Aun así, la risa de Dahlia era contagiosa y seguía ofreciéndole alcohol, comida e incluso un bañador para nadar si le apetecía. La piscina de la joven era legendaria, tanto por su tamaño como por ser un lugar de primera en el que la gente se lo pasaba a lo grande. Empezó a sentirse querido. Empezó a sentirse acogido. Cuando Parker irrumpió en la fiesta y saludó a Gavin con la mano como si fueran mejores amigos, pensó que había caído en un vórtice en el que todo aquello que deseaba llovería directamente sobre su regazo y no tendría que recurrir al chantaje para conseguirlo.

No podía estar más equivocado.

+ + +

Juniper pudo ver cómo unos ojos miraban desde el bosque. Tres pasos vacilantes más tarde, se dio cuenta de que eran los de Shane. Reconoció ese mechón de pelo negro que medio le ocultaba el rostro. Reconoció esas larguiruchas extremidades, angulares y afiladas como el cristal. No sabía qué había visto Ruby en este chico, aunque, en realidad, nunca supo qué veía Ruby en los chicos.

Tal vez por eso había ido a la fiesta. Mirando hacia atrás, era incapaz de separar del todo la ilusión de la realidad. ¿De verdad estaba intentando proteger a Ruby de otro maltratador? ¿O estaba enfadada porque Shane había resultado ser como los demás y quería venganza? Juniper no se consideraba una persona vengativa, pero llevaba mucho tiempo enfadada.

Con Parker.

Con el padre de Ruby.

Se acercó a Shane con cautela.

—Has venido —dijo, manteniendo un metro y medio de distancia entre los dos—. Ruby dijo que vendrías.

Shane inspiró despacio mientras la miraba con la cautela de un animal. Era evidente que confiaba en ella tanto como ella en él.

—¿Te ha hablado sobre lo nuestro? —preguntó luego de un minuto.

Juniper asintió y se envolvió con los brazos.

—Me dijo algo más. Dijo que, eh… —Se rio entre dientes y sacudió la cabeza—. Dijo que tú no grabaste ese vídeo.

—Y no lo hice.

Ni una pausa. Ni un titubeo. Por supuesto, un mentiroso experto como Parker no tenía siquiera que pensar en lo que iba a decir, y Ruby tendía a tener un tipo.

—O sea, que una cámara se colocó sola justo en el...

—Bueno, diría que no fue ninguna coincidencia.

¿Cómo? Eso no se lo esperaba, así que se acercó porque quería saber más. Así no es como se suponía que tenían que salir las cosas. Se suponía que tenía que estar siguiéndola para suplicarle que le diera una oportunidad para explicarse. Pero no. Era precavido y se había cerrado con fuerza, como la propia Ruby, y algo en eso hizo que Juniper quisiera entrar.

—Mira, no puedes quedarte toda la noche en el bosque. No hay nada que grite *acosador asqueroso* más que un tío que observa desde las sombras. Si quieres que la gente se crea que eres inocente...

—Me da igual lo que piense la gente. Solo me importa ella.

—No está aquí.

—Pero se suponía que iba a venir. Algo pasa, Juniper. —Dio un paso hacia adelante y ella retrocedió—. Todavía no tengo todas las piezas, pero anoche alguien grabó ese vídeo para incriminarme. Ahora no encuentro mi móvil...

—Sí, alguien grabó el vídeo. Alguien con el pelo negro y liso. Como, no sé... ¿el tuyo? O tal vez lo hizo tu hermana. Después de todo sois mellizos.

Shane resopló y sacudió la cabeza en señal de enfado. ¿O era repulsión?

—Mi hermana lleva encerrada en su cuarto las últimas veinticuatro horas. Es algo que hace a veces. Después de la muerte de nuestra madre... —Se fue apagando, ya que era obvio que no quería compartir nada que fuera demasiado personal—. Ella nunca haría algo así.

—Y entonces, ¿quién?

—¿Tú qué crees? —Cuando Shane la atravesó con aquella mirada penetrante, Juniper sintió como si el mundo se estuviera moviendo. Sintió cómo todos los átomos se separaban y se reestructuraban a sí mismos, revelando así lo que había estado oculto. Oculto, pero obvio.

—No —murmuró—. No, no es posible.

—Ah, ¿no?

—Quiero decir, ¿qué hizo? ¿Le cortó la cola a un caballo? ¿Compró una peluca en la tienda de disfraces? —La idea no era tan descabellada. Parker era conocido por intentar atar a Ruby, y ver cómo ella ataba a Shane… en plan, *literalmente* atarlo… podía haberlo hecho estallar.

Sin embargo, el mundo estaba lleno de personas manipuladoras, y creer en una gran conspiración cuando el culpable estaba *justo delante* era una tontería. Puede que fuese una tontería. *Mierda*. Estaba empezando a creerle.

—Mira, no tienes que convencerme de que Parker Addison es un acosador. Pero ¿por qué molestarse en usar una peluca? El vídeo bastaba para convencer a la gente de que eras culpable.

—Nunca dije que hubiera una peluca —dijo Shane, que gesticuló hacia la ventana delantera de la mansión de Dahlia. El vestíbulo iluminado con intensidad estaba repleto de gente. El papel dorado de la pared hacía que todos brillaran, y Juniper apenas pudo reconocer ninguna cara entre aquel resplandor de cuerpos.

Pero reconoció una cámara.

La Polaroid la había comprado en una puja *online* al comienzo del primer año del instituto. Su dueño salió en *El tiempo en Fallen Oaks* con la esperanza de convertirse en el nuevo periodista de aquel lugar, pero, en vez de eso, el asesor académico lo relegó a la fotografía. Dos años más tarde, la gente seguía pidiéndole que hiciera fotos.

—¿Gavin? —se burló Juniper, que seguía mirando al otro lado de la ventana—. Vale, si lo conocieras lo más mínimo, sabrías lo ridículo que es que… —Se calló en mitad de la frase. Un brazo estaba rodeando los hombros de Gavin para guiarlo hacia el pasillo. El brazo pertenecía a un cuerpo. El cuerpo pertenecía a un rubio.

—Parker odia a Gavin. Gavin odia a Parker, en plan, odia a…

—¿A quién? ¿A Brett? ¿El chico que lleva aparcado en la puerta de Ruby todo el día?

Juniper se giró y miró boquiabierta a Shane.

—¿Brett está allí? —A ver, eso no demostraba nada. No necesariamente. Si Shane había grabado el vídeo de Ruby, tenía sentido que Parker mandara a sus músculos a su casa para protegerla.

Para protegerla o para aislarla.

—Podemos ir para allá juntos. —Shane hizo un gesto en dirección a la carretera—. Brett no atacará si…

—No voy a meterme en tu coche. ¿Tan estúpida crees que soy?

—No. No lo eres. —Alzó las manos y retrocedió—. Olvídalo, ¿vale? No tienes motivos para creerme.

—Tienes razón.

—Pero ¿y si pudiera demostrártelo?

Juniper se quedó helada. No fue por las bajas temperaturas ni por el hecho de que llevaba una chaqueta muy fina sobre la camiseta de tirantes y unos vaqueros. Estaba lista para irse hasta que dijo eso.

—¿Demostrarlo cómo? —preguntó, y siguió manteniendo la distancia—. Parker nunca admitirá que es culpable. Y no creo que nadie haya hecho un vídeo de cómo se hizo el vídeo, así que…

—La verdad está ahí dentro. —Shane señaló la casa, aunque Parker había desaparecido del vestíbulo. Gavin también lo había hecho—. Si entramos y Gavin nos ve juntos, podrás ver cómo reacciona.

—No sé —dijo, pero, en el fondo, sospechaba que tenía razón. A Gavin le gustaba agradarle. Si sabía algo sobre el vídeo, no sería capaz de ocultarlo. Y, para ser sincera, no sería tan terrible asistir a la fiesta. Tomar una cerveza y fingir que era como el resto al tiempo que observaba. A Parker. A Shane.

—Un trago y ya está —accedió al final—. Si para entonces no me has convencido, te las apañas solo.

+ + +

Para cuando Parker llegó a la fiesta, Gavin estaba borracho. Solo se había tomado dos cervezas antes de esta. Cuando Parker lo saludó con la mano, Gavin entrecerró los ojos y miró a sus espaldas.

Parker se rio.

—Es a ti —dijo.

Gavin se volvió de todas las tonalidades de rojo. Podía sentirlo mientras Parker iba en línea recta hacia él.

—¡Tío! —exclamó mientras le rodeaba los hombros con el brazo—. Necesito que me ayudes con algo. ¿Me acompañas?

Gavin estaba perplejo, pero, atrapado en el medio abrazo de oso de Parker, no tenía más remedio que seguirlo tambaleándose hasta la habitación más cercana. El joven rubio cerró la puerta tras él, lo que hizo que se le encogiera el estómago.

—¿Qué...?

—¿Qué cojones hace ese capullo aquí? —inquirió Parker mientras señalaba al otro lado de la ventana.

Gavin estaba confundido. Normalmente *él* era el capullo que le desagradaba a Parker.

—Yo...

—Primero mancilla a mi chica y ¿ahora tiene los huevos de aparecer en la fiesta de mi amiga? ¿En qué cojones está pensando? Tenemos que enseñarle una lección.

—¿Tenemos?

—Obvio. —Parker se puso de rodillas frente a Gavin, que se había dejado caer sobre la cama para que la habitación dejara de darle vueltas—. Tú y yo.

—¿Dónde está tu amigo? Ya sabes, el *traidor* calvo y repartidor de puñetazos.

—Ah, ¿él? —dijo Parker sin inmutarse siquiera ante la honestidad propia de un borracho de Gavin—. Está cuidando de mi chica. Intenta ser valiente, pero…

—¿Qué ha pasado? —preguntó Gavin, y sonrió cuando la habitación se enderezó. No estaba *tan* borracho. Solo necesitaba comer algo—. ¿De verdad ha…?

—Sí, y peor —confirmó Parker—. No quiero ni hablar de lo que me contó ella. Es demasiado retorcido. —Se le tensaron los puños, y Gavin pensó que Parker iba a pegarle. Pero esta noche, por una vez, él no era la diana de Parker, sino que lo era un gilipollas. Un chico que se merecía que le pegaran.

—¿Por qué debería ayudarte? —inquirió Gavin. Echó un vistazo a la habitación en busca de algo que meterse en la boca. Alguien había estado comiendo rollitos de pizza antes. Entonces se acordó de que estaban en el dormitorio y de que la comida estaba fuera *de ahí*.

—No lo hagas por mí. Hazlo por la siguiente diana de Shane —respondió Parker, y caminó a zancadas hacia la ventana. Abrió las cortinas y le hizo señas a Gavin para que se acercara—. ¿Notas algo?

Gavin sintió una puñalada en el corazón. En el límite del bosque estaba Shane Ferrick, y hablaba con alguien que conocía muy bien. Juniper Torres.

—Seguro que le está echando la bronca —dijo Gavin, y sacudió la mano con desdén.

—No parece que le esté echando la bronca.

Era verdad. Juniper estaba *acercándose* a él lentamente en vez de alejarse y, tras un minuto, ambos se dirigieron a la casa. Juntos.

—Bueno, a lo mejor está oyendo su versión de la historia —razonó Gavin—. Solo para echarla por tierra, ¿sabes? Para desenmascararlo.

—¿Y si lo desenmascaramos nosotros primero?

—¿Cómo? No pienso atacar al chaval.

—No tienes que atacarlo. Solo tienes que asegurarte de que se emborrache, y luego… —Parker escarbó en su bolsillo y le lanzó un rotulador de un rojo vivo a Gavin—. Lo marcas como pervertido. Así puede entrarle a quien le dé la gana que verán *exactamente* cómo es. Será incapaz de esconderlo.

—*Mmm* —dijo Gavin, mientras giraba el rotulador en sus manos. No sonaba tan mal. Prácticamente era una broma de preadolescentes, en realidad. Y Shane había hecho algo peor. Sin embargo, mientras Parker abría la puerta y lo acompañaba fuera, tuvo la sensación de que le estaba ocultando algo.

Algo importante.

+ + +

Juniper estaba borracha. Sí, lo admitía. Pero lo que había bebido Shane era *increíble*. Nunca había visto a nadie emborracharse tan rápido. Y, a pesar de que la estaba entreteniendo con historias animadas sobre su infancia, sentía una corriente de nervios cada vez que alguien de la fiesta los miraba. Era como si todo el mundo estuviera esperando a que se apartara para que pudieran echársele encima. Hacerlo pedazos. Juniper había ido a la fiesta para demostrar que no era quien Ruby decía, pero, cuando quiso darse cuenta, estaba adquiriendo una actitud protectora hacia él.

Deseó que Gavin apareciera. En cuanto la viera sentada con Shane, sería capaz de notarle la inocencia en la cara y entonces podría irse a casa. No tenía derecho a estar en esta fiesta. Desde luego, no tenía derecho a pasárselo bien.

Pero no podía evitarlo. Shane estaba en plena historia sobre la vez que su hermana y él pintaron con espray *Circo ambulante de los Ferrick* a lo largo de la caravana y se pasaron el día haciendo trucos de acrobacia antes de que su padre llegara a casa y cerrara la organización. Todas sus historias eran así: la vez que Shane y Brianna engañaron a un cura del barrio para que alimentara a su familia durante una semana; la vez que se vistieron con alas blancas y ropa blanca y caminaron por la ciudad lamentándose como fantasmas. Bajo las historias coloridas, Juniper podía ver el denominador común de un par de chicos asustados y muertos de hambre que hacían todo lo posible por mantener a su familia a flote. Tal vez Ruby estuviera en lo cierto en cuanto a Shane. Juniper pensó en mandarle un mensaje, pero cuando sacó el móvil, comenzó a vibrar.

¡Ruby le estaba escribiendo *a ella*! No, espera, estaba escribiéndole *a Shane* a través de su móvil. Juniper se cabreó una vez más. Por su parte, Shane, desesperado, intentó agarrar el móvil cuando vio el mensaje en la pantalla.

¿Estás en la fiesta? ¿Puedo hablar con él?

—¡Oye! —De un tirón, alejó el móvil de él.

—Por favor —suplicó mientras golpeaba el aire con los dedos—. Déjame hablar con ella, por favor.

—Dime lo que tengo que escribir. Si es apropiado, lo mandaré.

Los labios de Shane se movieron ante la palabra *apropiado*. Pero no sonrió, ya que estaba muy cerca de conseguir lo que quería.

—Dile que el viento sigue soplando —dijo deprisa—. Dile... dile que el grano de arena está erosionando las pirámides.

Juniper escribió el mensaje. Lo miró durante un segundo, esperando a que las palabras dejaran de estar borrosas, y lo envió. La respuesta de Ruby llegó al instante.

La diosa ha inclinado el reloj de arena. Cuando se acabe el tiempo, la duda aparecerá. Ven ya.

Shane se levantó de un salto del sofá. Se tambaleó un poco y luego corrió hacia la puerta. Si más tarde alguien le hubiera preguntado a Juniper por qué tardó tanto en levantarse, le echaría la culpa al alcohol, pero la verdad era que estaba harta de ser su mensajera. Ruby solo le había escrito para llegar a Shane, y Shane solo había sido amable con ella para llegar a Ruby. Ahora que ya se tenían el uno al otro, no la necesitaban más.

Juniper sacudió la cabeza. Shane estaba demasiado borracho, y no era seguro dejarlo solo. Había seis botellas de cerveza en su extremo de la mesa, y ni siquiera recordaba que hubiera conseguido la mitad de ellas. Habían aparecido como por arte de magia. Se levantó del sofá y lo alcanzó en la puerta delantera.

—Espera. ¡Shane, espera! Has venido en coche hasta aquí, ¿verdad?

Abrió la puerta de un tirón. Parecía como si estuviera poseído y estaba más pálido de lo normal.

—Tuve que aparcar al otro lado del bosque —dijo mientras bajaba los escalones a toda prisa—. Por si acaso Parker decidía…

—Hacerle algo a tu coche. Cierto. —De nuevo, Juniper sintió que tenía que protegerlo. Lo siguió a través del jardín.

—No tenía que ser así. —Avanzó atropelladamente hacia el límite del bosque—. No debería haber entrado.

—Ey, no pasa nada. Puedo llamar a mi madre y puede llevarnos a los dos…

—Quería caerte bien. Pensaba que si te caía bien…

—¿Qué más da? —preguntó Juniper mientras sacaba el móvil. Incluso en la oscuridad, no tardó mucho en encontrar el nombre *Mamá*.

—Porque a ella le importa lo que piensas tú. Te tiene cariño, Juniper Junebug. Te…

—¿Hola? —Juniper lo interrumpió cuando una voz familiar descolgó—. ¿Mamá? Necesito que me recojas. Ya.

Shane se giró y caminó con dificultad a través de la maleza mientras colgaba.

—No hay tiempo. Tengo que irme.

—No puedes irte. Vas como una cuba. —Corrió detrás de él, lo que hizo que casi se cayera en el proceso—. Pero mi madre viene de camino…

—Es todo una trampa. ¿Cómo no pude verlo? No debí haber entrado contigo. Formabas… —Se giró sobre sí mismo y la miró en la oscuridad. Tenía los ojos entrecerrados, como si hubiera dos Juniper bailando delante de él—. ¡Formabas parte de esto! Nunca debí confiar en ti.

—No. Shane, yo… —Pero quizá formaba parte de ello sin darse cuenta. Todo el mundo en la fiesta se la tenía jurada a Shane, y ella fue y lo entregó borracho en una bandeja. Ahora había echado a correr a través del bosque y, mientras lo seguía, se golpeó la espinilla con un tronco caído. Sin embargo, Shane la superó, ya que se tropezó con una raíz y salió volando. Al caer se le salieron las llaves del coche del bolsillo.

Juniper se las arrebató.

—Lo siento mucho, Shane, pero esta noche no vas a conducir.

Se la quedó mirando con los ojos zafiro abiertos de par en par a la luz de la luna, y la expresión de su rostro denotaba pura angustia. Juniper se replanteó intentar conducir ella su coche, pero apenas era capaz de ver bien mientras volvía a la fiesta con las llaves apretadas en el puño. Podía oír cómo Shane la perseguía y medio deseó que se cayera en los arbustos y se echara una pequeña siesta.

En la oscuridad estaría a salvo.

Shane no se cayó, sino que corrió tras ella con más destreza de la que creía posible. Casi la alcanzó cuando llegó a los escalones de la entrada. En vez de abrirse paso a empujones entre la marea de cuerpos, giró a la derecha y cruzó la puerta del jardín lateral en dirección a la piscina.

Ahí estaba, brillante y hermosa. Como un oasis en el desierto. Juniper lanzó las llaves al fondo cuando Shane cruzó la puerta. Gritó. Luego, para sorpresa de todos los que estaban apiñados en el suelo de madera, el joven se quitó los zapatos y la chaqueta y se lanzó a la piscina.

Incluso el agua que salpicó estaba helada. Juniper había asumido que la piscina estaría climatizada en esta época del año, pero le bastó con echar un vistazo a su derecha para comprobar que su razonamiento era estúpido. El jacuzzi de Dahlia estaba hasta arriba de estudiantes cachondos y borrachos que apostaban cuánto tiempo estaría Shane bajo el agua. Cuando alguien gritó «¡para siempre!», el grupo estalló en carcajadas. Juniper se sintió mal y se acercó a la piscina iluminada.

Shane no había salido en búsqueda de aire, pero podía ver cómo se movía su cuerpo debajo del agua, podía ver cómo sus manos buscaban las llaves. *No, no, no.* No pensaba que de verdad fuera a ir a por ellas. Pero el amor hacía que la gente cometiera locuras. Lo entendió cuando salió a la superficie una vez, tomó una gran bocanada de aire y volvió a sumergirse. Tras tres intentos más, seguía sin conseguir las llaves. Juniper creía que se iba a ahogar. Empezó a buscar una red, algún juguete para la piscina, *cualquier cosa* que pudiera usar para sacar las llaves o para ofrecérselo a modo de flotador.

Volvió con las manos vacías.

Desesperada, empezó a quitarse los zapatos cuando Shane volvió a salir a la superficie. Escupió y tosió antes de volver a sumergirse. Bajó y bajó hasta el fondo de la piscina. Casi tres metros. Juniper estaba a punto de saltar cuando él rodeó las llaves con la mano. Enseguida comenzó a subir rápido hacia la superficie, y tenía el rostro prácticamente morado cuando tomó una bocanada de aire. A su alrededor, la gente se reía, hacía fotos y hacía más apuestas sobre si se desmayaría.

Juniper se arrodilló y extendió el brazo hacia él.

Shane le apartó la mano y se volvió a sumergir. Esta vez, cuando subió a por aire, buscó las escaleras de la piscina. Apenas logró llegar al hormigón antes de perder el control de sus extremidades. Durante un segundo, Juniper pensó que iba a perder el conocimiento, pero, cuando se arrodilló a su lado y le apartó el pelo de la cara, la miró parpadeando mientras le salía agua por la boca.

—¿Quieres matarme?

—No… no pensaba que te… —Su móvil comenzó a sonar. El primer instinto de Juniper fue ponerlo en silencio y seguir hablando, pero entonces vio el nombre brillando en la pantalla—. Mierda. Mi madre está aquí. Se me había olvidado que la habíamos llamado.

Shane resopló como diciendo: *No hemos hecho nada juntos.* Luego estalló en un ataque de tos.

—Enseguida salgo —le dijo Juniper al móvil—. Llevo a un amigo también.

—No pienso ir a ninguna parte contigo —gruñó, con el pecho falto de aire—. Aléjate de mí.

—Podemos llevarte. Pasaremos por casa de Ruby y…

—¡*Que te alejes de mí*! —gritó, y Juniper se tambaleó hacia atrás. Aquí estaba el chico al que le tenía miedo, el tipo de chico que siempre acababa con Ruby.

Parpadeó en un intento por separar el miedo de la racionalidad. Pero Shane la estaba mirando y la mano le sangraba allí donde había agarrado las llaves con demasiada fuerza.

—Tengo que irme ya —dijo cuando volvió a sonarle el móvil—. Todavía podemos llevarte.

Shane bajó la cabeza y la apoyó en su brazo. Por un momento parecía que estaba durmiendo. Cuando el móvil de Juniper sonó por tercera vez, Gavin salió al patio con cara de preocupación.

Parker no estaba por ninguna parte.

Con una mano pegada a la boca de Shane para comprobar si seguía respirando, Juniper respondió al móvil con la que tenía libre.

—Ya voy. Al final no viene nadie más. —Se puso de pie. Se apartó al tiempo que Gavin se acercaba con los ojos abiertos y en estado de shock.

—Tengo que irme —le dijo Juniper—. Mi madre está aquí. ¿Puedo fiarme de ti para que…?

—Cuidaré de él —prometió Gavin, y Juniper sonrió, sin apenas percatarse del rotulador de un rojo vivo que tenía en la mano. Un coche tocó el claxon en la distancia, su móvil comenzó a vibrar y desapareció en la oscuridad.

✦ ✦ ✦

Después de eso, la noche se reveló por partes. Gavin se acordaba del sonido de Juniper subiéndose a un coche. Se acordaba de cómo Parker lanzaba cubos de hielo al jacuzzi mientras gritaba: «¡Te lo has tragado, pringao!» y cómo todo el mundo se dispersaba.

El patio les pertenecía.

La noche les pertenecía, y Parker estaba acurrucado en los arbustos, riéndose como un niño de diez años mientras Gavin escribía *cabronazo* en el brazo de Shane Ferrick. Luego hubo un periodo de tiempo que desapareció. Cuando Gavin bajó la mirada, creyó que Shane estaba cubierto de cortes, y tuvo que parpadear varias veces antes de que el mundo se enfocara.

—Escribe *estúpido pervertido* —siseó Parker desde la oscuridad—. Escribe *basura blanca* de mierda.

A Gavin se le retorció el estómago. No estaba seguro de si la causa era las instrucciones de Parker o el hecho de que había ingerido más cerveza en las últimas dos horas que en todas sus horas previas en la Tierra. También hubo algún que otro chupito de tequila por ahí. Tenía el vago recuerdo de haber comido patatas mojadas en salsa de alcachofas y espinacas, pero eso había sido hace un siglo. Había pasado toda una eternidad desde eso.

Da igual, pensó mientras se alejaba tambaleándose del cuerpo. Pronto se acordaría de su última comida, ya que estaba a punto de salir y, si no tenía cuidado, tanto Parker como Shane serían testigos de ello.

Al tiempo que empujaba a Parker para dirigirse a la parte oscura de los arbustos, Gavin se dio cuenta de que Shane no sería testigo de nada. Este estaba inconsciente, y había alguien más cruzando el jardín. En ese momento, Parker tomó el rotulador y escribió *basura blanca* en el interior del codo de Shane, y el chico con la cabeza rapada apareció bajo la luz de la luna. Lo último que recordaba Gavin fue haber balbuceado las palabras *lo hemos desenmascarado* a Brett Carmichael antes de abrir las puertas del patio y deslizarse al interior de la casa.

24.

SENSACIÓN

Ruby tenía la respiración agitada, como si hubiera corrido por el bosque con una bestia pisándole los talones. Así era como se sentía en este momento. Como si llevara toda la noche huyendo de algo horrible y ahora tuviera que enfrentarse a ello. Sin embargo, cuando el monstruo se giró hacia ella, se encontró con que su rostro era dulce. Uno de sus rostros lo era.

—Tu intención no era matarlo —susurró.

—Pues claro que no —contestó Juniper, que supo al instante que Ruby le hablaba a ella. No podían hacer contacto visual como tal a través del objetivo de una cámara, pero en este pasadizo oscuro Ruby no tenía más remedio que dirigirse a la cámara de la pared. Bajo esta había una pantalla que mostraba a sus compañeros de clase holgazaneando en el hermoso y espacioso salón. Una habitación con sofás en los que arrellanarse.

A Ruby le dieron escalofríos. Odiaba estar confinada, odiaba estar atada a una silla con una cuerda. Sin embargo, no era nada comparado con ver cómo su amiga de la infancia se golpeaba contra el suelo de piedra del patio, mientras Brianna sonreía junto a ella.

—Juniper no pinta nada aquí —afirmó Ruby—. Deberías dejar que se fuera.

—Fue *Juniper* la que atrajo a mi hermano al interior de esa casa —dijo Brianna, arrastrando las palabras, y Ruby se revolvió contra sus ataduras—. Fue *Juniper* la que atrajo a mi hermano a esa piscina y lo dejó ahí, medio inconsciente, en una fiesta en la que todos lo odiaban.

—¡Intentó evitar que condujera! No es justo castigarla por eso.

—¿Justo? —Despacio, Brianna esbozó una sonrisa escalofriante, mucho peor que la de la muñeca. Sus labios eran de un rojo borroso—. Nada de esto es justo. Mi hermano está muerto. Primero ahogado. Luego marcado. Después golpeado, si mis sospechas son ciertas. Pero hasta que no lo sepa al ciento por ciento, necesito que esté presente todo el mundo. ¿Entiendes? —Centró la mirada en el chico de ojos almendrados—. Brett. —Hizo un chasquido con la lengua—. Sabes que eres el siguiente.

El joven se estremeció y negó con la cabeza.

—Sabes lo que hice —murmuró lo suficientemente fuerte como para que la cámara captara sus palabras—. Creía que nadie podía verme desde la casa, pero alguien me vio. Alguien me vio a través de las ventanas.

—He oído rumores —asintió Brianna—. Pero si eso es todo lo que ocultas, ¿por qué te ruborizas? ¿Por qué estás inquieto? Tengo la sensación de que estás protegiendo a alguien y no te quieres lo suficiente como para que esa persona seas tú. ¿Es Juniper? ¿Gavin? ¿Nuestra querida Ruby?

—No te lo va a decir —intervino Ruby con calma—. No sin el permiso de Parker.

Brett frunció el ceño ahora que Ruby se estaba burlando de él. Tirando de los hilos que apenas lo mantenían de una pieza, como un jersey que llevara mucho tiempo descosiéndose.

—Parker es la única persona que lo quiere —explicó Ruby—. Su padre renunció a él. Su madre desapareció mucho antes de que yo perdiera a mi padre. Entonces llegó Parker y te recogió, ¿verdad, Brett? Te convirtió en un monstruo. ¿Acaso eres capaz de mirarte después de lo que ha hecho?

Brett estaba apretando los dientes. Ruby podía verlo incluso desde la distancia. Y, como le estaba afectando, le dio un empujón más.

—Pero ¿sabes qué es lo curioso, Brett? Parker *no* te quiere. Solo me quiere a mí.

—No sabes de qué hablas —bramó Brett, con la mirada fija en la cámara.

Y Ruby, atada a una silla con una cuerda, simplemente se encogió de hombros.

—¿Y si pudiéramos demostrarlo? ¿Y si pudiéramos demostrar, sin que quedase la menor duda, que Parker Addison es un mentiroso egoísta que os la ha clavado por la espalda a todos? Ya sabes que financió la fiesta de Brianna para recuperarme.

—Quería mantenerte a salvo —dijo Brett lo suficientemente bajito como para que Ruby tuviera que inclinarse para oírlo—. No quería que te ataran como a una prisionera.

—Y mírame, aquí estoy. Atada como un regalo pendiente de entrega, y nada de eso habría ocurrido sin la ayuda de Parker. *Diseñó* estos castigos con ella, primero el de Gavin y el de Juniper, luego…

—No. —Brett se apoyó contra la pared, y Ruby sabía que lo hizo para sujetarse—. Se suponía que era una broma.

—Puede que las dos primeras sí. Escribir en la piel de Gavin y que Juniper se cayera a la piscina. Vaya, ¡estáis todos mojados! Qué gracioso. —Los labios de Ruby se torcieron—. Pero ¿tu castigo, Brett? ¿El del chico que machacó a Shane Ferrick a base de puñetazos? ¿Cómo crea alguien una broma después de eso?

—No habría accedido a hacerlo si creyera que saldría herido.

—¡Sabía que saldrías herido! —Esa fue Brianna, y era obvio que se sentía excluida de la diversión. Ruby tenía que tener cuidado. No quería pasar por encima de nadie, pero a tomar por culo la cuerda; ambas hacían un muy buen equipo cuando se trataba de desenmascarar a Parker. Aun así, todavía faltaba lo mejor, ¿verdad?

Brianna se estaba preparando para algo.

—En un tribunal de verdad, cada parte expone sus argumentos junto con las pruebas. ¿Qué decís? —inquirió, y su tono de voz había recuperado el júbilo—. ¿Deberíamos llevar a Parker a juicio?

—¡Todos en pie! —siguió Ruby.

Brianna toqueteó la televisión y dividió la pantalla. A la izquierda, al igual que antes, Ruby veía la transmisión en vivo del salón. A la derecha, veía la lujosa habitación de Parker. La cama con dosel. El espejo dorado. Sin embargo, el vídeo tuvo que haberse grabado al principio de la noche, ya que alguien familiar estaba entrando en la habitación; la mismísima Ruby. Parker la empujó para que cruzara la puerta y luego echó el pestillo para impedir que Juniper entrara. Cuando Ruby se sentó en las sábanas negras de satén, le dijo que le habían pedido que trajera una cuerda a la fiesta.

—¿Y no lo has hecho? —Se oyó a sí misma preguntando con la voz entrecortada de una forma ridícula.

—La dejé en el coche —respondió Parker, con sus bonitos ojos muy abiertos.

Brianna pulsó otro botón y retrocedió la escena. Esta vez, reprodujo el vídeo un par de minutos antes de que Ruby entrara en la habitación, cuando Parker *sacó una cuerda de su bolsa y la escondió en la cómoda*.

—¿Alguna pregunta? —inquirió Brianna con una sonrisa.

La mirada de Ruby apuntó a Parker mientras notaba cómo la sangre le bombeaba en los oídos.

—Me miraste a los ojos y me dijiste que no habías traído la cuerda. ¿Cómo pudiste hacerlo? ¿Cómo pudiste dejarla para que la encontrara Brianna?

—¡No fue así como ocurrió! —exclamó Parker—. Sí, traje la cuerda a la casa, pero no la escondí *para ella*. La escondí por si acaso la necesitábamos para defendernos.

—Puedo sacar los correos electrónicos —respondió Brianna, y eso calló a Parker—. Puedo sacar la parte en la que hablamos sobre esconder la cuerda de Ruby. Pero no voy a hacerlo, porque hay cosas más importantes sobre las que tenemos que hablar. La razón por la que estamos todos aquí. Mi hermano, con su cuerda. Mi hermano, grabando un vídeo de nuestra bella Ruby y compartiéndolo a todo el instituto. O eso parecía. Después de todo, Shane tenía el mismo pelo negro como el ébano. Ambos lo tenemos, de hecho.

Parker se tapó la boca con las manos y se tambaleó hacia atrás.

—*Tú* grabaste el vídeo. Todo el mundo le echó la culpa a Shane por ese mechón negro que se curvó en el plano…

—Pero era mío —admitió Brianna—. Cuando tienes la razón, la tienes.

Juniper se quedó sin aliento, y el color de las mejillas de Gavin desapareció. Brett cerró los ojos, pero los de Ruby se abrieron de par en par al escuchar la confesión de Brianna, y, con unos ojos inquebrantables, se quedó mirando a la chica de la máscara.

—¿Cuándo empezaste a llevar peluca?

—Creo que sabes la respuesta a esa pregunta. —Brianna alzó el brazo y se rascó la cabeza—. ¿Has visto alguna vez la película *La maldición de las brujas*? ¿Te acuerdas de cómo se rascaban las pelucas antes de revelarse a sí mismas? ¿Sus auténticos rostros?

Ruby se acordaba. Había visto *La maldición de las brujas* y había leído el libro cuando era pequeña. Había visto la película *El juego de la sospecha (Cluedo)* y había jugado al juego de mesa siempre que tuvo la oportunidad. Había visto *Scream* y *Sé lo que hicisteis el último verano*. Le encantaban las películas de terror siempre y cuando no fueran demasiado sangrientas.

La tortura psicológica era mejor, de todas formas.

Eso era lo que siempre había creído. Pero ahora, mientras Brianna se rascaba esa peluca, a Ruby se le cerró el estómago. Se imaginó algo espantoso escondido bajo ese pelo. Se imaginó un cráneo cubierto de quemaduras de tercer grado. Y contuvo el aliento cuando la peluca se cayó y reveló el secreto que había estado guardando.

Todos tenían un secreto. Todos llevaban una máscara. Y, una por una, esas máscaras iban a desaparecer.

—¿Parker? —preguntó Brianna, quien parecía pequeña y vulnerable sin su peluca. No estaba calva, sino que le crecían los típicos primeros rizos vellosos de un recién nacido. Oscuros y preciosos y suaves—. ¿Te gustaría decirles que pasó?

—Ey, si decidiste raparte la cabeza es tu problema. —Parker se encogió de hombros y se cruzó de brazos.

—De hecho, lo hice. Hace dos meses —añadió Brianna—. Tampoco es que fuera a crecer de nuevo después de las quemaduras. —Pasó los largos y ágiles dedos por el cabello carmesí de Ruby—. Tienes un pelo precioso, ¿lo sabías?

—Yo… Gracias —consiguió decir la joven. Su corazón era algo salvaje y fiero que no paraba de revolverse. La sangre le latía en la palma de las manos.

—Es una auténtica pena lo que tengo que hacer ahora.

—Déjala en paz —gruñó Parker mientras se acercaba a toda prisa hacia la cámara.

—Claro que podrías detenerlo. —Brianna se giró y rebuscó en la oscuridad. Le había confiscado el bolso a Ruby, pero también se había traído el suyo—. Si les dices la verdad, a lo mejor la dejo.

—A lo mejor —repitió Parker. Eso fue lo que se le quedó grabado. Ni «la dejo». Ni «la verdad». Solo «a lo mejor». Sin una garantía, permitiría que Ruby ardiera. *Literalmente*, pensó mientras Brianna sacaba una caja de cerillas de su bolso.

—Parker, por favor —suplicó Ruby—. Pase lo que pase, prometo que te perdonaré. Por favor, no dejes que me mate.

—No voy a matarte. Solo voy a… —Encendió una cerilla y la acercó al pelo de Ruby—. ¿Por dónde debería empezar? Las puntas arderán más rápido, pero las raíces tendrán un mayor impacto en el público.

Parker emitió un sonido parecido al que haría si se estuviera ahogando. Abrió la boca, como si fuera a soltar el oscuro y sucio secreto que ocultaba. Luego, con la misma rapidez, se quedó callado. No iba a sacrificarse a sí mismo para salvar a Ruby.

Como siempre, tendría que hacerlo ella sola.

Ruby lanzó la cabeza hacia atrás. Hubo un sonido crepitante, como el que hace el fuego cuando entra en contacto con la carne, pero eso no era nada comparado con el sonido de su cráneo al chocar contra la máscara de Brianna. La porcelana se agrietó y, cuando Ruby se giró, se topó con una línea larga y torcida que descendía desde el centro de la máscara. Podría haber gritado en señal de triunfo. En vez de eso, se puso de pie, con la silla aún atada a su cuerpo, y se giró hacia la izquierda para golpear a su captora.

Hubo un golpe seco.

En ese momento salió corriendo mientras Brianna luchaba por ponerse en pie, pero Ruby no se quedó para mirar. Como un rayo, subió un conjunto de escaleras en busca de la puerta que había en lo alto. Giró el pomo. Empujó y empujó. La puerta se entreabrió lo justo para escurrirse por ella, y acabó en el cuarto de juegos con el muñeco de tamaño real. Alguien le había escrito sobre la piel. Alguien lo había mojado de los pies a la cabeza y ahora estaba goteando agua en el suelo. A Ruby se le encogió el corazón y luchó contra el deseo oscuro y desesperado de protegerlo. Solo era un muñeco.

El Shane Ferrick de verdad ya no estaba.

Apartó la vista de aquel chico tan familiar que le dejaba los pulmones sin aire y corrió hacia la puerta del cuarto de juegos. Había recorrido medio pasillo cuando oyó los pasos a su espalda, lentos y acompasados, como si Brianna tuviera todo el tiempo del mundo.

Ruby no lo tenía. Cuando llegó a la parte alta de la barandilla, estampó la silla contra esta. La madera se astilló, pero no se rompió. La volvió a estampar. La cuerda le quemaba la piel, pero, aun así, lanzó la silla contra la barandilla hasta que se rompió. No se deshizo del todo, pero sí lo suficiente, y la joven logró zafarse de las ataduras.

Era libre.

O eso pensaba. Sin embargo, los demás se habían reunido al final de las escaleras y le estaban gritando que se diera la vuelta. Se giró justo a tiempo para ver a Brianna extendiendo los brazos hacia ella. No, extendiendo los brazos hacia ella, no. Empujándola. Ruby se tambaleó hacia atrás y apenas le dio tiempo a apoyar las rodillas antes de caerse. No era una chica escapando de una bestia. Era piel arañada y huesos amoratados y pulmones que pedían a gritos que los liberaran. Pero Ruby era una superviviente, y esa no era la primera vez que se caía por unas escaleras.

No iba a permitir que eso la rompiera.

Cuando pasó la mitad de las escaleras, Ruby alzó el brazo y golpeó la barandilla con la mano. Chilló y maldijo la estructura de hierro forjado y la gravedad y a cualquier dios que aún se preocupara por ella. Le brotaron nuevos cardenales en la piel, pero no retiró la mano, sino que luchó hasta que rodeó la barandilla con los dedos y dejó de caer.

Todo se detuvo.

En aquel momento comenzó una fiesta de bienvenida. Una bienvenida como nunca había visto. Parker y Brett estaban vitoreando al final de las escaleras, y Gavin tenía algo de color en las mejillas. Solo Juniper fue incapaz de sonreír, y, mientras Ruby cojeaba hacia ellos, no tuvo tiempo de preguntar por qué.

Notó cómo la cuerda se le deslizaba alrededor del cuello. Notó cómo se alzaba en el aire, y su instinto fue llevarse las manos a la cuerda, pero no pudo quitársela. No pudo liberarse. Lo último que vio antes de que unos puntos le eclipsaran la visión fue la boca de Parker abriéndose.

—¡Fui yo! —gritó.

Luego se sintió otro golpe seco cuando el cuerpo de Ruby golpeó el rellano de la primera planta. Se abrazó la garganta con las manos. Estaba llorando y los ojos le ardían tanto como la piel y, cuando alzó la vista para mirar a Parker, vio que tenía las pestañas húmedas.

Ruby estiró un brazo en su dirección. La levantó del suelo y la envolvió con los brazos. Y Brianna, curiosamente, retrocedió.

—Park, puedes contármelo —dijo Ruby con dulzura mientras se acurrucaba contra él—. Sea lo que sea que hayas hecho, puedes contármelo.

Parker la miró. Aquellos ojos verdes, que siempre habían parecido esmeraldas relucientes, tenían un dejo extraño. Un brillo malvado. Le apartó el pelo de la cara y le besó la frente con ternura antes de susurrar:

—Yo grabé el vídeo de ti y Shane.

25.

CABALLERO BLANCO

A decir verdad, Parker solo recordaba a medias aquel día. Creía que se había ocupado del problema. Creía que bastaba con cortar el acceso de Ruby a la habitación de Shane y que el hechizo se rompería.

Se equivocó.

A la mañana siguiente de haber mandado a su madre directo a un ataque de histeria, vio a Ruby en el extremo del aparcamiento del instituto acariciándole el pelo a Shane Ferrick. Parker cerró las manos en puños. Quería cargar contra aquellos árboles y arrancarle la fruta prohibida de las manos a Ruby, pero eso solo haría que se sintiera más tentada.

Tenía que cortar a Shane de raíz.

Más tarde, aquel mismo día, se encontró recorriendo los pasillos de una de las tiendas de comestibles de su padre en busca de un producto depilatorio químico. Parker se acordaba del verano en el que Juniper había probado esa cosa en las piernas. Harta de depilarse con cuchilla —y demasiado orgullosa como para dejar que Parker le pagara la depilación—, Ruby optó por quemarse el pelo de las piernas. El resultado fue una piel roja y manchada con algún que otro vello que sobresalía.

Parker se echó a reír ante la imagen.

Ahora estuvo a punto de reír otra vez al imaginarse la cabeza calva y manchada de Shane, pero había cámaras repartidas por toda la tienda de su padre. No quería que lo pillaran actuando de forma sospechosa. Con calma, tomó una cuchilla de afeitar de uno de los estantes para dar la impresión de que estaba comprando para él y después, mientras estaba inclinado, deslizó una botella de la mierda esa química en el interior de su camiseta.

La tarde pasó volando. Antes de que se diera cuenta siquiera de adónde había ido a parar el tiempo, ya estaba saliendo de su coche en el parque de caravanas de Fallen Oaks y acercándose a la caravana de Shane en la oscuridad. La ventana del baño estaba agrietada. Daba directamente a la ducha y Parker metió la mano dentro; no le fue difícil encontrar el bote de champú en la pequeña estantería. Gracias a ciertas conversaciones en el instituto, sabía que a Shane le gustaba ducharse «cuando la luna brillaba».

Puso los ojos en blanco solo de pensarlo y llenó el bote con el producto depilatorio.

Luego esperó a que Shane llegara. Tardó una buena hora y media y, cuando se abrió la puerta del baño de los Ferrick, Parker se acercó de nuevo. Desde la seguridad que le otorgaba la oscuridad, vislumbró una enfermiza tez pálida y un cabello oscuro y grasiento.

Sonrió.

Y el tiempo comenzó a acelerarse. Puede que fuera porque Parker se lo estaba pasando bien, o puede que el universo estuviera conspirando con él para avanzar los momentos irrelevantes y así llegar a la parte buena. Sí, tuvo que ser eso, porque el tiempo volvió a ralentizarse cuando salió un grito del baño.

Parker se acercó más y sacó el móvil del bolsillo. *Una imagen vale más que mil palabras*, pensó mientras se asomaba al cristal. Pero lo que vio lo dejó sin respiración y le borró la sonrisa de la cara.

Shane Ferrick no estaba envuelto en una toalla y sollozando entre las manos. Era Brianna. En ese momento, alguien golpeó la puerta del baño, y la joven se envolvió otra toalla alrededor de la cabeza para ocultar lo que había pasado.

Parker salió corriendo del aparcamiento. Casi había llegado a su coche cuando una puerta se abrió de par en par. Podía oírlo detrás de él y se quedó quieto, convenciéndose a sí mismo de que no lo verían. En todo caso, la luz que salía del interior de la caravana oscurecería toda la zona de alrededor.

Se giró y miró.

Saliendo por la puerta delantera de los Ferrick estaba Shane. ¿Sabía que Parker estaba allí? Parker se dio cuenta de que no mientras se deslizaba al interior de su Mustang. Shane no parecía enfadado. Parecía emocionado.

Llevaba una cuerda.

Va a ver a Ruby, pensó Parker cuando Shane se colocó detrás del volante de su coche. No sabía de dónde había salido aquel pensamiento ni por qué estaba tan seguro de ello, pero lo estaba. Le había hecho daño a alguien a quien Shane quería y ahora él iba a hacerle daño a alguien a quien Parker quería.

Siguió al chico todo el camino hasta llegar a la manzana de Ruby.

Cuando Shane desapareció por el costado de la casa, Parker sacó el móvil. Quería grabar a Shane con aquella cuerda en la habitación de Ruby. Quería mostrarle al mundo quién era ese chico realmente antes de darle una paliza. Encendió la cámara, le dio a *grabar* y atravesó el jardín corriendo. Había un cerezo viejo y gordo al otro lado de la ventana de Ruby, y, si colocaba el móvil en la rama correcta, entraría parte de su habitación en el plano.

Así que eso hizo.

Más adelante, mientras merodeaba alrededor del tronco del árbol, miró a través de la ventana abierta. Ruby estaba saliendo de la cama, vestida con un camisón blanco y diminuto, y Shane se estaba acercando a ella y murmurando algo sobre irse de la ciudad. Y Ruby…

El amor de su vida.

La chica con la que había perdido la virginidad.

Ruby se inclinó hacia él y *aceptó*. Poco después lo estaba besando y estaban el uno encima del otro y después...

Ella paró.

El aire volvió al cuerpo de Parker. ¡Ha parado! Por fin, después de todas sus maquinaciones, Ruby se había liberado del hechizo de Shane. Ahora este se estaba moviendo hacia la ventana, listo para adentrarse en la noche y salir de la vida de Ruby.

Parker se ocultó en las sombras sin ningún tipo de problema —se estaba volviendo realmente bueno en eso— y esperó a que Shane se subiera a su coche y se marchara. Pero Shane no hizo eso. Simplemente buscó un objeto en el asiento del copiloto y volvió a la ventana de Ruby.

¿Qué coño?

Parker esperó el grito estrangulado de Ruby. Esperó el momento exacto y perfecto para entrar y ser su caballero blanco. ¡Incluso iba de blanco! Su camiseta blanca y ajustada contrastaba a la perfección con la camisa oscura de Shane, y se estremeció de la emoción solo de pensar en que iba a defender el honor de Ruby.

Sin embargo, dentro de la habitación de la chica estaba ocurriendo algo extraño. Parker dio un paso para acercarse, luego dos. Para cuando dio el tercero, se le partió el corazón en dos y se le apagó el cerebro. Cuando volvió en sí, estaba de rodillas en el suelo y la cuerda estaba tirada de cualquier forma, al igual que la ropa de Ruby.

Entonces se acordó del móvil.

Llevaba grabando todo el rato y Shane no había aparecido frente a la cámara ni una sola vez. Pero ¿bastaría con eso? Por la pinta que tenía, Ruby y Shane acababan de empezar. Si Parker jugaba bien sus cartas, todavía podía hacer una jugada maestra, humillar a Shane Ferrick delante de todo el instituto y recuperar al amor de su vida.

Pero tenía que ser rápido. Corrió calle abajo, abrió la puerta del coche y prácticamente se dejó caer dentro. Después de tomar tres dolorosas bocanadas de aire, arrancó el motor.

Después, Parker condujo al interior de la noche.

Quince minutos más tarde, cuando estaba colándose por la ventana del baño de los Ferrick, se preguntó si el universo lo estaba poniendo a prueba. En los cuentos de hadas, el caballero de armadura brillante siempre tenía que afrontar una gran y terrible prueba. Con el propósito de rescatar a la princesa y ser merecedor de un reino, tenías que ser feroz. Tenías que ser fuerte. Mientras reunía algunos pelos de Brianna, Parker se sintió invencible.

Condujo de vuelta a la casa de Ruby.

Esta vez, aparcó a medio camino de la manzana, corrió silenciosamente hacia la ventana de Ruby y se escondió detrás del cerezo. Pero no dejó de grabar aún. Tenía que esperar a que Shane se fuera y luego balancearía aquel pelo negro como el ébano delante de la cámara. Sería una prueba irrefutable. Shane acabaría expuesto como el pervertido que era. Y Parker entraría en escena, consolaría a su princesa y aseguraría su legítimo lugar en el trono.

26.

FUERA DE COMBATE

Ruby se quedó mirando a Parker con la boca abierta de par en par. Estaba temblando, y no se imaginaba que podría dejar de temblar en algún momento cercano.

—Tú...

Lo empujó para alejarse de sus brazos. Pensó que si Brianna se le acercaba sigilosamente y le deslizaba un cuchillo por la garganta, no sentiría nada.

Sin embargo, Brianna no se acercó sigilosamente a Ruby. De hecho, ni siquiera estaba allí. Debió de haberse ido por el pasillo durante el trascurso de la confesión de Parker. Con la cuerda aún a sus pies, Ruby veía un borrón blanco que los observaba desde el comedor.

La levantó del suelo. Hizo señas al grupo para que entrara en el salón y ató con cuidado los pomos de las puertas, como había hecho con las muñecas de Shane un año atrás.

Luego, se arrojó sobre Parker.

El primer golpe le volteó la cara, y enseguida se pudo apreciar la marca que dejó. Pero no se detuvo a saborear la imagen. Se impulsó con el talón y le encajó un gancho izquierdo, tal y como aprendió a hacer después de la desaparición de su padre. La señora Valentine insistió en que las mayores de la familia aprendieran defensa propia, y

Ruby aceptó al instante. Tenía tanto fuego en su interior, tantas cosas que había retenido a lo largo de los años… Estuvo bien sacarlo.

Estuvo mejor en ese momento. Parker se tambaleó hacia atrás y chocó contra un sofá, y Ruby realmente pensó que ya había caído. Le lanzó una mirada a Brett, como si quisiera decir: *Tampoco es tan difícil.* Pero Brett se estaba acercando y, si bien Ruby no creía que fuese a dejarla fuera de combate para proteger a su preciado Parker, podía imaginarlo envolviéndola con los brazos y alzándola como si no pesara nada.

Le metió una última patada antes de alejarse con las manos alzadas. Una rendición falsa. Una vez que Brett bajara la guardia, podría ir a por Parker otra vez. Podría hacerlo pagar de verdad.

En el suelo, Parker se estaba poniendo de rodillas mientras buscaba el borde del sofá con las manos.

—Pero ¿qué cojones…?

—Tú eres el motivo por el que estamos aquí —escupió con las manos temblorosas. Parker la miraba con la cara roja y jadeando, y parecía que ni siquiera la reconocía. *Está bien*, pensó con los dientes apretados. *No tiene ni idea de quién soy. Pero lo sabrá.*

—Brianna es el motivo por el que estamos aquí —dijo una vez que por fin recuperó la compostura—. Intentó matarte. Intentó ahogar a tu amiga.

Ruby le lanzó una mirada a Juniper, quien estaba hecha un ovillo en el sofá. Gavin estaba sentado a su lado en un intento por mantenerla caliente. Una oleada de empatía atravesó a Ruby, y se apresuró a ir junto a ellos. Estaba muy, muy enfadada, lista para arrancarle la cara a Parker, pero verlos acurrucados juntos le tocó la fibra sensible. Tocó lo que quedaba de ella. A veces pensaba que, tras la noche del incendio, solo había quedado una parte de ella.

Como si su alma se hubiera ido junto con la de Shane.

Se estremeció y, con sumo cuidado, se sentó en el sofá.

—Aquella mañana tenía la sonrisa más increíble de mi vida. De esas que te mandan energía a cada centímetro de tu cuerpo, incluso a la punta de los pies. Luego miré el móvil y ese vídeo me estaba esperando. —Apretó los ojos—. Joder, Parker, ¿cómo pudiste hacer algo así?

—Necesitaba que vieras cómo era.

—¡Él no era así! Ese eres *tú*. —Ruby cerró las manos en puños y Juniper extendió el brazo para evitar que lo atacara otra vez. Durante un momento, las chicas tuvieron una conversación sin palabras. Ruby podía ver el remordimiento en los ojos de Juniper, y solo fue capaz de imaginarse cuánto lo sentía su vieja amiga. Todo el mundo en el instituto vio el vídeo de Shane llevando una cuerda a la habitación de Ruby.

Todo el mundo pensó que él era culpable.

—No quise creerlo —susurró Ruby mientras Juniper la miraba con atención. Gavin también la miraba de esa forma. Incluso Brett, que llevaba pegado a Parker toda la noche, no pudo apartar la mirada de Ruby.

Se desplomó contra la puerta.

—Parker me dijo que Shane grabó el vídeo. Dijo que Shane se estaba riendo de ello por la mañana y que estuvo presumiendo junto a la taquilla... —Brett se interrumpió. Su cerebro no quería quedarse dentro.

Y Ruby negó con la cabeza mientras chasqueaba la lengua continuamente.

—Ay, Parker. Ese es un error de novato. *Nunca* se le miente a un mejor amigo.

Parker frunció el ceño sin molestarse siquiera en apelar a Brett. Siempre apelaba a Ruby.

—Nadie comprendía lo que estaba haciendo Shane. Te estaba manipulando.

—¿Te estás escuchando? No me estaba haciendo nada. Yo quería estar con él. —Ruby fue hacia la ventana, saboreando el recuerdo de los labios de Shane presionados contra los suyos. Recordó cómo se inclinó sobre él, cómo se inclinó para mover su cuerpo de una forma totalmente nueva, fundiéndose con alguien, en vez de apartarse siempre—. ¿Y sabes qué? Era bueno. *Éramos* buenos. Sabía que él era incapaz de hacerme daño de esa forma. Pero hubo un momento, mientras miraba el vídeo, en el que no… dejé de confiar en mis instintos. Ni me fiaba de mis recuerdos, ni me fiaba de mis instintos. —Se giró y su mirada se encontró con la de Parker—. No siempre he tomado las decisiones más inteligentes.

Parker retrocedió y miró a Brett en busca de apoyo, pero Brett no tenía nada que darle. Ruby sonrió ante la grieta que estaba creciendo entre ellos. Por fin, *por fin* la gente enseñaba su auténtico rostro.

—Me pasé el día entero intentando localizarlo —continuó, recordando la desesperación. Mandó mensajes y llamó, hizo de todo menos ir a casa de Shane—. ¿Qué hiciste? ¿Le robaste el móvil?

La mirada de Parker se volvió dura como una piedra.

—Se le escurrió del bolsillo cuando dejó caer los pantalones sobre tu suelo. Y no se dio cuenta cuando se fue, así que entré y lo tomé mientras te duchabas. Envié el vídeo *desde* su móvil y luego mandé a Brett a tu casa para evitar que hicieras algo imprudente. ¿Verdad, Brett?

Parker se giró hacia las puertas, donde Brett estaba de pie hacía un momento. Ahora solo había un espacio vacío y una cuerda tirada de cualquier forma. Después de todo, Ruby solo le había hecho un nudo por si acaso necesitaran escapar.

—Me cago en todo. —Parker cruzó la habitación como un rayo—. Se ha ido.

Gavin soltó una maldición, con la mirada fija en el sitio en el que Brett había estado.

—Va a huir. Lo va a atrapar y…

—Puede que no —intervino Ruby, sosteniéndole la mirada a Parker—. A lo mejor va a confesar.

Parker se puso colorado y abrió las puertas de un tirón. Antes de que alguno de ellos pudiera detenerlo, salió corriendo al pasillo y dejó a los demás atrás. Las puertas se cerraron tras él.

—Tenemos que seguirlo —tartamudeó Gavin—. Si Brianna le pone las manos encima a Brett antes de que Parker lo alcance...

—No lo hará —aseguró Ruby, con la cuerda en las manos. Con la ayuda de Gavin, Juniper se puso de pie. Juntos siguieron el sonido de los gritos hasta llegar al comedor. Allí, Parker estaba metido en una batalla épica. Una batalla con las puertas que daban al patio. Estaba gritándoles, intentando abrirlas a la fuerza, pero debían de estar cerradas con llave desde el exterior.

Brianna debió de haberlas cerrado con llave.

Ruby podía verla, moviéndose lentamente en la oscuridad a través del patio. Había algo inusual en su atuendo, una mancha roja entre el blanco. ¿Era sangre? No. Era un pequeño bidón rojo. No era muy diferente de la regadera que Ruby usaba para nutrir las verduras del jardín de su casa. Excepto que, bueno, ese bidón llevaba una sustancia que aportaba vida y este, en cambio, podía quitar una vida en un instante.

Todo lo que uno tenía que hacer era encender una cerilla.

—¡Brett! —gritó Parker mientras aporreaba las puertas—. ¡Brett, vuelve aquí!

—No está fuera —dijo Ruby—. Ninguno de nosotros se va a ir a ninguna parte. —Cuando dio un paso hacia el cristal, pudo ver que Brianna estaba concluyendo su proyecto. Debió de estar ocupada mientras Ruby le pegaba puñetazos a Parker en la cara.

Con una línea de gasolina dibujada alrededor de la casa, Brianna sacó una caja de cerillas del bolsillo. Algo tan pequeño para acabar con una persona. ¡Una única cerilla! Cuando Ruby pensó en ello, se dio cuenta de que era algo patético. Pero la más pequeña de las chispas podía darle vida al más grande de los fuegos, y Ruby observó, hipnotizada, cómo Brianna se acercaba a las puertas que daban al patio.

No estaba encendiendo su perverso círculo. Estaba escribiendo algo en el cristal. Sin embargo, no había perfeccionado el arte de escribir al revés, por lo que Ruby tardó un minuto en descifrar el mensaje.

El Estómago de Hierro se rebeló.
La situación parece delicada.
Si se va de la casa sin permiso...
unas llamas despedirán la fiesta.

27.

AMOR ELÉCTRICO

Parker fue el primero en reaccionar, ya que, como siempre, él tenía que ser el centro de atención. Tenía que mantener el foco sobre su rostro. Tras darle la espalda a las puertas del patio, corrió hacia el pasillo mientras gritaba:

—¡Brett! Me cago en todo, vuelve aquí. No puedo…

Luego, el silencio. Gavin intentó rellenar los huecos. *No puedo protegerte* parecía demasiado considerado para ser Parker Addison. *No puedo colársela a Brianna sin ti* parecía demasiado honesto. ¿Parker intentaba colársela a Brianna? ¿Todavía? Parecía agotado, incluso en aquel traje de un fresco verde; y su pelo, normalmente despeinado, estaba un poco aplastado, como si hubiera sudado. Era obvio que sabía más de lo que decía, pero si le había hecho algo a Shane Ferrick la noche de la fiesta, se llevaría ese secreto a la tumba.

Se los llevaría a todos.

—Vamos a arder —dijo Ruby, cuyo aliento empañaba el cristal. En aquel vestido largo rojo, se parecía a Jessica Rabbit. Solo le faltaban los guantes. Bueno, *tenía* unos guantes, pero los de Jessica eran morados y los de Ruby eran rojos, a juego con sus sandalias.

¿Qué película era esta?

Gavin sacudió la cabeza, pero su mente seguía divagando. Estaba desesperado por creer que estaban en una película. Una producción con un presupuesto de millones de dólares llamada *¿Quién le tendió una trampa a Shane Ferrick?* en la que los directores de Hollywood le decían dónde estar y qué decir. Una vez terminada, el director gritaría: «¡Corten!», y el actor que hacía de Shane saldría de detrás del escenario, saludando con la mano y sonriendo.

Después, todos se irían a tomar algo.

En el mundo real, Gavin dirigió la mirada a su piel y tuvo que obligarse a no vomitar. Shane Ferrick no le hizo nada a Ruby. No le hizo nada a nadie y, aun así, lo habían atormentado hasta que estuvo tan hecho mierda como para ver nada. Sí, si Gavin era muy honesto consigo mismo, la verdad sobre aquella noche era clara.

Habían matado a un chico inocente.

Puede que hasta se merecieran que los castigaran. Pero ¿cuánto? Esa era la pregunta, y era complicada. Cuando Brianna le garabateó en la piel con un rotulador, el ojo por ojo no parecía tan horrible. No fue *genial* tampoco. De hecho, despertarse así, sintiendo golpes de martillo en la cabeza y el cuerpo como si el primo borracho de Banksy se hubiera apoderado de él, fue una mierda en todos los aspectos. Sin embargo, Gavin dejaría que escribieran sobre él si era eso lo que hacía falta.

Para compensar por lo que hizo.

Más tarde, Juniper estuvo a punto de ahogarse y Ruby se cayó por las escaleras, y el ojo por ojo dio un giro aterrador. Gavin quería detenerlo. Quería salvar a las chicas y a Brett también. Incluso a Parker, siempre que no volviera a hablar en toda la noche. Cada vez que abría la boca, las manos de Gavin se cerraban en puños. A estas alturas, Ruby prácticamente estaba recitando *Redrum* con un tono monótono. Parker los estaba arrastrando y, si bien Gavin no aprobó prenderle fuego al chico, cuanto más tiempo estuvieran juntos, mayor era el riesgo de que Parker avivara las llamas.

Tenía que sacarlo de ahí y, entonces, podría conspirar con las chicas. Compartir información sobre la casa. Así pues, hizo lo único que *garantizaría* que Parker saliera del comedor.

—Tenemos que quedarnos donde estamos —dijo Gavin, y su voz inundó la estancia. Sonaba seguro, fuerte. Eso sí que enfadaría a Parker—. Cada vez que salimos corriendo por nuestra cuenta, Brianna ataca. La única forma de mantenernos a salvo...

—No hay forma de mantenerse a salvo —escupió Parker—. ¡Va a prender fuego la casa!

—Eso era mentira. Va a ir tras Brett y lo sabes. Cree que él sabe algo.

—No sabe nada.

—Entonces no tienes de qué preocuparte —razonó Gavin—. Créeme, encenderá ese fuego solo si tiene alguna prueba de que alguno de nosotros metió a su hermano en ese coche. Nos está haciendo lo que le hicimos a él.

—Algo de sentido tiene —intervino Ruby junto a las puertas. Ni siquiera miraba a Parker—. Brianna quiere justicia, por eso nos está sonsacando nuestras versiones, una por una. Algo de lo que le hemos contado ha tenido que escucharlo por ahí. He oído una barbaridad de rumores. —Posó la mirada en Juniper, y esta se estremeció—. Pero no he sabido hasta esta noche lo que hicisteis de verdad. Creo que tienes razón. Creo que ahora va a por Brett, pero no nos va a atacar hasta que sepa lo que pasó de verdad.

—Estáis locos. Va a atraparlo y... —Parker se interrumpió y fingió que se había quedado sin habla. A estas alturas, Gavin sabía que estaba fingiendo. Parker solo confesaría cuando ya lo hubieran atrapado e, incluso entonces, se defendería.

Todo este horror, todas estas mentiras y, aun así, no había dicho que lo sentía.

En ese momento, con el remordimiento puesto como una máscara de la que podía despojarse en cualquier momento, les dijo:

—Va a torturar a Brett. Va a torturar *a una persona* y os da igual. Como queráis. Quedaos aquí acojonados. Yo voy tras él.

Acto seguido, Parker salió corriendo hacia las escaleras, con sus pasos golpeando el suelo de madera. La casa se sacudió por la fuerza de estos. Y Gavin, bastante satisfecho consigo mismo, se giró hacia las chicas con una sonrisa.

—¿Y bien? ¿Listas para salir cagando leches de aquí?

—Por Dios. ¡Sí! —Ruby aplaudió—. Pero ¿qué pasa con los chicos? Brianna le *hará* daño a Brett cuando averigüe lo que hizo.

—Lo sé. —A Gavin se le retorció el estómago y se dijo a sí mismo que podía salvarlos a todos. Iba a hacerlo—. Pero si Brett se encierra en una habitación, a Brianna le costará atraparlo. Y para entonces…

—Habremos llamado a la policía. Pero ¿cómo salimos de la casa? Solo hay una salida.

—Que sepamos. —Se acercó a Ruby y habló en voz baja—. Pero Brianna sabe cosas que nosotros no sabemos. Hace un rato… ¿dónde te tenía escondida?

—Hay un pasadizo secreto. Lleva desde el estudio al dormitorio principal que hay en la planta de arriba —respondió Ruby mientras jugueteaba con la cuerda—. Si usó una escalera para subirse a la terraza, pudo entrar y salir de la casa siempre que…

—¿Qué terraza? ¿Dónde?

Ruby señaló hacia fuera y hacia arriba. Encima del patio. El calor inundó el cuerpo de Gavin. Mientras tanto, Juniper tiritaba y se abrazaba a sí misma. Al joven se le encogió el corazón de pensar en lo que iba a costar sacarla de la casa.

Se colocó junto a ella y le rodeó la cintura con el brazo.

—¿Cómo estás, Bambi?

—¿Bambi? —inquirió, con la voz un poco más fuerte que antes.

—Ya sabes, las piernas temblorosas de cervatillo. Los primeros pasos.

—Gracioso. —Frunció el ceño, pero Gavin sabía que estaba de broma. Al igual que Juniper sabía que su broma fue hecha desde el

cariño. Eso, y por el deseo desesperado de evitar entrar en modo pánico. Siempre y cuando pudieran bromear, podrían sobrevivir.

—¿Y tú? —le preguntó a Ruby—. ¿Estás bien?

—Pensaba que nunca preguntarías —respondió Ruby con efusi-
vidad, imitando su tono despreocupado. Hubo una pausa en la que
inspeccionó sus cardenales—. Sobreviviré.

—Bien. —Gavin le ofreció el brazo que tenía libre. Ruby lo tomó
y los tres juntos volvieron al pasillo.

—¿Creéis que hay cámaras? —preguntó Ruby, con las mejillas
todavía encendidas por su encuentro con Parker. El suyo sí que era un
gancho izquierdo de primera—. Madre mía, ¿creéis que Parker las
instaló para ella?

—Es probable —murmuró Gavin con amargura. Tenía que mantener la mente de Ruby lejos de Parker. Tenía que mantener *su* mente
lejos de él, ya que, cada vez que pensaba en la manipulación de Parker
y en lo que les había hecho a los Ferrick, Gavin acababa simpatizando
con Brianna.

Y eso no era bueno.

—Mirad, podemos resolverlo después. —Las guio hacia la larga
escalera de caracol—. Podemos analizar todo esto cuando estemos
sentados en mi salón, delante de la chimenea. Borrad eso, nada de
fuego —se corrigió—. Chocolate caliente y mantas.

Juniper hizo gorgoritos. Todavía tenía el pelo mojado, y Gavin deseó poder hacer una parada en el baño y darle una toalla. Era un pensamiento estúpido, teniendo en cuenta adónde las estaba llevando, pero
eso era lo que quería para ella en aquel momento. Comodidad. Calor.
Además, había razones prácticas para hacer una pausa.

—¿Alguien más tiene que mear? Llevamos aquí, ¿cuánto? ¿Dos
horas? ¿Tres? Y si Brianna sigue saliendo de las sombras... —Gavin se
detuvo y esbozó una sonrisa astuta—. Bueno, digamos que no es necesario tener un accidente y encima una muerte inminente.

—Está ahí. —Ruby señaló la puerta situada al final del pasillo—. Lo encontré cuando estaba buscando el estudio. ¡Dios mío, chicos, Brianna salió de la pared! Acababa de entrar en el estudio cuando una estantería entera se movió hacia delante y noté que unos dedos me hacían cosquillas en el cuello. —Tragó saliva, y no había duda de que estaba pensando en lo que ocurrió después. La habitación oscura. La cuerda. Fue todo un milagro que consiguiera liberarse.

En silencio, se dirigieron hacia el baño. Entraron. Analizaron la habitación en busca de alguna amenaza. Pero todo lo que encontraron fueron azulejos blancos con toques cobrizos, y una puerta que sí podían cerrar con pestillo.

Se encerraron dentro.

—Vaya —dijo Gavin tras un minuto—. Justo cuando pensábamos que todo lo que había pasado nos uniría…

—¿Te da vergüenza? —se burló Ruby. Después, para demostrar que era buena persona, se agachó y abrió el grifo de la bañera para crear ruido. Incluso tapó el desagüe para que el vapor llenara el baño.

Gavin estaba agradecido. La casa era grande, vieja y con muchas corrientes de aire. No tardó en entrar en calor. Mientras que las chicas se ocupaban de sus asuntos —como era lógico, a ellas no les daba vergüenza tenerse cerca—, abrió los armarios en busca de toallas. Encontró un secador de pelo y unas tenacillas para rizar el cabello, pero nada mullido. Nada suave. La habitación continuó empañándose y, una vez que todos hicieron sus necesidades, se reunieron junto a la bañera y escucharon el plan de Gavin. Cuando terminó de hablar, Ruby se giró hacia Juniper.

—¿Te apuntas? —preguntó.

Gavin contuvo el aliento.

Juniper no lo hizo esperar. Le temblaban las extremidades y tenía el pelo pegado a la cara, pero dijo que sí. Accedió de inmediato. A Gavin se le contrajo el pecho. Esto era lo que adoraba de ella, lo que siempre había adorado de Juniper Torres. Su valentía. Su negativa a rendirse.

Quizá se lo dijera cuando acabara la noche.

Por el momento, Gavin explicó lo fundamental.

—Cuando salgamos del baño no hay vuelta atrás —avisó mientras se quitaba los zapatos. Las chicas hicieron lo mismo, y Juniper lanzó los suyos a la otra punta de la habitación—. Iremos tan rápido como podamos. Y si se entera del numerito que estamos tramando y, en un acto de desesperación, prende fuego a la casa, daremos un salto de fe…

—Un número. —Ruby dio un grito ahogado y alzó la mirada—. Todo esto está montado como si fuera un circo. Un espectáculo grandioso y dramático.

—Dime algo que no sepa —dijo Gavin.

—Bien, ¿qué te parece esto? —Sacó el secador de pelo del armario, así como las tenacillas—. ¿Y si pudieras convertirte de verdad en El Hombre Invisible?

—¿Por qué querría hacer eso? —preguntó mientras Ruby enchufaba los utensilios propios de una peluquería.

—Llevamos toda la noche intentando escapar de las identidades que nos ha dado, pero a lo mejor son justo lo que necesitamos para cerrar el circo. —Una vez que los aparatos electrónicos estuvieron enchufados, Ruby los juntó para formar un corrillo junto a la bañera—. Tienes que volverte invisible. Juniper tiene que hacerse amiga de las profundidades.

—¿Y tú? —Gavin ladeó la cabeza.

Tras meterse el secador bajo el brazo, Ruby se sacó algo del vestido. Como la bailarina de una cantina de una antigua película del oeste, se metió la mano en el escote y extrajo la tarjeta que señalaba RUBY VALENTINE. La abrió. La leyeron los tres juntos.

1. Mi nombre es EL TRUCO DE DESAPARICIÓN.
2. Estoy enamorada en secreto de UN CADÁVER.
3. Mi arma es un REVÓLVER porque TENGO UN INSTINTO ASESINO.
4. Mi mayor secreto es que HARÍA DESAPARECER A UNA PERSONA.

—A ver, un momento —dijo Gavin, que señalaba al número tres—. ¿Tienes un revólver? ¿Está cargado?

—¿Traerías un arma cargada a una casa en la que está Parker? —Ruby resopló y negó con la cabeza—. Yo no lo haría, y menos mal, porque Brianna me quitó el bolso en el pasadizo secreto. Pero centrémonos en el número cuatro, ¿vale? Al parecer hice desaparecer a una persona.

—Shane. —Juniper se mordió el labio—. Te culpa tanto como a cualquier otra persona.

—Se suponía que tenía que ir a la fiesta. Lo dejé solo. Hice que desapareciera. Y ahora… —Cuando Ruby bajó la mirada hacia la bañera que se llenaba con rapidez, el rojo de su vestido se reflejó en sus ojos. Ojos rojos. Pelo rojo. Guantes rojos. Parecía que estaba poseída. Se acercó a la bañera y alzó los aparatos electrónicos sobre el agua—. Voy a hacer que todo el circo… desaparezca.

28.

TESTIGO CLAVE

El dormitorio era más frío de lo que Brett recordaba. Tal vez su cuerpo se había aclimatado a la temperatura del salón, donde la chimenea ardía y los cuerpos estaban enredados. O tal vez era que simplemente estaba entrando en pánico y, como resultado, su cuerpo se estaba descontrolando. Lo que sí sabía con certeza era que necesitaba estar solo en el silencio.

Cerró la puerta y se tambaleó hacia la cama.

No podía creer que Parker hubiera grabado el vídeo. De verdad no podía, y su mente siguió buscando algún agujero en la historia. Parker había mentido sobre demasiadas cosas. A lo mejor todo esto era parte del juego y todavía trabajaba con Brianna y la mentira sobre el vídeo debía llevar a Brett hacia una caída al vacío de la que nunca volvería.

Si esa era su intención, ambos eran unos genios. Brett se estaba viniendo abajo. Sentía como si la piel se le estuviera desenmarañando y lo que fuera que quedase de su alma estaba intentando salir para alejarse de la persona en la que se había convertido.

—Nunca debí haber ido a esa fiesta —dijo, hablándole a la cámara que daba por sentado que había. No tenía sentido que pinchara las habitaciones comunes, pero sí sus espacios privados. *Aquí* era donde ocurriría la magia. Adonde se esfumarían solos o con la pareja que eligieran. Donde se desplegarían los secretos.

»Se suponía que tenía que vigilar a Ruby y asegurarme de que no saliera de su casa. Parker pensaba que ella podía intentar enfrentarse a Shane en la fiesta y humillarse a sí misma. Bueno, eso fue lo que me dijo él. —Brett tragó saliva y se pasó la mano por la cabeza. Cuando era pequeño tenía unos rizos suaves y castaños, al igual que su madre, y, cuando ella se fue, su padre fue incapaz de mirarlo. No con ese pelo. Era imposible y, tras meses viendo cómo su padre hacía una mueca cada vez que lo veía, Brett tomó unas tijeras y se los cortó.

Ahora, en estos últimos momentos, los echaba de menos. La echaba de menos.

¿Qué pensaría de él? Cuando era niño se creía las historias que le contaba su padre sobre crecer fuerte. Para salvarla. Sin embargo, la madre de Brett nunca fue tan feliz como cuando estaba bailando con él. Compartiendo secretos. Eran mejores amigos y afines, y su padre le enseñó a odiar las partes de él que se parecían a ella. A eliminarlas. A golpearlas con puños invisibles hasta que no quedara rastro alguno de dulzura.

Aun así, Brett lloraba en la oscuridad de la noche cuando estaba solo. Y ahora, con solo una chica pálida de aspecto fantasmal observándolo, notó cómo empezaban a picarle los ojos por las lágrimas. Agachó la cabeza.

—No *quería* ir a la fiesta —admitió—. Para ser sincero, odio ese tipo de cosas. Parker siempre empieza mierdas que no puede terminar, así que intervengo para ayudarlo. Pero sabía que aquella noche iba a ser diferente.

Lo supo, en lo más profundo de su ser, mucho antes de la medianoche, cuando le llegó el mensaje de Parker.

¿Ruby sigue en casa?

Brett le contestó:

232 | ESTA MENTIRA TE MATARÁ

Sip. Seguramente se irá a dormir pronto. Así que…

Entonces, Parker dijo:

Mueve tu culo hasta aquí. Tengo un regalo para ti.

Brett estuvo a punto de decirle que no. Estaba cansado y quería irse a casa. Pero tenía trabajo que hacer, y se dijo a sí mismo que, después de aquella noche, Shane nunca volvería a hacerle daño a Ruby.

Nunca más le haría daño a nadie.

Así pues, Brett se dirigió a la fiesta en la montaña. Llegó justo a tiempo para ver a Gavin tambaleándose hacia los arbustos. Eso fue toda una sorpresa, pero Parker era una caja de sorpresas, y esa era una noche de lealtades inusuales. Parker y Gavin. Ruby y Brett. Claro que Ruby no sabía que Brett la estaba vigilando, pero ese no era el objetivo de hacer una buena acción. Uno protegía a las personas porque era lo correcto y porque lo necesitaban. Puede que Ruby no fuera el ángel que todo el mundo pensaba que era, pero no era violenta. No le haría daño a Shane y, ahora mismo, Shane tenía que recibir daño para que aprendiera la lección.

Por haber hecho lo que hizo.

Brett estaba totalmente seguro de eso mientras cruzaba el césped de Dahlia Kane. Entonces vio a Shane inconsciente en la otra punta del patio. Alguien le había escrito por todo el cuerpo y estaba empapado.

—¿Qué ha pasado? —preguntó.

Parker salió de las sombras con una sonrisa.

—Juniper Torres ha intentado ahogarlo.

—Eh… ¿Cómo?

Parker se rio, claramente encantado con el giro de los acontecimientos.

—Ya sabes lo que siente hacia mi chica. Claro que ella tuvo el sentido común de no colarse en el cuarto de Ruby... —Se interrumpió, con la mandíbula apretada—. ¿Listo para hacerlo?

A Brett se le tensó el estómago. Quería sentirse emocionado, quería creer que era un héroe que repartía justicia. Pero cuando Parker alzó del suelo el cuerpo flácido de Shane, lo único que sintió fue pavor.

—Deberíamos despertarlo —sugirió Brett, con una sonrisa forzada. Sabía que, si lo decía así, Parker pensaría que estaba siendo diabólico al querer que Shane experimentara cada momento de dolor. En realidad, la idea de golpear a un chico inconsciente le provocaba náuseas, a pesar de saber lo que sabía sobre Shane.

Lo que creía que sabía.

Así pues, antes de la ráfaga de puñetazos, Brett le abofeteó la cara a Shane. Parker ya se estaba riendo. Y Brett intentó meterse en el papel, intentó hacer como si estuviera en una película antigua en la que los hombres se abofeteaban entre ellos y se decían: «¡Te reto a un duelo!».

En la realidad, no había ningún reto y esto no era ningún duelo. Sin embargo, Shane sí se despertó después de la segunda bofetada. Cuando se percató de que Parker le estaba sujetando los brazos y de que Brett estaba de pie frente a él, hizo lo que nadie haría. Luchó. Gritó.

Nadie acudió en su búsqueda.

Tal vez había mucho ruido en la fiesta o tal vez el sonido se perdía en la distancia. Brett tomó una bocanada de aire. Sentía que estaba esperando algo, y fue incapaz de reunir la energía para arremeter contra Shane hasta que Parker le susurró en el oído.

—La grabó sin su permiso. La expuso ante todo el instituto. ¿Qué clase de hombre hace ese tipo de cosas?

Los dedos de Brett se curvaron hasta convertirse en puños. *Sabía a la perfección* qué clase de hombre usaba el momento más vulnerable de una persona en su contra. Por eso se habían llevado a su madre en mitad de la noche. Porque su padre la grabó, borracha y dando traspiés, y usó el vídeo como prueba para que la encerraran.

Algo se rompió en el interior de Brett. Toda vacilación se disipó y lo único que quedó fue furia. Ira. Para cuando la sangre apareció en la comisura de la boca de Shane, la fiesta estaba llegando a su fin.

—Lo golpeé una y otra vez —le contó Brett a la habitación fría y gris. Había una sábana acomodada sobre el cabecero para esconder lo que había escrito ahí, pero notó cómo las palabras lo presionaban y le avisaban de lo que se avecinaba.

—¿Y después? —preguntó una voz, y Brett alzó la mirada para ver cómo una figura se deslizaba al interior de la habitación.

La puerta se cerró y los bloqueó en el interior.

29.

CISNE NEGRO

Cuando el mundo se oscureció, los latidos de Ruby se calmaron. Por primera vez en toda la noche, dejaron de temblarle los dedos. Se le desenredaron los nervios y se le ralentizó la respiración. El circo estaba llegando a su fin, y podía sentirlo.

Se sentía bien.

Cuando salieron del baño, el interior de su mente reflejaba los pasillos oscuros y silenciosos de la casa. Gavin quiso ir primero, pero, tras tocarle el brazo, Ruby lo detuvo. Ella había recorrido estos pasillos más que nadie. La habían ocultado en un pasadizo secreto y la habían empujado escaleras abajo.

Tenía sentido que los guiara.

Así pues, eso hizo. Con piernas ágiles, se deslizó por el suelo, y sus pies eran un susurro con las medias y sin los zapatos. Tenía la cuerda enredada alrededor del brazo. Se detuvo a los pies de la escalera y esperó a que el resto la alcanzara. Una parte de ella quería tomarle una mano a cada uno y subir las escaleras como si fueran un muro impasible, pero, naturalmente, lo más razonable era mantenerse pegados contra la barandilla. Ocupar el menor espacio posible, por si Brianna estaba acechando cerca. Ruby sospechaba que no lo estaba. En este instante estaría custodiando el patio o escuchando desde el pasadizo secreto cómo Parker convencía a Brett de que se mantuviera callado.

Incluso con eso, era una insensatez ocupar más espacio del necesario. En fila india, se mantuvieron a un lado de las escaleras, y sus pasos no hicieron ruido alguno.

Estaba ocurriendo. Estaba *funcionando*. Ruby sonrió cuando llegaron a la segunda planta y ajustó los ojos a la oscuridad. No veía mucho, pero podía distinguir el vacío del pasillo. La ausencia de una muñeca asesina. Además, tuvieron más suerte aún, ya que la puerta del final del pasillo estaba abierta, así como las de la terraza que había al otro lado. Ruby vio cómo entraba a raudales la luz de la luna, rodeada de un cielo índigo; era lo más hermoso que había visto en su vida. Quería elevarse hacia la oscuridad y no volver a bajar. Pero, claro, al ser una chica y no un fantasma todavía, su cuerpo estaba sujeto a la gravedad y, por ende, no podía nadar en el cielo.

Pero podía nadar en la piscina.

Sí, pensó Ruby, *estamos llegando al final*. Podía sentirlo en los huesos mientras pasaban junto a la puerta abierta del cuarto de Juniper. A pesar de su deseo de seguir avanzando, se giró y miró las fotos que había en el interior. Fotos de dos chicas sonriendo con ocho, doce y catorce años.

Ruby y Juniper.

Sus latidos se volvieron irregulares y, antes de que pudiera detenerse, estaba arrancando una foto de la pared. Una imagen granulada de Juniper y ella rodeada de *cupcakes*. Red Velvet, ya que eran los favoritos de Ruby, aunque eso no era algo que importara en su familia. Ella nunca tuvo la opción de elegir su propia tarta. Tres de las cuatro niñas Valentine cumplían años en agosto y, para cuando Ruby estaba en segundo de primaria, repartía su tarta entre tres. Repartía sus regalos. Repartía su fiesta. Y, aun así, no le importó realmente hasta que su madre trajo a casa una tarta de Reese's, olvidando que Ruby era alérgica al cacahuete. Eso sí le molestó. A pesar de ello, aguantó la fiesta, ayudó a sus hermanas a abrir los regalos y luego, sin hacer ruido, se metió en el baño a llorar. No podía hacerlo en su cuarto porque, al igual que el resto de la casa, no era *suyo*. Compartía dormitorio con Charlotte y compartía cumpleaños con Scarlet y May, y nada, absolutamente *nada* era de Ruby.

Incluso aquel cumpleaños.

Por aquel entonces, Ruby y Juniper eran como uña y carne, pero, a mitad de la fiesta, Juniper comenzó a sentirse mal. Al menos, eso fue lo que alegó. Sin embargo, después de dos horas desde que se había ido de forma repentina, algo golpeó la ventana de Ruby, y ella se acercó corriendo. Vio a su amiga que sostenía algo sobre una bandeja.

Cupcakes. Veinticuatro *cupcakes* Red Velvet, todos con el nombre *Ruby* garabateado con un glaseado de un precioso color rojo.

—Son todos para ti —insistió Juniper con una sonrisa.

Ahora, mientras Ruby miraba la foto, una punzada de dolor le atravesaba el pecho y los ojos le escocían por las lágrimas. Quería abrazar a Juniper. No, quería construir una máquina del tiempo que funcionara y volver al momento antes de que todo se fuera al demonio. Si Juniper hubiera sido su amiga todos estos años, ¿seguiría sintiéndose como una persona en vez de como una réplica rota de porcelana de sí misma?

Era imposible saberlo y era una tontería preguntárselo. El pasado era el pasado. Pero con un futuro incierto y totalmente *vacío* sin Shane, Ruby siguió buscando la última vez que se había sentido humana. Cuando entró apresurada en la quinta habitación, foto en mano, se topó cara a cara con la respuesta.

Estaba sentado en una silla, y unas marcas rojas le cubrían el cuerpo. El pelo había dejado de gotear, pero tenía la camisa abierta, como si estuviera esperando a que una ráfaga de puñetazos le arrebatara el aire de los pulmones. Esperando a que unos cardenales morados y gordos le cubrieran el pecho.

—Me lo llevo —dijo Ruby, y rodeó el muñeco con el brazo. Cuando Juniper se giró para mirarla con los ojos cargados de preocupación, Ruby se explicó lo mejor que pudo—. Esta historia acaba con fuego. Lo sabes. Y sé que está hecho de porcelana, pero ni de coña pienso verlo arder por segunda vez.

Juniper asintió mientras la joven arrastraba al muñeco a través de la habitación. Si estaba preocupada por el estado mental de Ruby, no lo demostró. Había otras cosas en las que pensar, como, por ejemplo, en su fuga mortal. Hubo un tiempo en el que, a altas horas de la noche, Shane y Ruby habían hecho planes para llevar a cabo una fuga mortal. Una forma de librarse de Parker y dejar de sentir miedo. Y entonces...

—Simplemente estaremos juntos —dijo Shane, y sonrió como el gato de Cheshire, ante lo que Ruby se derritió.

Ahora, mientras recorrían la terraza a toda prisa, Ruby pensó en otras cosas capaces de derretirla. Podía ver la línea de gasolina rodeando la casa como una serpiente. *No* rodeaba la piscina, pero como Brianna encendiese una cerilla pronto, no habría tiempo para ponerse a salvo. Ruby sería el alimento de las llamas, tal y como lo fue Shane un año atrás.

Todos arderían.

De momento, el patio estaba oscuro. Ruby no vio rastro alguno ni de algo blanco ni de un pintalabios rojo chillón.

—Podemos saltar juntos —dijo al tiempo que ataba las puertas de la terraza con la cuerda. Esta vez hizo un nudo. Nada de lazos—. Tendremos que subirnos a la balaustrada y saltar desde la cornisa. De lo contrario, diría que deberíamos darnos las manos.

—Podemos darnos las manos ahora —propuso Juniper, y entrelazó sus dedos durante un minúsculo segundo. Cuando se separaron, estaba agarrando la foto que Ruby había sacado de la casa—. ¿Has visto mi habitación?

Ruby asintió, mirándola bajo la luz de la luna.

—De entre todas las cosas que podías haber querido, me quisiste a mí.

—Sí, que volvieras a mi vida.

—Quiero estar en ella —contestó Ruby, y era la verdad. Estaba más que cansada de mentir. Más que cansada de llevar una máscara. Antes de que pudiera detenerse, rodeó a Juniper con los brazos y susurró—: He perdido mucho tiempo…

—Esto… —interrumpió Gavin—. No quiero ser *esa persona*, pero ahora estáis perdiendo el tiempo.

—*Shh*. —Ruby le puso un dedo sobre los labios—. Estamos en mitad de un momento emotivo. —Y así era. Se estaban abrazando por lo que podía ser la última vez. Incluso se balanceaban un poco, y Ruby pensó que era perfecto, que debería terminar así. Dos princesas en una terraza, bailando bajo la luz de la luna. Dos «caballeras» reunidas tras una larga y dolorosa guerra.

Entonces, justo cuando Ruby sintió la ilusión, la voz de Gavin volvió a romper la burbuja e hizo añicos la ensoñación.

—Bueno, yo voy a saltar. Vosotras podéis…

No fue capaz de terminar su reflexión. Juniper giró sobre sí misma, dándole la espalda a Ruby, y le asió la cara con las manos.

—Por el amor de Dios. Cierra esa preciosa bocaza.

Entonces, bajo el brillo de un millón de estrellas, lo besó. Fue ridículamente inocente. *Un beso perfecto al estilo de Juniper*, pensó Ruby con una sonrisa. Fue tierno y tímido, y terminó tan pronto como empezó, pero, aun así, sirvió. Gavin se separó con una sonrisa en el rostro y se volvió parte de la ensoñación. Los tres se habían deslizado al interior de una realidad alternativa en la que el mundo era hermoso y terrorífico, y tenías que ver ambas partes para sobrevivir.

Juntos se subieron a la balaustrada. Dentro de la casa, unos pasos retumbaron escaleras arriba, pero no importaba, porque el plan estaba en marcha. Los jugadores estaban listos para saltar. Con los dedos rodeando la barandilla, Ruby se giró hacia Gavin primero.

—¿Listo? —dijo.

Asintió.

—¿Junebug?

—Es ahora o nunca —respondió Juniper, y su voz no temblaba tanto—. ¿A la cuenta de tres?

Ruby asintió. Era lo lógico hacerlo juntos. Juntos contarían. Juntos saltarían. Y luego, horas más tarde, cuando el miedo se hubiera ido…

Simplemente estaremos juntos.

Las lágrimas recorrieron las mejillas de Ruby. Se suponía que no tenía que ocurrir así, no sin Shane. Ya no había ningún «juntos». Estiró el brazo hacia la terraza y tomó el muñeco en brazos.

—Uno —dijo.

A su lado, Juniper tragó saliva antes de continuar.

—Dos.

—Tres —gritaron los tres juntos, y saltaron hacia el cielo. Volaron antes de que la gravedad los empujara más rápido de lo que Ruby creía posible. Golpeó el agua con fuerza. El chico de ojos azules y piel pálida se le escapó de su agarre casi en el acto, y estiró el brazo para atraparlo antes de intentar respirar siquiera. Entonces, la luna se precipitó sobre ella. Por un momento pensó que estaba viendo doble. *No, triple*, rectificó mientras miraba la cara sin vida de Shane Ferrick, la luna que iluminaba el cielo y la chica que salió de las sombras vestida solo de blanco.

30.

ACTO DESESPERADO

Parker entró en la habitación de Brett. Era inquietante lo gris que era el lugar. Fotografías rotas cubrían el suelo e insinuaban los secretos del joven, pero Parker no se paró a mirarlas al cerrar la puerta tras él.

Lo único que le importaba era el chico que había en la cama.

—Déjame en paz —dijo Brett con frialdad. Su piel parecía estar tan gris como las paredes. Sostenía algo con manos temblorosas, algo brillante y metálico.

Sus puños americanos.

—Mira, la cagué con el vídeo. —Parker se acercó mientras se pasaba una mano por el pelo—. Perdí la cabeza cuando vi a Ruby con *él*. O sea, ¿te imaginas? Si nos hubieras pillado a ella y a mí, ¿no habrías…?

—Para.

—Solo digo que habría sido como una patada.

—No tienes derecho a hablarme así. No tienes derecho a actuar como si lo entendieras. Toda mi vida, todo lo que he hecho… No ha sido para atraparte. Ha sido para protegerte. Y, sí, si te hubiera visto con ella habría sido como una patada, pero ¿sabes qué? Soy mayorcito, Parker, y si te veo con una cuerda, lo último que hago es atarte.

—Y una mierda —dijo Parker mientras se acercaba—. ¿Qué te ofreció Brianna? Has intentado decírmelo, ¿verdad? Has intentado que mirara tu habitación. ¿Por qué? ¿Para que pudieras engañarme y traerme aquí...?

—¡No te he engañado! Tú nos engañaste a nosotros y nos trajiste a esta fiesta. Eso es algo que no puedes negarme.

—Lo único que sabéis hacer es echarme mierda. Pues ¿sabes qué? Te convertí en algo. *La* convertí en algo. Gavin se muere por ser yo. Juniper también. No me odies porque tengo lo que tú quieres, ¿vale? Si te hubieras limitado a seguir la corriente... —Se inclinó sobre él. Se estaban mirando fijamente, y Parker estiró la mano hacia el cuello de la camiseta de Brett y...

—No. —Brett se arrastró hacia atrás, lejos de él—. No quiero estar contigo de esa manera. No quiero estar contigo en absoluto.

—Mentira.

—¡Verdad! No te ofreció a ti porque sabía que no lo aceptaría. Lo sabía. Lo sabía. —Se estaba meciendo, y Parker empezó a ponerse nervioso. Pues claro que Brianna había ofrecido un poquito de Parker para que Brett siguiera dispuesto a cooperar. ¿Qué iba a querer, si no, su amigo?

Parker resopló y negó con la cabeza.

—Puso una foto mía en tu habitación. Ha cubierto las paredes con mi cara y las has roto todas...

—Te lo creas o no, Parker, hay algo que quiero más que estar contigo. Algo que sí puedo tener. —Brett alzó el brazo y retiró la sábana del cabecero. De esa cosa que estaba curvada como una lápida. En la parte delantera habían escrito unas palabras:

Brett Carmichael
Descansa en paz

—¿Qué cojones es esto? —inquirió Parker, que miraba boquiabierto a Brett—. ¿Esto es lo que te ha ofrecido?

Brett se cubrió la cara con las manos y se le quebró la voz.

—Es lo que quería.

El primer instinto de Parker fue irse de la habitación. Darle a Brett espacio para que recobrara la compostura. Sin embargo, esperó. Ya había emitido demasiados juicios precipitados durante la noche y las semanas previas a la fiesta.

—¿Por qué querrías esto? —preguntó.

—Por lo que hice —logró decir Brett—. Me he pasado el año entero intentando apartarlo de mi mente, pero no puedo.

—Y te ofreció apartarlo por ti. Pagar la vida de Shane con la tuya. —Parker alzó la vista, y un escalofrío le atravesó el cuerpo. Una voz comenzó a hablarle al oído. Si quería salir de allí, tenía que estar dispuesto a sacrificar algo.

—No le di lo que quería —dijo Brett, y alzó los puños americanos—. De todas formas, era más bien un gesto. Quiere la verdad. Quiere que el asesino de su hermano sufra.

—Puede ser —coincidió Parker, cuyos latidos se estaban acelerando—. A ver, seguro que sí, pero ya que todos somos culpables, apuesto lo que sea a que le serviría cualquiera de nosotros.

—¿A qué te refieres?

Brett lo estaba contemplando con la mirada suavizada, y Parker se dijo a sí mismo que debía parar. Que debía callarse. Tenía que haber otra forma. Pero justo cuando cerró la boca, las luces comenzaron a parpadear y pareció una señal. La señal de un parpadeo que se acercaba. De fuego. Si nadie se ofrecía, morirían los cinco.

Se quemarían vivos.

Parker ya podía olerlo. El aire crepitaba a medida que se iba la luz. En la oscuridad que le siguió, habló.

—Está desesperada por saber quién mató a su hermano. Y tú estás desesperado por compensar…

—No puedo compensarlo. No puedo traerlo de vuelta.

—Tienes razón. Pero si entregaras tu vida para salvar una casa llena de gente, lo compensarías de sobra. Tío... —Parker negó con la cabeza, como si estuviera impresionado—. Es realmente brillante. Pero nunca serías capaz de aceptarlo. O sea, nunca te dejaría aceptarlo.

En la habitación oscura, Brett estaba muy quieto y se pasaba los puños americanos de una mano a la otra. Parecía un niño. Un niño pequeño que había sido abandonado por la persona que más necesitaba. Así fue como Parker lo encontró hacía tantos años. Tomó a Brett bajo su protección, lo acogió en su familia porque lo había perdido todo. Su madre. Su hogar. Su padre y él tuvieron que meterse en un apartamento de una habitación, y Brett ni siquiera estaba en condiciones de pagar el almuerzo en el instituto. Así pues, Parker lo había hecho por él. Se lo llevó a los viajes que hacían a la costa los fines de semana y, cuando Brett cumplió dieciséis años, le dio el Jaguar con el que aprendió a conducir.

Parker lo salvó una y otra vez. Ahora era él quien necesitaba que lo salvaran. Con cuidado, posó la mano sobre la de Brett.

—Ni se te ocurra hacer lo que ella quiere —dijo—. Tu sufrimiento acabará en algún momento.

Brett inspiró, y el metal le tintineaba en las manos.

—No lo hará —respondió tras un minuto—. Cada día empeora más. Y si alguien más muere por lo que hice... —Se levantó de la cama—. Puedo pararlo.

—No. —Parker salió disparado tras él y lo siguió a través de la oscuridad. Extendió el brazo para alcanzarlo cuando Brett abrió la puerta. Pero no pudo detenerlo. Mejor dicho, no lo detuvo. Tenía un poco de miedo y se sentía mal de pensar en lo que estaba haciendo, pero bajo el pánico había algo más.

Alivio.

Iba a escapar. Iba a *sobrevivir*, y eso era lo importante. Brett ya había llegado al final de las escaleras y giró a la izquierda en dirección a las puertas que daban al patio. No sabía que estaban cerradas con llave. Tampoco sabía nada sobre la línea de gasolina, pero, aun así, intentaba salvarlos. Eso sí que era valentía. Parker se aseguraría de que todos supieran lo que había hecho por ellos.

Siguió a Brett hasta el comedor y captó una mancha borrosa blanca en el patio. Una punzada le atravesó el estómago. ¿De verdad era capaz de hacerlo? ¿De verdad era capaz de ofrecer a su mejor amigo como sacrificio?

—Espera —gritó mientras Brett luchaba contra las puertas del patio. Se giró al oír la voz de Parker. Sus miradas se encontraron. Parker sonrió con dulzura, feliz de ver que su mejor amigo lo miraba—. No…

Brett sacó una silla de debajo de la mesa. Dio una vuelta sobre sí mismo y dejó que atravesara volando la puerta de la izquierda. A continuación, cruzó el cristal abierto y fragmentado, el cual le desgarró la piel. Con un movimiento rápido, arrojó los puños americanos a través del patio, hacia la figura que estaba de pie al otro lado.

—Fui yo —dijo mientras Brianna se agachaba para recoger su ofrenda—. Tu hermano está muerto por mí.

31.

UN BALLET BRUTAL

La pesadilla de Juniper se estaba haciendo realidad. Aquí estaba otra vez, sumergida en agua helada y, cuando salió a la superficie, lo único que pudo ver fue aquel rostro. Pálido como la luna y de porcelana, agrietado y suave a la vez. Aquella boca chillona. Cabía la posibilidad de que estuviera cubierta de sangre de verdad; nunca lo supo y no es que le importara demasiado tampoco.

Lo que importaba era la mano.

Unos dedos pálidos cortaron el aire. Unos dedos pálidos que brillaban como el metal. ¿Brianna llevaba un cuchillo? No, era algo distinto. El metal estaba aferrado a sus dedos, como si fuera algún tipo de decoración demente. Cerca, Ruby y Gavin chapoteaban y emitían unos sonidos incomprensibles con la boca, pero nada se asentaba y nada se separaba. Era un caos. Era la anarquía, y la carpa de su circo se estaba derrumbando.

Entonces, tuvo lugar un giro en la narrativa. Un cambio en la historia. La chica con el rostro de muñeca pasó justo por delante de ellos, al acecho del chico que se encontraba junto a las puertas del patio. Brett. Su traje morado oscuro estaba salpicado de fragmentos que relucían, y no hizo amago alguno por defenderse cuando Brianna le dio un puñetazo.

El movimiento fue elegante, casi balletístico, como un movimiento que Ruby haría en una cocina normal y corriente en un día normal y corriente. Fue algo precioso y fuera de lugar y, de una forma siniestra, se volvió más lento hasta que hizo contacto con el estómago de Brett. La sangre manó de sus labios casi en el acto.

El baile dejó de ser hermoso. Era brutal. El cuerpo de Brett se sacudía cada vez que lo golpeaba, pero Brianna no redujo la velocidad. Fue más rápido y le dio tantos puñetazos que parecía imposible.

Una traición al espacio y al tiempo.

Juniper pensó que tal vez fuera culpa de ella por hacer una pausa en la terraza. Por mecerse con Ruby. Por besar a Gavin en los labios. Tal vez fue egoísta por tomarse un momento con cada uno, por hacerles saber cuánto importaban, no solo a ella, sino al universo. Necesitaban sentirlo ahora que estaban tan cerca del final, y estaba feliz de haber sido la que se lo demostrara. Juniper siempre quiso salvar a todo el mundo y siempre, *siempre,* había fracasado, pero, en aquel momento, sentía que lo había logrado.

Como si el universo la quisiera.

Ahora, mientras veía cómo la sangre brotaba en la camisa blanca de Brett, se deslizó por el agua con la creencia de que también podía salvarlo a él. A su espalda, sus amigos gritaban, pero no se detuvo. No redujo la velocidad. Había cruzado la mitad de la piscina cuando Brett se derrumbó.

Brianna se agachó junto a él.

—Habría sido rápido. Habría sido agradable. Pero decidiste mentirme, cariño, y ahora será lento. Será agónico.

Luego, como un espectro que ha cumplido su deber en la Tierra, se alejó y se adentró en las sombras. Lejos de la piscina. Lejos del sendero largo y serpenteante que conducía a la parte delantera de la casa. Prácticamente estaba suplicándole al resto que corrieran hacia allí. ¡Esta era su oportunidad! No había cuerdas en medio del camino y no había fuego que los tocara. Eran libres, por fin, pero si corrían...

Brett moriría.

—Marchaos —balbuceó desde el suelo—. Fue culpa mía. Fui yo.

—Qué mentiroso… Sabes que si juegas con fuego… Bien, veamos si el dicho se hace realidad, ¿os parece? —Brianna sacó una vela larga y blanca del bolso que había en el suelo. Dios, debía de tener armas guardadas en todas partes. Velas en el patio. Puños americanos en las manos. La cuerda al menos estaba justificada, y Juniper no quería ni pensar en la pistola en aquel momento. Ruby juró que no estaba cargada (porque *no* lo estaba, ¿verdad?) y, en cualquier caso, una pistola estaba destinada a silenciar a las personas y Brianna quería que hablaran.

No, quería que Brett hablara. ¿Por qué?

—¿Por qué no hablar con Parker? —Juniper señaló hacia la cabeza que se asomaba a la puerta hecha añicos del patio. La cabeza dorada enmarcada en cristal—. Él emborrachó a tu hermano. Luego tu hermano condujo en *su* coche. ¿Coincidencia?

—Parker nunca confesará haberle hecho daño a mi hermano —dijo Brianna con frialdad mientras encendía la vela. Se arrodilló sobre el suelo de piedra, justo fuera de la línea de gasolina. Si apuntaba hacia abajo con la vela, Brett ardería en llamas. Parker también—. He atado a Ruby a una silla y la he empujado escaleras abajo y, aun así, él no quiso admitir que *grabó* el vídeo. No fue hasta que le rodeé el cuello a Ruby con la cuerda…

—¡Yo no soy el villano aquí! —gritó Parker, que estaba atravesando con cuidado los fragmentos irregulares del cristal. Sin embargo, no trató de encararse con Brianna ni de arrodillarse junto a Brett. Mantuvo la distancia con ambos—. ¡Llevo toda la noche intentando proteger a todos, pero no pienso confesar algo que no hice!

—¿Por qué no? Brett lo ha hecho. —La mirada de Brianna atravesó al chico que estaba en el suelo y sus ojos se encontraron—. Tu nombre es El Estómago de Hierro. Estás enamorado en secreto de La Antorcha Humana. Tu arma son tus puños porque te encanta golpear aquello que no deberías golpear. Y tu mayor secreto es que…

—Para —susurró Brett con voz suplicante.

—Morirías por protegerlo.

Brett cerró los ojos. Parecía una profecía destinada a cumplirse, como si todo lo que Brianna había escrito se estuviera haciendo realidad. Sin embargo, Juniper nunca había creído en el destino, al igual que no creía que los salvaría un elegido. En la vida real, tenías que construir tu propio camino.

Escoger ser el elegido.

Despacio, poco a poco, avanzó hacia el frente de la piscina. Existía una pequeña posibilidad de que pudiera salir del agua, atravesar el patio corriendo, abalanzarse sobre Brianna y tirarla al suelo, pero si pudiera salpicar lo suficientemente fuerte, no tendría que abandonar la seguridad que le proporcionaba la piscina. El agua cruzaría el patio, disolvería la gasolina y la vela se volvería inservible.

Lo único que necesitaba era una distracción. Echó un vistazo a su espalda y vio cómo Ruby subía por el borde en el otro extremo de la piscina, mientras que Gavin avanzaba en el agua, dispuesto a no abandonar a Juniper en las profundidades. Se ruborizó y apartó los ojos de él para buscar a Ruby en la oscuridad.

Ayúdame, suplicó en silencio mientras pasaba la mirada rápidamente del agua al patio. *Distrae a Brianna y haré que nos salvemos.*

Ruby no le respondió, sino que caminó con pasos largos hacia el lado izquierdo de la piscina, donde el muñeco de Shane Ferrick se mecía en el agua.

—Claro que Brett está protegiendo a Parker —dijo con calma a medida que se acercaba al muñeco—. En el caso de que Parker le diera sus llaves a Shane cuando Shane iba hasta las cejas de alcohol, Brianna lo mataría. Y Brett tendría que vivir con eso el resto de su vida. La carga sería insoportable después de todo lo que pasó el año pasado.

—Ruby sacó el muñeco del agua y, con suavidad, lo tumbó sobre el suelo. Luego miró a Brett—. Dame la carga a mí.

—¿Qué? —murmuró Brett, a quien le costaba mantenerse concentrado.

—No deberías tener que decirle a Brianna lo que hizo Parker. La carga es demasiado grande. —Ruby dio un paso hacia él—. Pero si me dices *a mí* lo que hizo, te dejará ir y yo tendré que decidir si entregar a Parker o correr riesgo con las llamas.

—No. —Fue Juniper quien habló, y debería haber sido un grito, un lamento horrible que atravesara el tejido del tiempo y el espacio. Pero no fue así. No fue tanto un grito de guerra, sino más bien un graznido, algo pequeño y patético, como si una mano le estuviera rodeando la garganta. En realidad, una mano le rodeó el *brazo* cuando Gavin la empujó hacia atrás, lejos del borde de la piscina.

—Confía en Ruby —susurró—. Se escapó de Brianna una vez. Puede hacerlo otra ve...

—¡No! —Juniper peleó para liberarse del agarre de Gavin, lo que llamó la atención de Brianna. La vela se acercó más al suelo. Juniper se encogió de miedo. Su plan de empapar el patio puede que acabara frustrado, pero no iba a dejar que Ruby se metiera en el círculo de gasolina—. No puedes arriesgar tu vida por Parker. No puedes.

Ruby miró a Juniper y su rostro estaba en calma. En paz.

—Soy la única que puede. Soy la única aparte de Brett que comprende lo que es querer a Parker y ser aplastada por él al mismo tiempo. —Tragó saliva y miró a ambos—. Sé lo que estáis pensando. Que a estas alturas debería odiarlo, que estaría loca si no lo hiciera. Pero estoy totalmente cuerda. Shane me lo dijo y le creí. Le creo a él ahora.

—¿Ruby?

Juniper observó cómo su amiga de siempre, su mejor amiga para toda la vida, se deslizaba sobre la línea de gasolina. Sin vacilaciones. Sin miedo. Se arrodilló junto a Brett y le quitó el sudor de la frente.

—Puedes confiar en mí —prometió—. Parker me arrebató algo que quería profunda y desesperadamente y, a pesar de ello... —Miró a su exnovio, peligrosamente cerca de los trozos de cristal roto—. Me siento obligada a protegerlo. Me siento obligada a conseguirle ayuda. Si me cuentas este secreto, no pienso tomármelo a la ligera.

Brett comenzó a temblar y una lágrima le recorrió la mejilla. Cuando posó la mano sobre el hombro de Ruby, Juniper no estaba segura de si pretendía acercarla o alejarla. Al final dio igual. La mano de Brett se balanceó en el aire y volvió a caer al suelo. Ruby se inclinó sobre él para reducir el espacio entre ellos.

—Puedo salvarlo —dijo mientras le rodeaba la cara con las manos—. Puedo salvaros a los dos. Pero tienes que decirme la verdad.

Y así, con un susurro tembloroso, Brett se lo contó.

32.

ESTÓMAGO DE HIERRO

Brett Carmichael se encontraba mal. Ocurrió de repente, en algún momento entre el tercer y el decimotercer puñetazo, y no tardó en revolvérsele el estómago y secársele la boca.

Retrocedió. Lejos del cuerpo que se agitaba como un esqueleto en brazos de Parker. Como si Shane ya estuviera muerto. Parker sonrió e inclinó la cabeza hacia un lado.

—¿Cansado? —preguntó.

Brett quería decir que sí. Quería decir que estaba harto de esto y que se iba a casa. Tenía la clara impresión de que nunca había caído tan bajo, su propio fondo personal, y ese pensamiento hizo que se le viniera su madre a la mente. ¿Tocó fondo cuando se deslizó fuera de sus manos y se dio contra la barandilla de la terraza? Brett todavía tenía una cicatriz en el estómago allí donde la aguja le había abierto la piel.

Fue imposible quitar la sangre de la ropa.

Ahora tenía tres gotas de sangre en su reluciente camisa blanca, y se preguntó si debería echarle lejía o tirarla. Mejor arrojarla al fuego y verla arder. Había lidiado con suficiente sangre durante su vida como para saber cuándo algo era una causa perdida, cuándo no valía la pena invertir el tiempo en limpiar con tal de volver a ponerse esa ropa.

Se encogió de hombros e intentó sonar tan despreocupado como le fue posible.

—Solamente un poco aburrido.

Parker dejó caer el cuerpo. De un segundo a otro, Shane pasó de estar colgando en sus brazos a ser una roca. Silencioso. Frío. Parker se alejó. Se sacudió las manos en los vaqueros, como si hubiera sido él el que se había ensuciado, y miró a Brett con una sonrisa.

—¿Quieres tomar algo?

Por un brevísimo instante, Brett pensó que Parker le estaba ofreciendo la sangre de Shane. Como si, además de pegarle una paliza, también fueran a beber de sus venas. En el fondo sabía que era un pensamiento ridículo, pero ¿qué era más ridículo? ¿Alimentarse de Shane como un vampiro o ir todo felicidad a por una cerveza con la camisa salpicada de sangre? Parker actuaba con tanta tranquilidad, con tanta indiferencia ante la imagen del chico en el suelo, que Brett se encontró aferrándose a una explicación sobrenatural.

En ese momento, como si le hubiera leído el pensamiento, Parker se quitó la chaqueta.

—Parece que tienes frío —explicó.

Y tenía razón. Brett tenía frío. No debería tenerlo, teniendo en cuenta la sesión de entrenamiento a la que se había sometido, los golpes rápidos y el estar continuamente saltando de un pie a otro. Tendría que estar ardiendo. Sin embargo, el sudor se le estaba enfriando sobre la piel, y se estaba levantando viento.

Se puso la chaqueta. Era cálida, aunque le quedaba un poco ceñida, y olía a *él*. Como la piel de Parker, salada por el sudor. Como miel cálida y dorada y un toque de picante. Brett cerró los ojos. Las manos de Parker estaban tirando de la chaqueta mientras cerraba la cremallera. Hacía años que nadie hacía eso por él, y si bien sabía, lógicamente, que Parker estaba ocultando la sangre, se sentía bien. Que lo cuidaran. Que lo tocaran.

Abrió los ojos y vio que Parker estaba sonriendo. No era la sonrisa propia de un payaso sádico o la mueca vacía de alguien que no diferencia el bien del mal. Era dulce. Comprensiva. Parker era la única persona en el mundo que sabía quién era Brett realmente bajo las capas de tristeza. Vio todo lo bueno y todo lo malo y lo aceptó sin rechistar.

No, hizo más que aceptarlo. Lo apreció.

—Eres un puto superhéroe —dijo Parker mientras balanceaba el brazo sobre los hombros de Brett—. Deberíamos conseguirte un traje.

—Cierra el pico.

—¡Lo digo en serio! Él no volverá a hacer algo así nunca más, lo sé.

Brett tragó saliva e intentó comprar la historia que Parker le estaba vendiendo. Pero no se sentía como un héroe. Se sentía como un villano. Se dijo a sí mismo que tenía el estómago revuelto porque era una buena persona, y las personas buenas se sentían mal al causar destrucción, aunque esta fuera necesaria. Este sentimiento era justo lo que lo separaba de alguien como Shane Ferrick, que era capaz de hacer su propio vídeo sexual, mandarlo a un puñado de sus compañeros de clase y luego aparecer en una fiesta como si nada.

Shane era el retorcido. Brett solo era una persona. Una persona normal y sana con reacciones normales y sanas. Cuando alguien sangraba, deberías encontrarte mal al verlo, y, cuando gemía, se te tendría que revolver el estómago. Y ahora, mientras Parker lo conducía a la cocina iluminada, hacia la cerveza y la pizza y el espíritu fiestero, Brett permitió que lo guiara el instinto una vez más.

—No podemos dejarlo ahí.

—Eh… ¿cómo? —Parker se giró, con la cara retorcida en una mueca, tal y como esperaba Brett—. ¿Quién coño dice que no?

—Morirá de frío.

—¿Y?

—Hay ADN mío por todo su cuerpo. Si muere, iré a la cárcel por asesinato.

—Homicidio involuntario, pero vale, sí. Tienes razón. Vamos a quitarlo del suelo.

—¿En serio? —Brett estaba desconcertado. Se esperaba una pelea. Un enfrentamiento dramático en la nieve.

Sin embargo, Parker no peleó. Ni siquiera resopló. En vez de eso, levantó a Shane de los brazos. Brett lo tomó de las piernas y juntos lo llevaron hacia la casa. Acababan de llegar a las puertas del patio cuando Parker se detuvo con una mirada extraña.

—¿Qué? —Brett echó un vistazo a la cocina. Era tarde, y la mitad de los invitados o bien se habían ido a casa o bien se habían metido en las habitaciones. Los demás estaban bailando de manera despreocupada o metiendo los dedos en la salsa, y parecían estar demasiado borrachos como para ver tres en un burro. Nadie se fijó en los chicos que estaban al otro lado del cristal, esperando para deslizarse al interior.

Nadie se fijó en Shane.

—Solo pensaba —respondió Parker, y recorrió el cuerpo con la mirada. Eso llamó la atención de Brett—. Dahlia nos va a matar si manchamos su sofá con sangre.

—Dahlia se las puede apañar.

—Lo sé, es solo que… —Parker esbozó una sonrisa astuta, y algo se desplegó en el estómago de Brett—. No me gustaría ganarme la reputación de aguafiestas.

—Claro. Sería terrible —bromeó Brett, siguiéndole el rollo. Parker *adoraba* tener una reputación. De ser salvaje. Impredecible. Pero ahora, cuando tenía la oportunidad de presentar a Shane ante los invitados de la fiesta como un malvado regalo de Navidad, huyó.

—Metámoslo en mi coche.

Los latidos de Brett dieron trompicones. Podía imaginarse a Parker volviendo aquí a altas horas de la noche para meterse con Shane mientras los demás dormían. Podía imaginárselo atando a Shane con una cuerda. Grabando un pequeño vídeo, ojo por ojo.

—Tío —dijo Parker, y tiró del chico que sostenían entre ellos—. ¿Qué te pasa?

Brett no pudo responder. No quería, porque la imagen de Parker atando a Shane había sido demasiado vívida. Se lo podía imaginar a la perfección, se podía imaginar la sonrisa en los labios de Parker, la falta absoluta de temblor en sus manos. La precisión de sus movimientos, fuertes y gráciles a la vez.

Sacudió la cabeza y la visión se esfumó. Un producto de su imaginación. Dio un pequeño traspié antes de que Parker, con las llaves ya en la mano, lo empujara en dirección a donde tenía aparcado el coche.

—Espera. No puedes…

—Aquí dentro estará a salvo —explicó Parker mientras abría el coche. Colocó a Shane sobre el asiento del conductor y encendió el motor—. Mira, para que sea acogedor y todo. —Acto seguido, encendió la calefacción y apuntó la boquilla hacia abajo para que no le diera a Shane en la cara.

La agitación en el estómago de Brett comenzó a calmarse.

—¿Ahora qué? —preguntó.

—Ahora vamos a tomarnos algo. —Parker le dio una palmada en la espalda. Se alejaron del coche, lejos del chico desplomado sobre el asiento delantero. De nuevo, casi habían llegado a la casa cuando Parker se detuvo.

—Mierda, debería escribirle a Ruby. Que sepa que puede dormir tranquila, ¿sabes?

Brett asintió y supuso que también tendría que esperar fuera. Era lo más educado. Pero Parker debió darse cuenta de la forma en la que Brett se estremecía cada vez que el viento le golpeaba los nudillos, ya que sonrió y dijo:

—Ve yendo tú. Ahora voy yo. Solo tardaré un segundo.

Una sensación de alivio inundó el pecho de Brett. Abrió las puertas del patio. Había una chimenea llameando en el salón, y sintió el calor que desprendía a medida que entraba. No fue hasta que recorrió el pasillo y se encerró en el baño que se le ocurrió mirar fuera. Ni siquiera se había lavado las manos aún. El grifo estaba abierto, y poco a poco el agua pasaba de estar fría a caliente, cuando su mirada se desvió a la ventana.

Al destello dorado.

Brett supo al momento quién era. Aquellos movimientos eran fluidos y seguros y tenía el pelo iluminado por la luz de la luna. Parker estaba volviendo a su coche. Extendió la mano hacia la puerta del lado del conductor como si fuera a abrirla, pero no cedió. Estaba cerrada con llave. A pesar de ello, Parker tiró del manillar en un intento por arrancar toda la puerta de las bisagras, y Brett vio que algo se movía dentro del coche.

Shane Ferrick estaba despierto. Y no tenía pensado abrir la puerta.

Parker se dio la vuelta en la oscuridad y volvió al jardín. Brett pensó que se había rendido. Se dijo a sí mismo que Parker por fin se había aburrido, pero no fue así. El joven estaba buscando una piedra. No tardó en encontrar una grande y retorcida, y volvió al coche con pasos pesados.

¿A qué estaba jugando?

Ah, sí, a ese juego. El juego en el que Shane Ferrick, golpeado y lleno de sangre y borracho como una cuba, pisaba el acelerador para alejarse de él. Tras dar marcha atrás con una sacudida, Shane salió disparado y se dirigió a la carretera. Un segundo estaba aquí y al siguiente se había ido. No había forma de que Brett hubiera sido capaz de detenerlo.

No había forma de que Brett hubiera sido capaz de detenerlo, ni tampoco lo había intentado. En cuanto Shane desapareció, Parker dejó caer la piedra de su mano y sonrió. Esbozó una sonrisa de oreja a oreja, tan malvada y amplia que Brett pudo verla desde la distancia. Pudo verla en la oscuridad. Esa sonrisa brillaba. Entonces, y solo entonces, Parker sacó el móvil del bolsillo y escribió un mensaje.

Brett se olvidó del grifo. Se olvidó de los puños astillados, del frío del exterior, de todo. Se olvidó hasta de la regla más básica de su amistad: nunca retes a Parker. Nunca lo desafíes y nunca le digas que es culpable, porque Parker Addison es un buen chico. Es grande, rubio y guapo y, a ver, sí, a veces se mete en problemas, pero no es malo.

Nunca mataría a nadie.

No lo haría, se dijo Brett, una y otra vez, mientras cruzaba la casa y salía al patio corriendo. Llegó hasta donde estaban los arbustos. Ahí fue cuando se tropezó con Parker; con un estruendo chocaron, colisionaron y ambos cayeron al suelo. Se golpearon levemente las cabezas, pero el impacto sonó como si unos neumáticos estuvieran chirriando y el cristal rompiéndose y…

Brett se sentó; tenía la garganta seca y le temblaban las manos. No podía tragar saliva.

—No… —Los ojos de Parker se dilataron en la oscuridad, más negros que verdes—. Yo no…

—Parker, ¿qué cojones has hecho?

—¡Solo estaba metiéndome con él! Pensaba que se mearía encima o algo. Nunca pensé que…

—Te he visto, Park. Después de que se fuera. Te he visto. —Brett dejó caer la cabeza entre las manos. Sabía que debía ponerse de pie. Correr hacia la carretera por si acaso Shane necesitaba ayuda. Por si acaso había otro coche. Pero no tuvo el valor de moverse, no tuvo el valor de hacer nada más allá de balancearse hacia delante y hacia atrás como la víctima de un trauma.

Curioso, teniendo en cuenta que el trauma no le había ocurrido a él.

A pesar de ello, se dijo a sí mismo que era posible que Shane estuviera bien. Seguramente había chocado contra el buzón. O quizás había logrado abrirse paso por la calle hasta el roble que llegaba hasta el borde de la acera y se había estrellado contra él. Sin embargo, el coche de Parker era resistente y la policía ya estaba en camino. Brett podía oír las sirenas. Alzó la cabeza y pensó que la policía vendría a por Shane y que todo estaría bien.

El cielo *no* se había iluminado en los últimos minutos y el aire *no* olía a humo.

—Ey, no pasa nada —lo consoló Parker, y su voz dorada como la miel se le quedó pegada e hizo que se sintiera pesado. Lo hizo sudar—. Nadie se dará cuenta de lo que hiciste.

—Eso me da igual.

—Nunca estuviste aquí —dijo Parker con suavidad—. Nunca lo tocaste.

—Pero…

—Nadie te ha visto. Bueno, Gavin sí, pero estaba cieguísimo. Nadie va a creerle. Todavía estás a tiempo de irte de aquí y conducir a casa. ¿Vale? Quema esa camiseta y mi chaqueta.

Brett enfocó la mirada. Allí, arrodillado frente a él estaba Parker. Brett estaba desparramado sobre los arbustos como un muñeco de trapo olvidado, pero Parker estaba sereno. Tranquilo. Le quitó el sudor de la frente y susurró:

—Nos cuidaremos el uno al otro, ¿de acuerdo?

Más sirenas. Más humo. Brett sentía que se estaba asfixiando, a pesar de que sabía que era imposible. El humo estaba demasiado lejos. El accidente de coche. El fuego. Por Dios, ¿qué habían hecho?

No, ellos no. Parker.

—Tú… —Brett señaló a su mejor amigo—. Tú lo metiste en el coche.

—Para que no pasara frío.

—Le diste las llaves.

—No le di nada y nunca le dije que condujera. Joder, Brett, ¿qué piensas de mí? Estaba enfadado con él. No intentaba matarlo.

—Pero… he visto cómo sonreías.

Parker retrocedió como si Brett le hubiera pegado.

—Estás empezando a asustarme. Yo nunca te acusaría de intentar matarlo, y tú eres el que lo ha hecho sangrar. Te vi y estabas sonriendo, *tú*. Y estoy intentando protegerte.

—¿Por qué? —De repente, Brett necesitaba escucharlo. Necesitaba saber que su existencia no era un desliz. Un error de cálculo universal destinado a ocurrir en una población tan grande. Tarde o temprano, algo se deslizó a través de las grietas. Alguien lo hizo, y ese alguien fue Brett. La mayoría de los días estaba seguro de ello. Pero cuando Parker lo miraba…

Sentía que lo habían escogido. Se sentía querido.

Parker alargó el brazo hacia el cuello de la chaqueta, como si fuera a alisarlo, pero, en vez de eso, lo rodeó con los dedos y lo acercó.

—Si te encuentran con su sangre, te van a alejar de mí.

—¿Y qué?

—Te quiero aquí.

—¿Me quieres a mí? —preguntó Brett, aunque no tenía intención de decirlo así. Sabía que no le gustaba a Parker. Siempre lo había sabido. Lo había aceptado. Pero ahora, con el estruendo de las sirenas y la noche iluminada por las llamas de fondo, Parker agachó la cabeza hasta que apenas hubo espacio entre ellos.

—Te necesito.

—Mentira.

—Verdad —dijo Parker, que se inclinó tanto que sus labios rozaron el cuello de Brett. Justo debajo del lóbulo de la oreja, en la zona que hacía cosquillas. Brett se estremeció, pero no retrocedió. No se movió ni dijo nada.

Parker volvió a hablar. Cuando pronunció la L de *Lárgate ya*, su lengua le tocó la piel brevemente.

—Ve por McKinley y acorta hacia la autopista —añadió, todavía agarrado al cuello de la chaqueta de Brett. La chaqueta de Parker, la cual le quedaba muy ajustada a Brett—. Corroboraré tu historia.

—Corroborar —murmuró Brett con el deseo desesperado de quedarse en este momento. En esta burbuja. En esta mentira. Sabía que era una mentira, sabía, en lo más profundo de su corazón, que Parker lo estaba manipulando, pero la realidad era un coche ardiendo y un chico cubierto del ADN de Brett. ¿Quién no elegiría una mentira?

—Yo te protejo y tú me proteges. ¿Verdad? —preguntó Parker.

—Tú me proteges —repitió Brett.

—Y tú me proteges a mí. —Parker alzó la cabeza. Brett sabía que debía empujarlo porque esto no era real, no era real, no era…

Se sintió real. Cálido. Dulce. Parker presionó sus labios contra los de Brett; lo persiguió como si estuviera muerto de hambre. Como si llevara mucho, mucho tiempo muerto de hambre, y Brett conocía ese sentimiento. Lo sabía más que nadie.

—Por favor —suplicó Parker mientras deslizaba la lengua dentro de la boca de Brett. Aliento caliente. Cuerpo cálido—. Por favor, no dejes que me atrapen. Por favor, protégeme. Por favor, sálvame la vida.

Brett no había pensado en ello de esa forma, pero ahora… Bueno, ahora no podía pensar en nada. Su mente era un revoltijo de abejas que zumbaban. Su cuerpo estaba cargado de electricidad, aterrado un segundo y al siguiente… esto. Calor, como si el frío nunca hubiera existido. Un hambre que sí podía ser saciada.

—Sálvame la vida —volvió a decir Parker mientras se aferraba a él con tanta desesperación que parecía imposible. Esto era lo que Brett quería, pero no lo quería así. Parker solo lo hacía porque estaba asustado. En cuanto Brett se dio cuenta de ello, se alejó, y la distancia se acumuló entre ellos como la oscuridad.

—No voy a entregarte. —Brett se detuvo para intentar recuperar el aliento. Nunca pensó que podía latirle tan rápido el corazón—. Te protegeré, te lo prometo. Te guardaré el secreto.

Y lo hizo durante doce largos meses. Nunca dijo una palabra al respecto. Nunca lo escribió. Protegió a Parker incluso después de que ambos se distanciaran porque de verdad pensaba que era lo correcto.

Hasta esta noche.

Esta noche, en un susurro entrecortado, le pasó el secreto a Ruby Valentine. Solo le contó el esqueleto de la historia. Fue todo lo que logró decir. Una vez que terminó, miró a Parker una última vez y Brett Carmichael cerró los ojos.

33.

ANTORCHA HUMANA

Si Parker hubiera sido listo, habría saltado a la piscina. Habría cruzado la línea de gasolina y rodeado a Brianna por completo. Habría matado dos pájaros de un tiro. Pero, en este preciso momento, Parker no fue listo y, en vez de abalanzarse hacia adelante, se tambaleó hacia atrás.

Hacia la casa.

Y Ruby lo siguió, como una loba que persigue a su presa, sin que su cerebro tuviera en cuenta la vela encendida que Brianna tenía en la mano. La verdad era esa: la casa podía echar a arder y, aun así, Ruby lo habría seguido en ese instante. Deseaba vengarse más de lo que deseaba vivir.

Sin embargo, para suerte de Ruby —o quizá la suerte no tenga nada que ver—, ningún fuego se encendió mientras se acercaba a las puertas. Fuera de la línea de gasolina, Brianna estaba de rodillas, observando con calma el desarrollo de la situación. Era curioso, en realidad, que en estos últimos momentos Ruby fuera la tormenta y Brianna, el ojo del centro. Observando. Esperando.

Todavía no sabía la verdad. No había escuchado la historia amortiguada de Brett y no sabía nada sobre las llaves del coche. Tampoco sobre el mensaje. Ahora, mientras Parker pasaba a la fuerza entre la abertura de las puertas del patio, Ruby mantuvo la voz baja, ya que *esa* conversación sería solo entre Parker y ella.

—Shane me escribió aquella noche. Pocos minutos antes de que muriera me llegó un mensaje. Adivina lo que decía.

Parker negó con la cabeza.

—No pasa nada, me acuerdo perfectamente. —Acto seguido, Ruby recitó el mensaje que había leído una y otra vez desde la noche del incendio—. No encuentro mis llaves. ¿Me recoges?

A sus pies, Brett dio un grito ahogado. Estaba tan pálido como un enfermo y parecía que no podía abrir los ojos. Si alguien no llamaba a una ambulancia pronto, se desangraría en el patio. Ruby se preguntó si era lo apropiado que se apagara viendo cómo era Parker de verdad. ¿O debería sentir pena por él ahora que había sufrido su castigo y hacer todo lo posible por mantenerlo con vida?

Ya no lo sabía. Su realidad llevaba distorsionada desde la noche de la fiesta de Dahlia, cuando recibió el mensaje a las tres de la mañana. Ruby, grogui tras haber pasado la noche dando vueltas, se metió en su coche y corrió en busca de Shane. Pero nunca llegó más allá del pie de la colina, porque aquel mensaje la alcanzó demasiado tarde.

El mensaje de *Parker*.

—No solo intentabas matarlo a él —susurró, mientras los fragmentos de cristal se clavaban en el traje de Parker. Esa bonita camisa blanca no tardaría en estar manchada de rojo. Pero a diferencia de Brett, cuya respiración irregular le estaba encogiendo el corazón a Ruby, el dolor de Parker no suponía obstáculo alguno para sus movimientos.

La alimentaba, y ella se dio un banquete con él.

—Intentabas matarme a mí. Me escribiste desde el móvil de Shane sabiendo que creería que era él. Y agarraría el coche, adormilada y desorientada, y subiría esa estrecha carretera mientras que Shane la bajaba.

Se acercó al cristal. Para entonces, Parker había conseguido atravesar el portal irregular, y Ruby se lo quedó mirando como Alicia asomándose al espejo. Una gota de su sangre relucía sobre uno de los fragmentos de cristal, y se replanteó usarlo para darle color a sus labios.

Pero no fue capaz. No con Brett tan cerca, con sus párpados agitándose y el pecho subiendo y bajando. Puede que estuviera entrando y saliendo de la conciencia, pero estaba vivo, y Ruby se sintió agradecida por eso. Esto nunca se trató de matar a Brett. Siempre se había tratado de atrapar al asesino de Shane, por lo que se arrodilló junto al chico que estaba en el suelo.

—¿Listo para volver a casa?

Brett abrió los ojos. Parecía tener calor y, segundos más tarde, parecía tener frío. Ruby sintió el deseo extraño de protegerlo. Lo dijo en serio, lo de entender lo que se sentía al querer a Parker y ser aplastada por él al mismo tiempo.

Ahora, Brett podía liberarse por fin.

—Venga, cielo. —Le pasó un brazo por debajo—. Vamos a llevarte lejos de esta casa.

—Parker —empezó con la voz rota.

—No te preocupes —dijo, con la voz demasiado baja como para que la escuchara alguien más—. Tengo otro as en la manga.

Brett sonrió, confiando por completo en ella en aquel momento. Después de todo, había mantenido la promesa que le había hecho. Aferró la carga de la muerte de Parker con sus propias manos y salvó a Brett en el proceso. Mientras Ruby lo levantaba del suelo, se posó sobre ella como si tuviera la certeza de que iba a salvar a Parker de la ira de Brianna.

Fue dulce, en realidad. Eso le dio a ella un pequeño subidón de confianza. Prácticamente bailó hacia la línea de gasolina, donde Gavin y Juniper esperaban con las extremidades temblorosas y el pelo empapado.

—No puedo llevarte al otro lado de la línea —le susurró la joven al oído—. Si me acerco demasiado a la gasolina, Brianna pensará que intento escapar y le prenderá fuego. Los dos arderíamos.

Brett asintió con la cabeza y Ruby lo empujó hasta donde estaban esperando sus compañeros de clase. *Adiós, Estómago de Hierro*. Brett se tambaleó hacia delante y Ruby, sacudida por el repentino cambio de peso, se tropezó hacia atrás y dio un salto sobre una pierna. Una maceta amortiguó la caída. Habría sido divertido si alguno estuviera de humor para reírse, pero Juniper y Gavin se estaban tambaleando bajo el peso del cuerpo de Brett, y Brianna tenía la mirada puesta en Parker.

Era el momento perfecto. Ruby metió la mano en el tiesto y sacó el objeto que había escondido al comienzo de la noche. *Nunca* llevaría un arma cargada a una fiesta en la que estuviera Parker Addison. Este hallaría la forma de volverla en su contra. Ahora, tras sacudirse algunos terrones de tierra, apuntó el arma hacia Brianna.

—¡Marchaos! —les gritó a sus amigos.

A sus espaldas estalló el caos, justo como esperaba. Juniper intentaba que entrara en razón, pero Ruby lo haría. En aquel momento, era una equilibrista y le habían disparado a sus alas invisibles hasta llenarlas de agujeros. Se las habían comido las polillas. No quedaba nada de su belleza original, al igual que no quedó nada de la belleza de Shane una vez que Parker terminó con él.

—Por favor —suplicó Juniper detrás de ella—. Por favor, ven con nosotros.

Ruby negó con la cabeza. No existía un «nosotros» sin Shane, al igual que ya no existía un «juntos». Tampoco existía el miedo. Su mayor miedo se había hecho realidad un año atrás, en esta misma noche de diciembre, y, a diferencia de Shane, cuyo miedo se había agravado tras haber perdido a su madre, el miedo de Ruby simplemente se había… desvanecido.

Como el humo de un cuerpo. Como un alma preciosa que se alza sobre los árboles y baila en la oscuridad.

El miedo abandonó el cuerpo de Ruby, y se volvió vacía, ligera. Entonces, cuando le llegó la invitación, volvió a sentir algo. Le crepitó la piel. Le zumbaron las yemas de los dedos. Ahora Ruby Valentine era un petardo listo para estallar, y aquí, por fin, estaba la cerilla.

—Os veré allí —le dijo a Juniper—. Cuando salve a Parker. Cuando salvéis a Brett. Y nos sentaremos juntos envueltos en mantas y nos reiremos sobre nuestra fuga mortal, ¿vale? Chocolate caliente y mantas.

—Chocolate caliente y mantas —repitió Juniper con obstinación antes de alejarse. Tanto ella como Gavin se marcharon y se llevaron a Brett entre los dos. De repente, algo le sacudió el estómago a Ruby. Anhelante. Se lo tragó. Ahora tenía asuntos que atender y, además, sus amigos ya se estaban desdibujando en la oscuridad. Un minuto estaban aquí y al siguiente ya no.

Era curioso lo poco que tardaba una persona en desaparecer.

En ese momento, dirigió la mirada a la chica con el vestido blanco de encaje. Ruby sonrió. Fue la sonrisa del gato de Cheshire, una luna creciente que le cruzaba el rostro. Fue como si se combinaran travesura y asesinato.

—Fue Parker. En el Mustang. Con las llaves del coche. Pero no solo hizo que tu hermano condujera. Me escribió a mí para hacer que fuera a la misma carretera estrecha. —Se detuvo y se giró hacia su exnovio—. Supongo que deberíamos alegrarnos de que no hubiera nadie en la carretera aquella noche. ¿Y si Shane se hubiera estrellado contra una familia de cuatro? ¿Te sentirías mal? ¿Habrías pestañeado siquiera?

Claro que Shane no se estrelló contra una familia de cuatro. A medio camino de la colina perdió el control del coche y se precipitó hacia el bosque. Según el informe policial, el coche dio varias vueltas de campana antes de detenerse. Y la pequeña e inocente Ruby, la estúpida Ruby que no tenía ni idea de nada, acababa de llegar al pie de la colina cuando ocurrió. Llegó justo a tiempo para ver los fuegos artificiales.

La explosión.

—¿Qué dices, Brianna? —preguntó mientras deslizaba el dedo sobre el gatillo—. ¿He mantenido mi parte del trato? Le he sonsacado el secreto a Brett y he entregado al asesino de tu hermano. ¿Puedo irme?

Brianna se quedó mirando el revólver de Ruby. Despacio, vacilante, hizo un gesto hacia ella para que cruzara el patio. Sin embargo, en cuanto Ruby cruzó la línea de gasolina, no corrió para ponerse a salvo ni suplicó por la vida de Parker.

En vez de eso, le tendió una mano a Brianna.

—Dame la vela.

—Ruby.

—No eres una asesina y ambas lo sabemos. Vamos, he hecho todo lo que prometí. Ahora te toca a ti.

Brianna tragó saliva. De la vela goteaba cera y, con suma delicadeza, la posó sobre la mano enguantada de Ruby.

La joven exhaló llena de alivio y se giró hacia Parker.

—Hazme un favor, ¿quieres? —preguntó—. Mantente cerca cuando empiece el fuego. Quiero ver cómo te transformas en una bola de cera goteante. Quiero ver cómo se te despellejan esos dedos grandes y torpes hasta los huesos. ¿Harías eso por mí, cariño? El precioso de Parker. Mi pequeña Antorcha Humana.

Parker se sacudió hacia atrás y abrió la boca de par en par, pero Ruby lo interrumpió antes de que pudiera hablar.

—¿Vas a huir? Bueno, no pierdas el tiempo. Ese fue mi error, ¿verdad? Tomarme mi tiempo para salir de la cama. Buscar los guantes de invierno. Sacar el coche del camino de entrada a empujones para no despertar a mi madre. ¿Qué habría pasado si no hubiera hecho todo eso? ¿Podría haberlo detenido? ¿O nos habríamos quemado juntos, unidos hasta la muerte?

—¿Tú…? —dijo Parker con voz ronca, y Ruby no pudo evitarlo. Se imaginó a un príncipe convirtiéndose en una rana. Se imaginó a sí misma pisándola y viendo cómo las tripas le salpicaban los zapatos. Cuando Parker alzó la mirada hacia la terraza, ella volvió a hablar.

—Supongo que puedes imitar nuestra fuga mortal, pero ¿hay tiempo suficiente? Si acaso me gustase apostar, diría que llevas dos minutos de retraso. Al igual que yo con Shane.

Parker tragó saliva y se alejó del cristal cuando debería de estar atravesándolo. En la película de Ruby, él era el rubio guapo de ojos grandes y ella era la asesina. Pero no iba a acuchillar a nadie esta noche, qué va. Tampoco le iba a disparar a nadie.

Ruby se arrodilló sobre el suelo de piedra del patio. Bajó la vela con elegancia mientras el viento se levantaba. Por un momento pensó que la llama iba a apagarse. Tituló. Chisporroteó. Luego, tras tocar la línea de gasolina, rodeó a la casa como una serpiente.

Ruby saltó hacia atrás. Algo se despertó en su interior, algo parecido al aire entrando en los pulmones. Algo parecido a la vida. A medida que las llamas crecían, curvándose y enredándose en el aire, las extremidades de Ruby volvieron a ser de carne y el corazón se le ablandó hasta volverse rojo.

34.

HOMBRE INVISIBLE

Los monstruos se alzaron y amenazaron con tragarse a Gavin entero. No dejaba de toparse con ellos. Ese era el problema de arrastrar a alguien que te duplicaba el tamaño a través de una oscuridad impenetrable. Cada vez que parecía que su destino estaba más cerca, alguna enorme bestia topiaria se le clavaba en la piel. Para cuando Juniper y él habían cruzado medio jardín con Brett a rastras, pensó que su cuerpo iba a colapsar.

Pero no lo hizo. Vio la puerta alta de hierro forjado en la distancia, y eso fortaleció su determinación. Se dijo a sí mismo que se chocaría con un millón de monstruos topiarios si eso implicaba alejarse de Brianna. Tendría la piel ensangrentada y los pulmones se resentirían, pero iba a llegar al final de su propia película con Juniper a su lado.

Así pues, Gavin corrió. Un minotauro con cuernos hechos de ramas intentó quitarle un pedazo del rostro, pero simplemente lo rodeó en busca de la luz al final del túnel. La puerta. Pronto, esta se alzó imponente sobre ellos. Gavin esperaba que el cortocircuito que se había producido en la casa no impidiera abrir la puerta. Y, en todo caso, esperaba poder abrirla manualmente. *Qué coño*, la treparía si hacía falta. Haría lo que fuese necesario, porque, a su izquierda, Juniper respiraba con dificultad y un cuerpo colgaba entre ambos, y ese cuerpo estaba cada vez más frío.

No les quedaba mucho tiempo.

Con cuidado, tumbaron a Brett sobre el suelo. Juniper lo atendió mientras Gavin se enfrentaba a la puerta. Había una pequeña caja a la derecha, y la abrió con los dedos entumecidos por el frío. Por una vez parecía que tenía la suerte de su parte. El botón grande y rojo estaba señalado con claridad y, cuando Gavin lo pulsó, la puerta empezó a abrirse. ¡Ni siquiera chirrió! No le cayó polvo sobre la cabeza y ningún fantasma aulló a su espalda. Cuando se giró hacia sus acompañantes, la sonrisa se le borró del rostro.

No fue ver a Brett lo que lo asustó. Fue Juniper o, más bien, las lágrimas que le recorrían las mejillas.

—¿Qué? —inquirió, y sonó duro, pero ni siquiera lo sintió. No habían llegado tan lejos como para perder a Brett ahora. *No.*

—Está helado —respondió Juniper mientras posaba las manos sobre las mejillas de Brett—. Apenas le noto el aliento.

—No. —Gavin se dejó caer de rodillas, negándose a ver lo que Juniper veía. Sí, la piel de Brett estaba pálida y su camisa estaba salpicada de rojo, pero eso no significaba que se estuviera muriendo—. No, no puedes hacernos esto.

—¿Qué? —Juniper alzó la mirada, y el pelo le brillaba por el hielo. En su cabeza, el agua de la piscina se estaba congelando. Se estaba convirtiendo en una princesa de nieve. Y Brett se estaba transformando en un cadáver.

—No era a ti —dijo Gavin con las manos cerradas en puños. Se suponía que debería apiadarse en este momento. Debería tener el pecho lleno de compasión. Pero no era así. Lo único que sentía era una furia abrasadora, afilada y vigorizante y, antes de que pudiera detenerse, le dio una bofetada a Brett en la cara—. Despierta.

—Gavin.

—No —la interrumpió antes de que pudiera empezar. No quería oírlo. Lo único que quería oír era a Brett riéndose o metiéndose con él o haciendo literalmente cualquier cosa menos estar tumbado como una piedra—. Despierta —repitió.

—No puede despertarse. Gavin, no va a…

—¡No va a morir así! ¿Estás de coña? ¿*Así*? —Volvió a arremeter contra él. Esta vez, Brett gimió un poco, y a Gavin le palpitó fuerte el corazón. Funcionaba, lo sabía. Y, por ese motivo, no retrocedió—. Pienso ir a tu funeral y decirle a todo el mundo lo que le hiciste a Shane. Pienso decirles lo que me hiciste a mí. Debiste haber peleado por mí, pero me dejaste solo. Me dejaste.

Gavin lo golpeó otra vez.

Y otra.

Para cuando Juniper lo rodeó con los brazos, la mejilla de Brett era de un rojo punzante y, aun así, Gavin luchó para que lo soltara. Peleó y peleó, y ni siquiera se dio cuenta de que estaba gritando hasta que Brett empezó a toser. Al principio con suavidad, luego con violencia, mientras bloqueaba el viento que los rodeaba.

Gavin apoyó la frente sobre la de Brett.

—Por fin, joder.

Brett inhaló con brusquedad mientras parpadeaba con rapidez.

—Qué… remedio —logró decir antes de volver a cerrar los ojos. Pero estaba bien. Estaba más que bien, porque estaba consciente y, al otro lado de la puerta, Gavin pudo ver una luz. Un coche estaba subiendo la colina. Avanzaba con lentitud, como si el conductor tuviera miedo de chocarse contra un árbol y estallar en una gran explosión ardiente, pero, aun así… Venía un coche.

—Gracias a Dios. —Juniper se pasó uno de los brazos de Brett por los hombros. Gavin hizo lo mismo y juntos lo alzaron del suelo—. Menos mal, Gavin. Creía que iba a morir.

—No puede —dijo Gavin, que en este momento se sentía un poco arrogante. Se sentía aturdido y mareado y terriblemente ligero—. Él no es El Truco de Desaparición.

—No, esa es Ruby.

Un escalofrío le recorrió la espalda.

—¿No te parece gracioso que haya estado delante de nuestras narices toda la noche?

—No toda la noche. Estuvo capturada.

—Durante… ¿cuánto? ¿Diez minutos? —inquirió Gavin mientras atravesaban la puerta con Brett a cuestas—. Y su castigo no coincidió con su nombre. ¿Cómo va a hacerla «desaparecer» estar llena de moretones?

—No sé —admitió Juniper—. A lo mejor tenía algo que ver con su padre.

—¿A qué te refieres? —preguntó Gavin, que observaba cómo la luz ascendía por la colina. Estaba empezando a tener un sentimiento extraño en el pecho.

—Su padre la dejó llena de moretones —explicó Juniper—. Luego, desapareció.

—Querrás decir que se fue de la ciudad.

—Sí, pero Juniper nunca dice eso. Siempre dice: «Mi padre desapareció».

—¡Cierto! Como si fuera una belleza sureña en una maldita plantación. Es como si no pudiera evitarlo. Como si fuera…

—Compulsivo. —La voz de Juniper era un susurro, y le dio la espalda a la luz. Esa luz parecía una ilusión, como si nunca fuera a alcanzar la cima de la colina. Y, aunque lo hiciera, algo mucho más interesante estaba teniendo lugar en la mente de Juniper.

—¿Qué? —preguntó Gavin mientras seguía su mirada hacia la casa.

—«Mi nombre es El Truco de Desaparición» —respondió con una voz suave y etérea—. «Estoy enamorada en secreto de un cadáver. Mi arma es un revólver porque tengo un instinto asesino».

—¿Juniper?

—«Mi mayor secreto es que…». —Su respiración cuando pronunció la última frase—. «Haría desaparecer a una persona».

—Sí, ¿y? —Gavin le lanzó una mirada a Brett. Respiraba. Y ahora, presionado entre ambos, estaba entrando un poco en calor. Lo mejor de todo era que el coche estaba subiendo la colina y estaban a punto de salir de allí.

Dos de ellos lo estaban. Gavin se percató de ello cuando su mirada se encontró con la de Juniper al otro lado de la extensión sangrienta del pecho de Brett. Por todos los santos, se habían ahogado, los habían golpeado y casi habían salido ardiendo. No había motivo alguno para volver. Sin embargo, Juniper iba a hacerlo. Ya se estaba desenredando de Brett cuando el coche se paró a un lado de la carretera.

—Escucha, tengo que…

—Tienes que estar de coña. De verdad, pienso meterte en ese coche. Ya me has visto darle una paliza a Brett.

El amago de una sonrisa apareció en su rostro y, acto seguido, Juniper estaba retrocediendo hacia la oscuridad.

—Llama a la policía —gritó, y su voz lo envolvió—. Para cuando lleguen lo sabré.

—¿Sabrás el qué? ¡Juniper! ¿Sabrás el qué? —Era inútil. Se había ido, y la conductora estaba saliendo del coche. Era una mujer encorvada de pelo gris, y ahora Gavin tenía la encantadora tarea de intentar explicarle la situación. La sangre en la piel de Brett. Las palabras escritas en la suya.

Dio un paso adelante y tomó una bocanada de aire. Pero las palabras murieron en su garganta mucho antes de que llegaran a los labios, ya que algo estaba teniendo lugar al otro lado de la finca. Primero, una chispa que se alzaba en la noche. El centelleo atrajo la mirada de Gavin. En el lapso de un suspiro, un sendero reluciente rodeó la casa.

Luego el mundo se sumió en una explosión de luz.

35.

MUÑECA

Brianna Ferrick se estaba quitando el disfraz. No quedaba nada por hacer. Ante sus ojos se estaba desarrollando un espectáculo, y era el espectáculo más grande del mundo, pero ella no se estaba divirtiendo tanto como esperaba. En la teoría, una antorcha humana sonaba fascinante, pero en la vida real... Bueno, la realidad a veces decepcionaba.

Y el karma era un cabrón.

La mirada de Brianna atravesó la oscuridad y se posó en Ruby Valentine. Ella se encontraba tras el fuego, mirando cómo desaparecía una persona. Las llamas todavía no lo habían alcanzado. Cuando comenzó el incendio, Parker Addison, en toda su dorada gloria, dio tres giros y salió disparado hacia las escaleras.

Luego hubo una pausa. En medio de las llamas que asolaban todo a su paso, no fue tanto como un silencio, aunque se sintió como tal. Los gritos no habían comenzado aún. Eso era lo que recordaría Brianna mientras el circo se fundía en negro. El silencio.

Y luego el ruido.

Hubo un estruendo enorme en lo alto, como si uno de los renos de Santa Claus estuviera dando brincos en el tejado. No. Hubo un *traqueteo*, como si el fantasma de Marley estuviera arrastrando unas pesadas cadenas. Era pánico. Era una profecía haciéndose realidad.

276 | ESTA MENTIRA TE MATARÁ

Era Parker, que aporreaba las puertas de la terraza desde dentro en un intento por salir.

Pero estaba esa cuerda. Una cuerda causó la perdición de Ruby. Una cuerda la mantuvo atada a una silla. Y ahora, envuelta alrededor de aquellas puertas, una cuerda estaba haciendo lo contrario.

Estaba conteniendo a Parker y liberándola.

Ruby se dirigió a zancadas hacia las sombras para ayudar a Brianna a quitarse el vestido. Fue tierno. Casi como si fueran hermanas, y Brianna siempre había querido una hermana antes de empezar a perder a los familiares que tenía. Ahora quería una fuga mortal y una historia que la guiara hacia ella.

—Cuéntamela otra vez —suplicó mientras se ponía los vaqueros—. Cuéntame la historia de la niña que se convirtió en muñeca.

Ruby parecía estar distraída. Tenía la atención dividida; una mitad miraba al chico que estaba en la terraza —el chico que seguía detrás de las puertas— y la otra mitad miraba a la muñeca que habían escondido en los arbustos. A la que no estaba mirando era justamente a Brianna. Debía de ser difícil para ella, ahora que estaba tan cerca del final.

—No tenemos tiempo para eso —dijo Ruby, recogiendo el vestido blanco de encaje. En cuestión de segundos, se lo volvió a poner a la muñeca de tamaño real, donde había estado al principio—. ¿Piensas quitarte la máscara?

—En algún momento. —Brianna esbozó una sonrisa amplia y escalofriante. Se sentía más cómoda así. Con la máscara cubriéndole el rostro, estaba protegida del mundo. A salvo—. Por favor, cuéntame la historia. Todavía no se oyen sirenas.

Ruby suspiró, como si estuviera lidiando con una niña pequeña y caprichosa.

—Será rápido, entonces. Tienes que subirte a ese avión. Nunca me dijiste cómo conseguiste el pasaporte.

—A través de internet. —Brianna sacó el pequeño cuadernillo azul de su bolso. Era una de las pocas cosas que llevaba con ella. Eso y la ropa que tenía puesta (una camiseta y unos pantalones, así como una sudadera que había pertenecido a su mellizo), y un fajo grande de dinero, cortesía del fondo fiduciario de Parker.

—El mundo estaba en llamas —comenzó Ruby con unos ojos que brillaban, como lo hacían siempre que contaba la historia—. En el interior del gran y tenue fuego había un coche. En el interior del coche había un chico.

—¿Sufrió?

—Estaba cansado después de casi haberse ahogado. Cansado después de que le pegaran. Debió de quedarse dormido y su alma se arrastró hasta el cielo, donde permanece, esperándote a ti. A mí.

Brianna asintió mientras parpadeaba. Comprendía lo que era estar cansada. Había sido una noche larga. Pero no podía dormir, ya que necesitaba escuchar el resto de la historia y luego desaparecer.

—¿Pero? —inquirió al tiempo que cerraba la cremallera de su bolso.

—Pero él no fue el único que cambió aquel día. Había una chica que ascendía por el bosque, cuyo corazón sangraba rojo. Cuya piel era tan delicada que el más mínimo toque podía dejarla sin aliento. Mientras observaba cómo el chico se transformaba en un ser de cenizas y hueso, ella se transformó también en una muñeca insensible. Y así permanecería hasta… —Ruby alzó la vista hacia la terraza. Por fin, *por fin* la cuerda había cedido, pero ese regalo había sido una maldición. El fuego había quemado la cuerda, lo que significaba que este había llegado a las puertas. Para poder escapar, Parker tendría que arrojarse a través del muro de llamas, y no iba a hacerlo.

Parker no era valiente. Lanzaba a Brett a los lobos, echaba droga en la bebida de Gavin y revelaba los momentos más íntimos de Ruby, pero él no se exponía. Todo lo que hacía, lo hacía tras unas puertas cerradas, y ahora iba a morir tras ellas. Cuando Parker volvió corriendo al interior de la casa, las chicas se giraron para estar cara a cara.

Al instante, se olvidaron de él.

—Ya tienes que irte —dijo Ruby, mientras tomaba la muñeca de entre los arbustos y la lanzaba al fuego. Aterrizó junto a las puertas del patio—. Es una ilusión provisional, pero mientras que el fuego siga propagándose, la policía sospechará que fuiste tú. ¿Quién iba a ser, si no? Y yo soltaré una historia sobre un forcejeo en el que me quitaste el revólver de la mano. Luego, enloquecida por el terror, te empujé hacia atrás y te caíste sobre el fuego, y yo salí corriendo hacia la noche.

Una sonrisa. Ruby se sentía muy cómoda cuando actuaba, ¿verdad? Se sentía muy cómoda cuando interpretaba un papel. Sin embargo, cuando el fuego se extinguiera y sacaran el esqueleto de los escombros, tendría que enfrentarse a lo que había hecho.

—Se acabó, Ruby. Es hora de volver.

—¿A qué te refieres? —Ruby tenía la frente fruncida, y había una pequeña arruga sobre su nariz. En ese momento, Brianna comprendió por qué su hermano se había enamorado de esta chica. No fue porque era preciosa, aunque naturalmente se daría cuenta de ello. Fue por la vida de sus extremidades. El color de sus mejillas. Ruby era la vida personificada, una pintura hecha realidad, y, cuando Brianna se la encontró en el funeral, vagando como un espectro carente de alma, tuvo que hacer algo.

Traerla de vuelta a la vida.

Por aquel entonces no lo sabía. No tenía ni idea de lo que estaba planeando Ruby. Si hubiera escuchado la historia en ese momento, habría dicho que no. Las chicas no podían convertirse en muñecas y un fuego abrasador no podía traerlas de vuelta. Sin embargo, a medida que el tiempo pasaba, y los meses transcurrían, ellas seguían entrando una por la ventana de la otra, y se refugiaban del mundo juntas y en sus abrazos. Esa esa era la única forma que ambas tenían de sentirse cerca de él. En esos momentos, Brianna empezó a considerar la idea. Era aterradora, pero a la vez era... tentadora.

De la misma manera que el fuego es tentador cuando asola un bosque y hace que sea imposible apartar la mirada.

Ruby no fue capaz de apartarla. Aquella noche observó cómo ardía el fuego. Observó cómo desaparecía Shane, un rostro pálido como la luna que se convirtió en una vela de cera. Goteando y retorciéndose. Antes de oír eso, Brianna ni siquiera estaba enfadada. Sabía lo inútil que era enojarse ante la muerte, sabía que era como gritarle a un guijarro en la carretera, y de verdad creía que el choque de Shane había sido un accidente.

Había accidentes cada dos por tres.

Una vez, cuando Brianna tenía cinco años, perdió el control de su bicicleta y se precipitó sobre un rosal lleno de espinas. Y Shane, con la finalidad de ahorrarle la vergüenza de ir a clase adornada de cortes, se revolcó una y otra vez en esas mismas espinas hasta que su piel hizo juego con la de su hermana. Hasta que fueron iguales.

Cuando tenían siete años y Brianna intentó saltar desde el tejado con una sombrilla, Shane cojeó junto a ella hasta que se le curó el tobillo.

Y cuando su madre murió en la bañera, Shane luchó para evitar que su hermana entrara en el baño. La rodeó con los brazos mientras ella lloraba y peleaba hasta que estuvo tan cansada como para entrar y ver la sangre. Hizo todo lo que estaba en sus manos para que ella fuera feliz, para que se sintiera querida, y entonces se fue. Se lo arrebataron al mundo. ¿Y quienes se lo habían llevado iban a salir impunes?

No, insistió Ruby. Tenían que pagar. Tenían que, al menos, confesar las barbaridades que habían hecho y explicar por qué. ¿Por qué se habían encontrado con el alma más hermosa del mundo y habían acabado con ella? ¿Por qué se habían llevado al amor de su vida, de la vida de Ruby Valentine? ¿Y por qué, cuando la policía los detuvo, mintieron sin escrúpulos? ¿Tenían miedo?

¿O pensaban que merecía morir?

Todo el mundo en el Instituto Fallen Oaks pensaba que Shane era un monstruo y que por eso había muerto. Por el vídeo. Por la mentira. Pero si ambas podían demostrar su inocencia, sería recordado como el ser sonriente y hermoso que era.

—Lo hemos conseguido —susurró Brianna, tomándole las manos a Ruby—. Hemos limpiado el nombre de mi hermano. Lo hemos salvado, Ruby.

—No. —La voz de Ruby se rompió, el fuego crepitaba a su alrededor y, por un momento, parecía que el mundo se iba a abrir de par en par y a tragárselas enteras. Pero no lo hizo, porque solo una de ellas estaba destinada a irse.

Y una, a quedarse.

En los últimos momentos del circo, Brianna se quitó la máscara. La lanzó fuera de la línea de fuego, hacia la oscuridad. Liberó a Cara de Muñeca y se giró para mirar a su creadora. Ruby Valentine, la chica con las mejillas rosadas y unos perfectos labios arqueados. Con unos ojos inquietantemente pálidos.

—Nunca fue mía de verdad —dijo Brianna, refiriéndose a la máscara—. Pero necesitabas a alguien…

Ruby necesitaba que alguien hiciera el papel de villano para que ella pudiera ser la heroína. Necesitaba a alguien detrás de escena. Así pues, una vez que hizo la máscara de porcelana, Brianna se la quitó de las manos y se la puso.

Era curioso cómo le encajaba a la perfección.

—Y así fue como nació una estrella —dijo, apretando las manos de Ruby—. Y una estrella se apagó.

Ruby se aferró a sus dedos con fuerza.

—Creía que podía hacerlo, pero no puedo. No puedo despedirme.

—Puedes hacer lo que quieras. ¿No lo sabes? Puedes prenderle fuego al mundo o salvarlo.

—Bri... —Pero ¿qué más podía decir Ruby? El circo se estaba derrumbando. La noche se estaba volviendo negra allí donde no estaba rodeada de llamas. Y Parker había dejado de hacer ruido, la casa entera parecía estar vacía, pero no había forma de salir.

No había forma de salir de esto.

—Quería que el mundo supiera quién era mi hermano —verbalizó Brianna mientras Ruby la miraba a la cara—. Quería traerte de vuelta. Sabía el precio que tendría.

Las estrellas brillaban sobre sus cabezas. Oscuridad y luz, negro y blanco. El resto, rojo. Pero Brianna sabía que, adonde iba, podría ver azul. En el brillante cielo crepuscular. En las olas que crecían en el océano. Allí donde mirase, lo vería a él.

—Tienes que irte —consiguió decir Ruby, con la respiración entrecortada—. ¿Tienes la llave de la puerta trasera?

Brianna asintió con la cabeza. La puerta trasera estaba cubierta de vegetación, tan escondida que apenas fue capaz de encontrarla.

—Las tengo —respondió, y forzó una sonrisa. No dijo: *Puedes venir, ¿sabes?* No dijo: *Me da miedo ir sola.* Sabía que Ruby tenía que quedarse. Ruby tenía una vida y un futuro aquí, y puede que hubiera prendido fuego al mundo. O puede que lo hubiera salvado. Cuando los brazos de Ruby le rodearon el cuello, Brianna se aferró a ella con fuerza y permitió que la abrazara. Permitió que la quisieran una última vez. Luego, tras romper el abrazo, le dio un beso en la mejilla a Ruby y se deslizó en la oscuridad.

Desapareció.

36.

MAESTRO DE CEREMONIAS

Para cuando Juniper volvió a la mansión, el incendio estaba en pleno apogeo. *Tal vez era lo mejor*, se dijo a sí misma. Por mucho que odiara la idea de recibir a un esqueleto humeante, era mejor que ver cómo su compañero de clase se quemaba vivo sin poder hacer nada para evitarlo. Había oído a Parker gritar mientras atravesaba el césped corriendo; había oído cómo se sacudían las puertas, pero ese traqueteo ahora se había detenido.

El mundo se había sumido en el silencio.

No, un momento. Alguien estaba murmurando como un niño pequeño que juega solo en un armario. Susurros suaves y gritos ahogados. Secretos compartidos solo con el viento. Juniper escuchó durante un momento.

—Lo prometí —dijo Ruby, arrodillándose al otro lado de la piscina, demasiado cerca del fuego para el gusto de Juniper—. Te prometí que la protegería, pero tenía que irse.

Juniper se acercó, con el corazón en la garganta. Tenía las manos firmes sobre la boca por si se le escapaba algún sonido ahogado y advertía a Ruby de que se estaba acercando. ¿Con quién demonios estaba hablando Ruby?

Vaya, ahí estaba. Vestido con una chistera negra y un traje a juego. El Maestro de Ceremonias del circo, con el pelo negro como el ébano y unos impresionantes ojos azules.

Shane Ferrick.

No era él, no del todo. Shane ardió en un incendio y esto solo era una triste imitación. Una marioneta en vez de un chico real. Un muñeco. Sin embargo, Ruby estaba hablándole a la réplica de tamaño real de Shane Ferrick como si de verdad estuviera ahí, y eso asustó a Juniper más que cualquier cosa que hubiera visto esa noche. Le dolió más que cualquier cosa que hubiera pasado esa noche, porque lo último que quería era ver a Ruby tan rota. Incluso cuando una y otra vez las grietas en su preciosa amiga de porcelana se hacían evidentes. ¿Qué era lo que decía ese antiguo dicho?

Cuando alguien te muestre quién es, créele la primera vez.

Ruby llevaba años mostrándole a Juniper sus partes rotas, mostrándole las astillas y las grietas. La cicatriz larga e irregular de su corazón. Esa cicatriz apareció la primera vez que su padre le deslizó los dedos por el brazo y se volvió más profunda la noche en la que desapareció. Esa cicatriz se convirtió en un abismo después de que los cinco apresaran a Shane Ferrick y lo redujeran a una pila de cenizas. Cuando lo pensaba de esa forma, casi tenía sentido ver a su amiga de la infancia arrodillada junto al fuego y hablándole a un muñeco.

Ese muñeco era el único chico que había sido bueno con ella.

Juniper se movió lentamente hacia ella, sintiéndose extrañamente intrusiva. Ruby ya no estaba murmurando; simplemente estaba ahí de rodillas, acariciándole la cara. Unas mejillas pálidas de porcelana que nunca se convertirían en carne sin importar cuántas lágrimas derramara Ruby encima. Esto no era un cuento de hadas. Esto era la vida real, y en la vida real las marionetas no se convertían en chicos. Las princesas durmientes no se despertaban con un beso. Y ni todos los caballos ni todos los hombres del rey podían repararla.

—Hola —dijo Juniper, y el nudo en la garganta hizo que sonara como una niña pequeña.

Cuando Ruby alzó la vista parecía una niña pequeña, y, durante un minuto, se quedaron mirándose la una a la otra, transportadas de vuelta a un momento en el que la felicidad era algo posible. El amor. La amistad. Luego, los ojos de Ruby se dirigieron al cuerpo que yacía junto a las puertas del patio, vestido solo de blanco, y el horror la atravesó y le llenó los pulmones de humo. Los ojos le escocieron.

—¿Cómo...? —empezó, pero no fue capaz de terminar. Tal vez Brianna se había quedado atrapada en el muro de llamas. Tal vez Parker la había arrastrado en contra de su voluntad mientras que ella lanzaba patadas y gritaba.

O tal vez Ruby había hecho que desapareciera.

Tenía que irse, le había dicho Ruby al muñeco de Shane. Todavía le estaba acariciando la cara. Y Juniper, desesperada por alejar a su amiga del fuego, hizo lo que cualquier persona habría hecho en aquel momento.

Alzó al muñeco por las axilas y lo arrastró lejos de la casa.

Ruby los siguió hacia la oscuridad, dando sacudidas como si fuese una marioneta movida por hilos. Después de eso, solo era cuestión de encontrar un sitio en el que sentarse para que Ruby pudiera mirarlos a ambos. Una vez que cruzaron medio césped, Juniper se sentó bajo un imponente unicornio, y Ruby se sentó a su lado.

—Lo sé —dijo Ruby con suavidad cuando las manos de Shane estuvieron en las suyas—. Sé que no es él.

—Vale. —Juniper desvió la mirada hacia el muñeco.

—Sé que crees que estoy loca, pero...

—Yo no uso esa palabra a la ligera. Eso es trabajo de Parker.

—Ya no. —Ruby bufó y se llevó una mano a la boca. A Juniper se le encogió el corazón. Si Ruby era capaz de ver cómo una persona se transformaba en cenizas y de *reírse* así de su recuerdo, tal vez todas sus sospechas fueran verdad. O tal vez Ruby estaba tan cansada de que la siguieran a todas partes, la amenazaran y la manipularan que no podía evitar sentir euforia ante la idea de ser libre.

Sí, Juniper pensó que tenía que ser eso y justificó a su amiga con las mismas excusas de siempre. Era consciente de que lo estaba haciendo, al igual que era consciente, con una claridad repentina, de que ella también se habría aferrado a una muñeca si hubiera presenciado la muerte de Ruby.

¿Presenció Ruby la muerte de Shane? Nadie se había molestado en preguntarle, ya que no parecía tan urgente como saber lo que había presenciado Parker y lo que hizo para meter a Shane en ese coche. Pero ahora Juniper se lo preguntaba. Si Ruby vio cómo las llamas devoraban el cuerpo de Shane, eso podría explicar la reacción inapropiada que estaba teniendo ante la muerte de Parker. Cuanto más tiempo pasara ahí sentada viendo cómo Ruby se aferraba a la mano de un muñeco, más razones se le ocurrirían para explicar por qué su amiga era inocente.

No es inocente, pensó Juniper mientras apartaba la mirada del pequeño y triste té que se estaba celebrando delante de ella. *Aunque no haya hecho todo esto, algo ha hecho.*

Ese era el auténtico motivo por el que Juniper había vuelto a la escena del crimen en vez de escapar con Gavin. Aunque Ruby no fuera el Maestro de Ceremonias ni Cara de Muñeca, era algo importante. El Truco de Desaparición. Y, aun así, había estado toda la noche justo delante de sus narices. A Juniper solo se le ocurría una persona que se hubiera desvanecido en el aire, y Ruby nunca permitió que se olvidaran. Ella nunca dejó de hablar de eso, porque quería que alguien lo descubriera.

Ahora, mientras sostenía la mano libre de Ruby, Juniper la miró a los ojos y buscó a la persona que había ahí dentro. Buscó el alma. Había una chispa de algo, una chispa pálida que parpadeaba como la esperanza en el fondo de la caja de Pandora; estaba debilitada por la angustia y la ira, pero estaba ahí.

Juniper lo vio. Así pues, articuló las siguientes palabras:

—Dime cómo lo hiciste. —Vio cómo se dilataba la luz en los ojos de Ruby. Eso era bueno. Significaba que quería hablar. Sin embargo, antes de que pudiera abrir la boca para contar una historia de máscaras y engaños, Juniper la cortó—. Dime cómo mataste a tu padre.

37.

TRUCO DE DESAPARICIÓN

Ruby estaba acostumbrada a los gritos. Sabía cómo salir de casa si el momento lo requería. Sabía qué ventanas chirriaban cuando las abrías y cuáles no. Cuando llevaba dos meses siendo alumna de segundo de secundaria, su padre le tiró tan fuerte del brazo que le dislocó el hombro, y Ruby ni siquiera gritó. Nunca se llegó a acostumbrar al dolor, pero aprendió pequeños trucos para disminuirlo.

Para que se desvaneciera… más o menos.

Sin embargo, cuando el señor Valentine sonreía, Ruby no tenía trucos. Cuando se reía, simplemente se quedaba petrificada y lo miraba fijamente. Esa era la parte que la gente no entendía. El brillo que había en él. Cómo su risa podía reconfortarte y envolverte como un abrazo. Abrazarte con fuerza cuando te sentías roto.

La tarde anterior a que desapareciera, Ruby estaba sentada en el sofá con su padre viendo *El halcón maltés*. Estaban lanzándose palomitas, y a veces las atrapaban con la boca y, otras veces, se perdían dentro de la camiseta o entre los cojines. Se estaban riendo. Cuando se giró hacia ella, con un brillo de picardía en los ojos, a Ruby se le entrecortó la respiración.

—¿Qué?

Una sonrisa, lenta y maliciosa.

—Adivina lo que me han devuelto hoy —contestó mientras se sacaba un llavero del bolsillo.

—¿En serio? ¿Ya está listo?

—Sí. —Le lanzó las llaves al regazo. No estaba ofreciéndole el coche. Su familia nunca podría permitirse algo tan caro. Sin embargo, tras meses intentando arreglar por su cuenta esa chatarra vieja y ruidosa, el padre de Ruby finalmente cedió ante la insistencia de su familia y dejó que un profesional se encargara de las cosas.

Ahora el coche estaba listo y funcionaba, justo a tiempo para la primera clase de conducir de Ruby.

—¿Qué hacemos aquí sentados? —Se levantó de un salto del sofá—. Es la hora perfecta para conducir. ¡Arriba! ¡Arriba!

Su padre se rio y se tendió en el sofá. Sin dar señal alguna de que fuera a levantarse y jugar a ser el pasajero de su frenética conducción. Pero ahora que la oferta estaba sobre la mesa, era imposible que Ruby dejara de insistir. Iban a tener que sacarla por la fuerza del coche unos caballos salvajes. Iban a tener que aparecer las autoridades en su casa y esposarla al radiador porque, de lo contrario, iba a conducir.

Esta noche.

—¡Venga, vamos! He hecho todos los deberes y he fregado los platos. ¡Dos veces! Me lavaré los dientes ahora mismo. Acostaré a las niñas, ¡venga!

Su padre se estaba riendo por lo bajo y subiendo el volumen con el mando a distancia para no escucharla. Pero solo era una broma. Ruby sabía que era broma y, si lo presionaba la cantidad justa, acabaría cediendo.

—Si me enseñas a conducir puedo llevarte al trabajo por las mañanas. ¿Qué te parecería eso? Podrías salir de la cama a trompicones medio dormido y te ahorraría el problema de tener que estar totalmente despierto y…

—Ruby. Cariño mío. Mi primogénita. No vas a llevar a tu padre al trabajo en coche. Tienes clases.

—¿Y qué? Tengo mucho tiempo, y tú siempre estás diciendo que el trabajo es una mierda. Así puedes desconectar mientras yo…

¿Había ido demasiado lejos? No le gustó la expresión de su rostro. La sonrisa se le cayó como una máscara y ahora parecía estar pensativo, un poco dolorido. Pero no era como si Ruby hubiera dicho algo que su padre no hubiera refunfuñado un millón de veces antes. El trabajo era una mierda. Las facturas eran una mierda. Así era la vida. Parecía que lo único que lo hacía feliz era acurrucarse en su sofá con varias integrantes de su familia y perderse en una película. Pero Ruby no quería perderse. Quería encontrar cosas, escabullirse en mitad del día con Juniper y emprender una aventura. Llevar a Parker en coche hasta el corazón del bosque. La vida esperaba ahí fuera, y todo lo que necesitaba eran unas llaves y una pequeña supervisión parental hasta que el estado decidiera que podía encargarse sola.

Se dejó caer de rodillas con dramatismo y juntó las manos a modo de súplica.

—Por favor, papá. Por favor. Te querré siempre. Te haré tartas. Si me llevas a conducir diez minutos, haré la colada y…

—Está bien. ¡Está bien! —Se levantó del sofá y se pasó una mano por el cabello pelirrojo y despeinado—. Por Dios, chica. No sé de dónde sacas toda esta energía.

Ruby se encogió de hombros en un intento por no sonreír. Por no regodearse. Por no sentirse como si hubiera ganado. Este tira y afloja era muy común entre ellos, y la mayoría de las veces era un baile alegre que los dejaba a ambos entre risas. Los transformaba en versiones mejoradas de sí mismos, de esas que no tenían cargas que soportar. Sin tristeza. Lo empujó hacia la puerta. Todavía había luz en el cielo y, si se daban prisa, no tardarían en estar recorriendo la calle Old Forest. Esa carretera estaba casi abandonada. En noches como esta, podías ir a setenta kilómetros por hora sin miedo a estrellarte, con el viento agitándote el pelo y el mundo entero oliendo a árboles. Y todo el temor que llevabas encima, aferrado a tu pecho como un recién nacido que nunca dejaba de llorar... todo el dolor se atenuaba hasta convertirse en algo dulce y podías volver a respirar.

Habían llegado a la puerta. El corazón de Ruby iba a toda velocidad, tal vez demasiado rápido porque puede que viera las luces en el camino de entrada de la casa. Más tarde no podría estar segura de ello. La puerta principal estaba enmarcada en cristal, pero ese cristal estaba distorsionado, por lo que era difícil saber a ciencia cierta qué esperaba al otro lado. No fue hasta que alguien tocó la puerta —aporreó, mejor dicho, de esa forma relevadora propia de los policías— que se percató de lo que ocurría.

No fue la única. Antes de que se abriera la puerta, antes de que el extraño se anunciara a sí mismo con una voz retumbante, el padre de Ruby la miró, y esa mirada estaba cortada por el cristal. La furia le retorció los rasgos y se desangró hasta convertirse en tristeza. Y entonces, en cuestión de un par de segundos, Ruby pensó que era como si fuera ella quien estuviera blandiendo el cristal, ya que su padre parecía herido.

Dio un paso hacia atrás. Dio un paso hacia atrás porque ella era la adolescente y él era el padre, y ya se estaban poniendo las máscaras antes de que los extraños entraran. Ya estaban ensayando sus líneas, si bien nunca antes habían interpretado esta obra. Ruby tomó una bocanada de aire. Con total autoridad, se dijo a sí misma que no iba a llorar.

Entonces llegó la hora en la que se quedó aislada en su cuarto, eludiendo preguntas imposibles procedentes de una completa extraña. Una mujer. Fue una jugada táctica, un truco para hacer que Ruby se sintiera más cómoda, y quizá hubiera una lógica detrás. Quizás estar atrapada en su habitación con un hombre extraño y desagradable habría hecho que Ruby estuviera más enfadada. Y Ruby estaba enfadada. Ruby estaba a la defensiva.

Y, sin tapujos, mintió.

Mintió cuando la mujer le preguntó si su padre la había agarrado con dedos violentos y la había arrastrado de una habitación a otra. Mintió sobre los muebles con los que tropezaban en su camino y sobre las escaleras que se le venían encima demasiado rápido. Una y otra vez, mintió. Luego, cuando la mujer sacó la muñeca, la estúpida y típica muñeca, Ruby cambió a la verdad. Cuando la mujer le pidió que señalara en la muñeca el lugar en el que su padre la había «tocado», Ruby señaló el corazón.

—Mi padre me quiere —dijo—. Mis padres son almas gemelas, y cualquier amor que sienten por nosotras es un reflejo de ese amor.

La mujer no tenía nada que decir ante eso.

Solo hizo falta una hora. Una hora para que su familia se desarmara. Una hora para que su palacio de cristal se hiciera añicos. Más tarde, Ruby se encontró a sí misma mirando la alfombra, esperando encontrar trozos de cristal a sus pies. Podía ver cómo brillaba el cristal a su alrededor, a pesar de que no se había roto nada tangible. Cuando *todo* está roto, ¿acaso te das cuenta de las partes individuales? ¿O sigues mirando a tu alrededor, parpadeando para quitarte el cristal de los ojos y fracasando rotundamente?

Todo el mundo estaba parpadeando.

No, todo el mundo estaba llorando, salvo el señor Valentine, porque, cinco minutos después de que se fueran los policías, ya no estaba. Pero no había desaparecido. Lo único que hizo fue visitar alguna que otra taberna local y hacer aquello que le prometió a su madre que nunca volvería a hacer. Lo único que hizo fue ingerir cantidades en masa de *whisky* —su bebida preferida para los días más salvajes en los que recaía— y volver a altas horas de la noche, cuando todas estaban durmiendo en la habitación principal. Todas menos Ruby. Ella estaba sola en su cuarto, dando vueltas en la cama. Incluso se las había apañado para entrar en ese estado entre el sueño y la vigilia en el que la oscuridad se enroscaba alrededor de los límites de su conciencia y Morfeo, desesperado, intentaba controlarla.

La agarraba y ella se escapaba.

Entonces, en las horas frías y tranquilas que precedían al amanecer, Ruby alzó la mirada y lo vio en el umbral de la puerta. Al principio, mientras parpadeaba adormilada, pensó que era Morfeo. Parecía un extraño que la miraba fijamente con unos ojos inyectados en sangre. Olía como un extraño, ya que Ruby era pequeña cuando él eligió el amor por su familia por encima del amor por el olvido, y ella no recordaba el olor agridulce que tenía. El fuerte ardor en el aire. Se incorporó sobre los codos, lista para pedir ayuda a gritos o llamar —que Dios la perdonara— a la policía, pero, oye, esta vez al menos harían bien su trabajo. Atrapar a un verdadero criminal y proteger a una familia.

Por supuesto, todo grito murió en su garganta.

Por supuesto, reconoció quién estaba de pie en aquel umbral, y un escalofrío le recorrió el cuerpo cuando se dio cuenta de que quería que fuera un extraño. Habría sido menos aterrador. Cualquier cosa habría sido menos aterradora que ver cómo su padre la miraba con una muñeca de porcelana en las manos.

Ruby se incorporó ante eso. Eso, más que nada, le permitió caer en la negación que necesitaba, convencerse a sí misma de que todo era un sueño. Ya no tenía bebés de porcelana. Había quemado todas sus muñecas en una hoguera y era imposible que hubiera perdido el rastro de esta belleza pelirroja y de piel pálida, ya que fue la primera que le regalaron.

La primera que le regaló él.

Su padre dio un paso adelante, las sombras se desvanecieron de la muñeca y Ruby lo comprendió. Pensó que lo comprendía.

—La salvaste —murmuró, hablándole con esa voz suave y persuasiva que usaba cuando estaba al borde de un ataque. Un movimiento en falso y su padre se tambalearía hacia ella, y esta vez no sería capaz de contenerse.

Lo sabía.

Así pues, habló con suavidad mientras que, de forma muy casual, sacaba las piernas de las mantas. Las mantas se te podían enredar y hacer que te tropezaras en un segundo. Algo tan estúpido no iba a ser su perdición. Por suerte para ella, que tuviera la visión borrosa hizo que fuera lento para reaccionar y lento para percatarse de sus movimientos.

Su voz también sonó borrosa cuando habló.

—La saqué de las cenizas. Tu primer bebé. Dios, la querías con locura.

Durante un minuto se encogió sobre sí mismo, y Ruby pensó que estaba llorando. Ya lo había hecho antes. En todo caso, llorar significaba el final de una pelea, y Ruby esperaba que ahora estuviera sumido en la tristeza y no en la furia. Sin embargo, cuando alzó la mirada, vio la verdad en su expresión destrozada, en sus labios torcidos en una sonrisa burlona.

—Aquel día me rompiste el corazón. Te doy esto y tú... —Se interrumpió de forma abrupta, y el pensamiento terminó de la misma forma en la que una carretera gira de repente hacia un callejón sin salida. Sus movimientos eran igual de bruscos. Tan pronto como la palabra *tú* salió de su boca, lanzó la muñeca hacia Ruby. No creía que su intención fuera darle de verdad, pero, de todas maneras, se agachó para evitar la colisión. La muñeca se estrelló contra el cabecero, y aquel cráneo de porcelana se quebró.

Luego, se movió hacia delante con pesadez. Tal vez la puerta no podría retenerlo. O tal vez su intención era imitar a la muñeca y arrojarse contra ella con un cuerpo demasiado sólido como para quebrarse. Eso fue lo que pensó antes de que ocurriera lo peor: nada podía hacerle daño. Era irrompible, todo lo contrario a la porcelana, y era imposible razonar con él.

294 | ESTA MENTIRA TE MATARÁ

Tenía que salir de ahí.

Ruby se giró hacia un lado y sus pies casi tocaron la alfombra cuando la tomó del brazo. Pensó que no pasaba nada, ya que siempre podía liberarse de un agarre, y al menos no le había aferrado la pierna. Este era un juego al que Ruby había jugado, no a menudo, pero sí en ocasiones, cuando la realidad se volvía demasiado fea como para que su mente la procesara.

Al menos no está apretando su peso contra ti, se decía a sí misma. *Al menos no te está asfixiando por mucho tiempo. Al menos todavía puedes respirar.*

Salvo que... no podía. Esta vez el juego no estaba funcionando, o tal vez el universo se estaba invirtiendo para hacer que la peor opción se hiciera realidad. Porque se había tambaleado a través de la habitación y se había alzado sobre la cama; en serio, era como si la gravedad se hubiera suspendido por un momento y estuviera sobrevolándola en un ángulo imposible, y entonces...

El golpe.

Luego el dolor cuanto le sujetó el brazo con el suyo y la tiró de vuelta a la cama. Luego la presión cuando se inclinó sobre ella y le asió la cara con las manos. Se dijo a sí misma que a veces era la única forma que tenía para que lo mirara, pero ese era otro juego. Una mentira, un giro sutil de la verdad para culparla. Ruby no era tonta, y nunca creyó que se mereciera que la estampara contra una pared. Sin embargo, si todo ocurría por algo que *ella* había hecho, lo único que tenía que hacer era eliminar ese comportamiento y así no volvería a hacerle daño.

Ahora las mentiras se le estaban cayendo encima y se estaba ahogando debajo de ellas. También se estaba ahogando debajo de él. Su cuerpo era pesado. Su voz era viperina en su oído cuando siseó:

—¿Cómo pudiste hacerme eso? ¿Cómo pudiste llamarlos?

—¡Yo no fui! Papá, te lo juro.

—Mientes —le dijo, y deslizó las manos hasta su garganta. Unos puntos comenzaron a nublarle la visión, pero no la soltó—. Ya sabes lo que les pasa a las personas que mienten —le susurró, mientras ella sentía que la conciencia la abandonaba con demasiada rapidez.

Parpadeaba. Estaba aquí. Parpadeaba. Ya no estaba.

Cuando la habitación volvió a estar enfocada, estaba jadeando, pero su padre debió pensar que simplemente le tenía miedo. No se dio cuenta de lo que estaba pasando. No se dio cuenta de que le estaba arrebatando la vida, y de ninguna forma podría convencerlo de que era así.

—Pensaba que iba a morir —confesó Ruby, sentada en el exterior de la mansión Cherry Street con los dedos de Shane entre los suyos. Dedos de porcelana, como la muñeca de porcelana que su padre rescató de las cenizas. A aquella la besaron las llamas, y su pelo rojo se había ennegrecido en algunas zonas. La piel también se le había ennegrecido.

Pero este muñeco estaba a salvo. Ruby lo había salvado como no fue capaz de salvar a Shane. Como no fue capaz de salvar a su padre.

—Pensaba que iba a matarme sin querer —le dijo a Juniper, que la observaba a su lado. Observaba cómo sus dedos se tambaleaban sobre los de Shane. Observaba y se preocupaba, y no tenía ni puta idea de cómo habían empeorado las cosas dentro de la cabeza de Ruby. De cómo habían empeorado desde la noche en la que su padre le rodeó el cuello con las manos y se olvidó de la existencia de cosas como los pulmones y la respiración.

»Pensaba que iba a quedarse ahí, con las manos agarrándome la garganta, hasta que mi cuerpo se quedara quieto y expulsara mi último aliento. Luego se sobresaltaría, sorprendido, porque no tenía intención de matarme. Y, cuando le di con el codo a aquella muñeca horrible y quemada, me di cuenta de que yo podía hacer lo mismo. Golpearlo con ella en la cabeza y hacerme la sorprendida cuando no se despertase. Y entonces…

—¿Te volviste a desmayar?

Por supuesto que Juniper pensaba eso, porque eso es lo que la gente decía en las películas. «Lo siento, agente, no me acuerdo de nada», decían mientras se balanceaban hacia delante y hacia atrás como un niño pequeño en una cuna. «El mundo se volvió negro y, cuando abrí los ojos, tenía sangre en las manos».

Pero Ruby estuvo despierta todo el rato. Se acordaba del peso de la muñeca en su mano y de cómo usó toda su fuerza para golpearlo. Había esperado que el cráneo se hiciera añicos por el impacto, pero no fue así. El cráneo de su padre, por otro lado, emitió un silbido, como si algo se hubiera derrumbado, y luego él se quedó quieto.

Se quedó quieto, y Ruby pensó para sí misma: *Tienes lo que querías. Le has ganado a su propio juego. Deberías estar orgullosa.*

Pero no lo estaba. Le temblaban las manos, se le encogieron las tripas y estaba lanzando sollozos antes de saber lo que estaba pasando. Con la misma rapidez con la que se felicitó a sí misma, se contó historias sobre cómo iba a levantarse su padre. No podía estar muerto. Ni siquiera podía haber hecho eso, no podía haberle arrebatado la vida a un hombre que la doblaba en tamaño, un hombre que se aseguró de que nunca se le olvidara que era más fuerte que ella.

—Se suponía que tenías que ser más fuerte —dijo Ruby. Lo intentó, pero lo que salió de su boca fueron unos sonidos extraños, sollozos estrangulados e hipos acompañados de un temblor tan intenso que pensaba que iba a morir congelada.

Esperó al frío adormecedor.

Pero no llegó y su padre no se levantó. Finalmente, se agachó para buscarle el pulso. Eso debería de haberla asustado más que nada, ya que los villanos siempre resucitaban para sobresaltar al héroe. Se inclinaría y su padre se levantaría de golpe y le rodearía la garganta con las manos. Sin embargo, lo más curioso fue que Ruby no estaba asustada. Al igual que Shane, que tuvo la esperanza de que su madre se levantara y lo regañara por arrancarle el borde a su vestido, Ruby tenía la esperanza de que su padre cobrara vida porque entonces no estaría muerto. No lo habría matado.

Aun así, seguía el silencio, y, una vez que le encontró el pulso, pensó en llamar en Juniper. Pensó en llamar a Parker. Pero ni siquiera hizo el además de buscar el móvil. Llamar a Juniper solo implicaría a su amiga en el asesinato, y Parker nunca la volvería a mirar igual. Así pues, entre hipos y sollozos, Ruby decidió hacerlo todo ella sola. Eliminar el cuerpo. Enterrarlo en el bosque. Costó algo de trabajo empujarlo por el alféizar, pero la ventana del primer piso estaba envuelta en sombras y nadie vio cómo lo arrastraba hasta el coche.

—Le puse una bolsa de plástico sobre la cabeza para no manchar el coche de sangre —explicó Ruby, observando a Juniper en la oscuridad—. Hice que desapareciera junto con la muñeca. También quise hacer desaparecer el coche, pero no fui lo suficientemente lista como para averiguar cómo hacerlo.

—Eres lista —murmuró Juniper. En el momento fue todo lo que pudo decir. Con cuidado, retiró su mano de la de Ruby, pero seguía mirando aquellos ojos fríos y azules, los últimos ojos que Parker vio antes de entrar en la casa—. Podrías haberme llamado. Te habría ayudado.

—Y habrías quedado tan destrozada como lo estoy yo —dijo Ruby—. Estoy acabada, Juniper. Vacía. Durante un tiempo pensé que Shane podía llenarme, pero, en vez de eso, se fue. Y se llevó lo que quedaba de mí.

—Has pasado por algo traumático. Dos veces. Y tener que enterrar a tu propio padre, joder. Cualquiera se habría roto...

—Roto, como la porcelana. Curioso que hayas dicho eso. —Ruby se levantó del suelo y caminó hacia el patio. El revólver estaba tirado a plena vista, pero la joven pasó de él y fue en dirección a donde había caído la máscara de Brianna. La recogió. La sostuvo frente a su rostro—. ¿Bonita o aterradora? Vamos, Junebug, puedes decirme la verdad. ¿A quién le queda mejor?

—No es gracioso. Tú no eres Cara de Muñeca.

—¿Segura? Me queda bien. Tienes que estar hecha de porcelana para hacer lo que yo he hecho. Para ver lo que he visto. Caminar por esos bosques, en dos ocasiones distintas, con dos cadáveres distintos. Bueno, Shane no estaba conmigo y yo estaba demasiado lejos como para sacarlo del coche. Pero pensé en meterme por la ventanilla y rodearlo con los brazos una última vez. Nuestras almas se habrían escapado juntas.

Juniper se acercó, con la boca y los ojos abiertos de par en par.

—Ruby. Viste…

—Demasiado y no lo suficiente. Llegué demasiado tarde. El mensaje de Parker me llegó demasiado tarde. Recuerdo estar sentada en el borde de la cama, como un pájaro al que le da miedo volar. Al que le da miedo caerse y estrellarse contra las rocas. *Sabía* que Shane no había grabado ese vídeo. Lo sabía. Pero tenía la suficiente duda como para mantenerme paralizada durante un momento. Él metió la cuerda en mi cuarto y el pelo del vídeo parecía el suyo. Solía pensar que Parker era grande, estúpido y hermoso, pero solo dos cosas eran verdad. Bueno, una, si hablamos con propiedad.

Ruby curvó los labios y luego se estremeció, porque Parker ya no existía. No era grande o pequeño. Redujo a Shane Ferrick a una pila de cenizas y luego conoció el mismo destino. Ahora Ruby tenía que tomar una decisión.

A sus pies había una pistola y en sus manos, una máscara.

—Juguemos a un juego —dijo mientras tocaba la pistola con el pie. Se bajó la máscara—. Puedo decirte lo que de verdad no quieres saber o puedo abandonar el mundo de los mortales sin decir nada. Tendrás una coartada convincente. Brianna pasará a la historia como la villana y tú serás la heroína. En cuanto a Parker, bueno, dejemos que la audiencia decida.

—Esto no es una película. Esto es real. Y está… —Juniper alzó la mirada hacia las llamas que devoraban la segunda planta de la mansión—. Está muerto.

—Es bastante probable, sí.

—¿Lo has matado tú?

—Técnicamente ha sido el fuego. Técnicamente Brianna encendió la vela y tres de vosotros os largasteis. —Ruby se encogió de hombros y sonrió hacia sus manos enguantadas—. Quién sabe lo que pasó después de eso.

—Tengo una teoría. Después de todo, eres El Truco de Desaparición —dijo Juniper, curiosamente lógica en ese momento. Pero quizá, en momentos de inmenso peligro, había salido a la luz quién era realmente cada uno. Juniper siempre había sido una estudiante del universo, lógica y científica.

Ruby iba a echar de menos eso de ella.

Dio un paso adelante y tomó un objeto de entre las piedras del patio.

—Y como truco final voy a hacerme… desaparecer.

38.

ACRÓBATA SUBACUÁTICA

Juniper tenía trece años la primera vez que vio un revólver. Ruby lo sacó de contrabando del Departamento de Teatro de la secundaria, y Juniper no sabía que era de atrezo. Lo único que sabía era que Ruby quería jugar al Cluedo y, cuando la Señorita Amapola resultó ser la culpable, sacó el revólver del bolso.

—Me habéis atrapado —dijo en un susurro mientras alzaba el cañón hacia su sien.

Luego, un sonido ensordecedor. Lo que Juniper recordaba después de eso era que se había arrodillado en el suelo junto a su amiga, con lágrimas recorriéndole las mejillas como si nunca fuera a ser capaz de dejar de llorar. Se había imaginado la muerte de Ruby una decena de veces. Se la había imaginado y la había alejado por la fuerza, pero verla...

Sentirla...

Había sido demasiado.

Ahora, viendo cómo Ruby alzaba el arma de verdad hacia su sien, Juniper deseó que fuera un malentendido de la infancia.

—Me dijiste que no estaba cargada.

—Te dije lo que querías escuchar —contestó Ruby, que dio zancadas hacia atrás hasta que la piscina se interpuso entre ambas—. Sabía que creerías que era inocente, porque siempre me ves como la víctima, no importa lo que haga. Nunca como la villana.

—Te conozco. —Juniper estaba calculando la distancia que las separaba. Si extendía el brazo, solo tocaría el aire con los dedos. Si saltaba hacia delante, el dedo de Ruby apretaría el gatillo—. No eres la villana.

—¿Quién soy, entonces? —preguntó Ruby con frialdad.

—Eres una asesina —respondió Juniper, y Ruby abrió la boca de par en par—. Asesinaste a tu padre porque iba a asesinarte a ti.

—Venga ya, no edulcoremos las cosas, cielo. Asesino a gente, es verdad. Pero no lo adornemos con guirnaldas y papel de envolver, ¿de acuerdo?

—¿Iba a matarte? ¿Iba a quitarte la vida, queriendo o sin querer?

Con el ceño fruncido, Ruby parpadeó.

—Él…

—¿Qué habría pasado si no te hubieras defendido? ¿Seguirías aquí esta noche?

—No. —No lo pensó dos veces. No debió hacerlo, porque la palabra salió de su boca como si hubiera estado esperando a ser liberada.

Juniper continuó y dio un solo paso.

—¿Y Parker? Dijiste que te mandó un mensaje la noche en la que murió Shane. ¿Intentaba llevarte a la escena del crimen? ¿Inculparte de alguna forma?

—Intentaba que me subiera a mi coche. Me escribió desde el móvil de *Shane* con la esperanza de que nos encontráramos en aquella carretera estrecha y juntos nos desvaneciéramos entre las llamas. —Le echó un vistazo rápido al incendio. Esta vez sin retorcer los labios. Sin reírse.

—Intentó matarte —dijo Juniper, y se le encogió el estómago ante la revelación. La verdad era que debería haberlo visto antes. Conocía a Parker mejor que nadie. Pensaba que lo conocía, pero incluso ella esperaba que hubiera una línea que no fuera capaz de cruzar. Un punto en el que pararía—. ¿Crees que habría parado? Si Shane no hubiera… Si las cosas hubieran salido de otra forma, ¿crees que lo habría intentado otra vez?

—Probablemente —contestó Ruby, ladeando la cabeza. Hablando despreocupadamente sobre pesadillas y muerte. Luego de un minuto, añadió—: Pero no tuvo que hacerlo porque…

—Shane no estaba. Y tú ni siquiera tenías ojos para nadie más. —Se le aceleró el corazón y se mordió el labio—. Pero ¿y si los hubieras tenido?

Ruby alzó la cabeza bruscamente. Su boca formaba un círculo perfecto, y el cañón estaba presionado contra su sien como si estuviera a punto de caerse. Estaba aflojando el agarre del revólver y de la realidad; al menos de la realidad que se había fabricado. Quería verse como la villana porque era más fácil lidiar con lo que había hecho. Pero había otra versión de los hechos. Una realidad hacia la que se apresuraba Juniper, más rápida que una bala.

—¿Y si me hubieras querido?

—¿Qué?

—¿Y si lo que dice la gente fuese verdad? ¿Y si estuviera enamorada de ti y tú decidieras darme una oportunidad? ¿Seguiría viva yo?

Ruby tragó saliva. Juniper pudo verlo, tan claro como si el sol estuviera brillando con fuerza, pero… claro que el sol no tenía nada que ver. El sol ni siquiera había salido. Aun así, el mundo estaba inundado de rayos dorados que arrojaban sombras sobre el rostro de Ruby. Que la dejaban ver en la distancia y luego la ocultaban. Era perfecto. Era poesía. Era Ruby Valentine, todavía con una máscara, a pesar de que la de porcelana colgaba de sus dedos.

Y Juniper iba a hacerla añicos. Iba a romperla en mil pedazos.

—¿Crees que estaría muerta? ¿Cómo crees que me habría matado Parker concretamente?

—No… no quiero hacer esto —articuló Ruby con prisa, todo aire y nada de fuego. Estaba cansada, eso era evidente. Agarró el arma con más fuerza.

—Por favor —empezó Juniper, pero esas dos palabras se le atascaron en la garganta. El tiempo se aceleró. Ruby estaba cerrando los ojos, el arma estaba demasiado lejos como para que golpeara el suelo, y Juniper no pudo llegar a tiempo. Era La Acróbata Subacuática, se movía demasiado lento a través del líquido. Necesitaba que todo se detuviera de la misma manera en la que se detuvo en la terraza cuando tenían los dedos entrelazados. ¿Cómo empezó? ¿Con amor y risas?

No. Con una foto.

De repente, una habitación se desplegó ante sus ojos, una habitación que había parecido algo imposible. Como si alguien se hubiera adentrado en su pecho y hubiera leído los contenidos de su corazón. Solo había una persona en el mundo que la conocía tanto, que conocía sus miedos más oscuros y sus deseos más profundos.

—Fuiste tú. —Se acercó, pero solo un poco. Demasiado cerca y Ruby entraría en pánico. Demasiado cerca, y sería el fin—. Tú decoraste mi habitación. Tú me dejaste los billetes a Cuba. Eres la única que pudo haberlo hecho.

—Las decoré todas, excepto la mía —admitió Ruby, enmarcada en la luz del fuego. Parecía que estaba en llamas con ese pelo rojo ardiente. Ese cabello era como sangre en la yema de un dedo. Como fresas recién recogidas. Se lo había teñido por él. Para encarnar el apodo que le había dado.

Todo esto era por él.

—Creías que intenté matar a Shane —dijo Juniper, forzando a las palabras a atravesar el nudo de su garganta—. Primero tu padre te atacó después de que *yo* llamara a la policía. Luego, un año más tarde, oíste rumores sobre cómo yo intenté ahogar al amor de tu vida. Y te los creíste.

—Hasta esta noche.

—Cuando te conté lo que pasó de verdad. Y luego... —Juniper jadeó y miró el cuerpo que había junto a las puertas. La chica del vestido de seda *ennegrecido*—. Le pediste a Brianna que me dejara ir. Después de escuchar mi historia, dijiste que no era justo mantenerme en la casa. ¿Lo decías en serio?

—Sí.

El aire entró en los pulmones de Juniper. A pesar de su voz firme, estaba aterrorizada por la respuesta de Ruby.

—Y, antes de eso, cuando quise correr hasta la casa del vecino, intentaste detenerme para que no me fuera del salón. ¿Por qué?

—Empezaba a dudar de los rumores que había sobre ti —confesó Ruby—. Cuando te fuiste del salón, corrí hacia el pasadizo secreto para cortar a Brianna. Se suponía que siempre tenía que estar entre acto y acto. ¡Eso era lo mejor de nuestro plan! Solo necesitábamos una escalera que llevara a la terraza y ese pasadizo secreto, y ella podía estar donde quisiera en cualquier momento. Dentro de la casa o…

—Ahogándome en la piscina.

En un movimiento brusco y veloz, la mirada de Ruby atravesó el patio y aterrizó en el cuerpo de Brianna. Luego, un sollozo. Un solo sonido que salió de lo más profundo antes de que se llevara una mano a la boca. Tenía agarrada la máscara, pero ahora se le deslizó de los dedos y repiqueteó sobre las piedras del suelo.

Aun así, no se rompió.

—¿Por eso la mataste? —inquirió Juniper, cuyo corazón se agitaba como las alas de una libélula—. ¿Porque me hizo daño antes de saber lo que había ocurrido en realidad? ¿Antes de que tuviera pruebas?

Ruby inclinó la cabeza hacia un lado. Fue inquietante y un gesto tan propio de *Brianna*, que Juniper estuvo a punto de girarse y correr. Casi se esperaba que Ruby le apuntara con el arma. Pero esa era la cosa, ¿no? Todo este tiempo, Ruby podría haber usado el arma contra ella, y ni siquiera lo había intentado. Desde aquel primer y terrible momento en el que Ruby había empuñado el revólver, Juniper sabía exactamente hacia dónde apuntaría el cañón.

Nunca lo dudó.

Ruby alzó la vista, con el fuego reflejado en sus ojos.

—Nunca consistió en matar a Brianna. Siempre consistió en atrapar al asesino de Shane. Y, en los últimos momentos del circo, creé una gran ilusión e hice que desapareciera. La salvé —añadió, dejando que ese encanto se disipara. Revelándose a sí misma, una chica rota y temblorosa con un brazo que no estaba acostumbrado a sostener un arma durante tanto tiempo. Juniper se rio, un único resoplido, porque ¿cuán ridículo sería si todo esto desapareciera simplemente porque a Ruby se le había cansado el brazo?

—No la mataste. —Juniper avanzó, no hacia Ruby, sino hacia Brianna. Hacia la muñeca que estaba desapareciendo entre las llamas—. La protegiste, al igual que me protegiste a mí una vez que supiste la verdad.

—Y, aun así, conspiré para hacerte daño. Aun así, dejé que ocurriera.

—Y no te creas que no voy a vengarme por ello. Cuando pasen años y estés actuando en Broadway, puede que espere entre las vigas con un cubo de sangre en las manos.

—¿En serio? ¿Una referencia a *Carrie*? —Con la mano libre, Ruby hizo un gesto hacia el fuego—. Sabes cómo acaba esa película, ¿verdad?

—La vimos juntas.

—Lo vimos todo juntas. —Ruby frunció el ceño cuando las lágrimas se deslizaron por las mejillas de Juniper y cayeron en el suelo nevado—. Por eso sé lo que estás pensando. Si pudieras acercarte a mí, podrías derretir mi corazón helado con esas lágrimas.

—No estamos en *La reina de las nieves* —dijo Juniper, y el mero hecho de articular esas palabras fue duro. Fue doloroso, como hablar con fragmentos irregulares en la garganta. ¿Fragmentos de hielo? No. Pero las palabras de Ruby se le estaban metiendo en la cabeza.

Le estaban fracturando la realidad. Sabía que sus lágrimas no podían derretir el corazón helado de Ruby, pero empezó a buscar algo que sí lo hiciera.

Entonces lo vio. Era tan obvio. La estaba mirando a la cara. Parpadeando en su dirección. Prometiéndole que, sin importar el cuento de hadas, siempre habría algo que derritiera la carne. Se giró hacia la casa y dio tres pasos largos antes de que Ruby gritara.

—¿Qué haces?

—¿No es obvio? —inquirió Juniper, con la mirada puesta en la piscina que las separaba. Ruby no podía alcanzarla, al igual que Juniper no podía alcanzar a Ruby—. Me voy contigo.

—Que vas a... ¿qué? —El rostro de Ruby se arrugó—. No puedes.

—¿Por qué no? Tú vas a hacerlo.

—Por favor. —Había angustia en la voz de Ruby—. Esto no es gracioso.

—No, no es gracioso. Es una mierda, ¿verdad? ¿Ver cómo desaparece tu primera amiga? Incluso imaginarse la posibilidad... —Juniper se estremeció, y le escocían los ojos por el humo—. Ambas hemos perdido mucho y, aun así, quieres alejarte de mí. Para siempre.

Otro paso, y entonces comenzó a sentir el calor de verdad. Comenzó a sentir de verdad las partes de ella que podían quemarse y fusionarse. Las partes de ella que podían hervir. Inhaló en un intento por tomar una bocanada de aire que la satisficiera, pero eso solo instó al humo a que entrara en los pulmones. Se dobló y se tambaleó hacia delante sin intentarlo siquiera.

Y Ruby gritó.

—¡Por favor! No puedes hacerme esto. No puedes hacer que lo vea de nuevo.

Juniper se detuvo con el calor chamuscándole el pelo y derritiéndole las lentejuelas del vestido.

—No va a ser lo mismo si no me quieres. No será la misma sensación.

—Yo... —Otro sollozo, cortado con rapidez. Otro desliz de la máscara, atrapada con rapidez. Eso era lo que Juniper creyó hasta que escuchó la voz de Ruby distorsionada por el llanto—. Una noche subí al coche de mi padre. Meses después de que desapareciera, conduje hasta tu casa y me quedé mirando tu ventana. Pero no fui capaz de golpear el cristal. Fui incapaz de trepar y entrar cuando, todo este tiempo, tenías razón. Tenías razón en cuanto a mi padre y tenías razón en cuanto a Parker. Pero te equivocaste con Shane. —Dejó de hablar, ahogada por los sollozos, de la misma manera que Juniper se estaba ahogando por el humo—. Nos equivocamos con él, Juniper, y se ha ido. Está muerto.

Entonces, se oyó un sonido suave. Juniper se giró a tiempo para ver cómo las rodillas de Ruby golpeaban las piedras, y, por un momento, le dio un vuelco al corazón. Volvió a la vida en el último segundo posible. Sintió esa maldita y estúpida esperanza. Sin embargo, la mano de Ruby, a pesar de estar temblando, seguía sosteniendo el revólver.

—No puedo hacer esto sin él. No puedo volver a estar sola.

—No estás sola. ¿Es que no lo entiendes? Me prometiste que me ayudarías a encontrar a mi familia y nunca te diste cuenta de que... mi familia eres tú. Tú eres mi alma, Ruby Valentine, y no pienso renunciar a ti.

Juniper se metió en la pared de humo. Las llamas la alcanzaron y se aferraron a ella, y pudo sentirlo todo. Cómo se le deshacía la piel. Cómo se le tensaban los pulmones, como si los atravesaran fragmentos de cristal. Apenas oyó el sonido de la pistola por encima del fuego.

Se giró.

Cuando vio a su amiga desplomada sobre el suelo de piedra, el corazón se le abrió de par en par, pero su mente era una maraña de contradicciones. Ruby estaba ahí, acurrucada, con la cabeza entre las manos, y, sin embargo... no había sangre por ninguna parte. En ese momento, Juniper cruzó el patio a toda prisa, como una estrella que surca el cielo, un alma tan entrelazada con la otra que podían encontrarse en la noche más oscura.

Se dejó caer sobre las rodillas y apretujó a Ruby contra ella. Estaba caliente. Más caliente de lo que debería haber estado si estuviera perdiendo la vida. La mirada de Juniper viajó de un lado a otro en busca de la bala. No fue hasta que miró hacia abajo y vio los restos destrozados de la máscara de porcelana que entendió lo que había hecho Ruby.

39.

CARA DE MUÑECA

El mundo estaba ardiendo. Las llamas acariciaban la oscuridad y se alzaban hacia el cielo índigo. En el interior del gran y tenue fuego había una casa, cuya pintura se estaba desprendiendo y cuyas lámparas de araña se sacudían en el techo.

En el interior de la casa había un monstruo.

No, una bestia.

No, un chico, pensó Ruby mientras Juniper la arrastraba lejos de los escombros y hacia al jardín de criaturas topiarias. Juntas recorrieron el camino largo y serpenteante que conducía a la puerta. Esta se abrió repentinamente. La carretera apareció ante ellas y un chico corrió en su dirección, con el pelo negro ondeando y los brazos extendidos.

Se arrojó sobre Juniper y le dio una vuelta perfecta propia de los cuentos de hadas. Ambos se reían a través de las lágrimas. Sí, viéndolos girar, Ruby pensó que eran risas y amor y luz.

Y ella era oscuridad.

Era una diosa vengativa en una tierra de pirámides y arena, y aquí, por suerte, era el viento.

Este la rodeó y Ruby se puso a bailar, aunque solo fuera por un momento. Estaba bailando con él. Podía sentir cómo las manos de Shane se deslizaban en las suyas, podía sentir cómo sus ojos la encontraban en la oscuridad. La máscara de Ruby se cayó y dejó ir todo tipo de ilusión.

Dejó ir al muñeco. A la diosa también. Era ella misma. Una chica con unos ojos azules y pálidos y con pecas en la nariz. Con una cicatriz larga e irregular en el corazón y un abismo que la mantenía lejos de la felicidad. Lejos de él. Ahora, mientras la hacía girar, podía sentir cómo sus manos aflojaban el agarre y cómo su alma se desenredaba de la suya.

—Adiós —susurró Ruby, observando cómo el humo se alzaba hacia el cielo. Sabía que no era él, sabía que su alma se había alzado el año anterior, pero no fue capaz de pronunciar ni una palabra en aquel momento. No fue capaz de pensar en esa palabra y, durante mucho tiempo, no le hizo falta. Tenía que organizar una fiesta con una lista de invitados muy exclusiva.

Con un asesino al que atrapar.

Con una cerilla que encender.

Ahora el mundo estaba ardiendo, y Parker Addison se estaba convirtiendo en un grano de arena. El viento crujía a su alrededor y le enredaba el pelo. Hacía un año, Shane había enredado los dedos en su pelo y le había dicho: «Vamos a dejar de tener miedo. Juntos».

—¿Y después? —Ruby esperó a que respondiera, pero esta noche no había ninguna voz que le susurrara al oído. O, mejor dicho, la voz que le susurraba no era *la suya*. Gavin y Juniper estaban murmurando a su lado, y captó algunas palabras.

—Va a estar bien. Se lo han llevado al hospital, pero estaba despierto y estaba hablándole a… —Gavin se detuvo y la sonrisa desapareció de su rostro—. ¿Dónde está Parker? ¿Ha…?

—No pudimos salvarlo —intervino Juniper, y le lanzó una mirada rápida a Ruby—. No pudimos salvar a ninguno de los dos.

Gavin inhaló con brusquedad y se tapó la boca con la mano.

—Nunca pensé que lo haría de verdad. No… —Se interrumpió y entrecerró los ojos. Ahora que sabía la peor parte, empezó a darse cuenta de otras cosas—. ¿Qué te ha pasado? —le preguntó a Juniper, mirando su pelo y su vestido chamuscados.

Los labios de Juniper se curvaron en una sonrisa. Era hermosa. Era la luz del sol tras la noche más larga del año.

—El fuego y yo bailamos un poco. Pero yo creía que era un vals y resultó ser más bien un tango.

—Pero ¿estás bien? —Los dedos de Gavin formaron un círculo sobre su piel. El fuego apenas la había tocado, pero había una magulladura en su hombro izquierdo.

Ruby confiaba en que se curaría. Tenía que hacerlo, porque Juniper había bailado con las llamas por ella. Para salvarle la vida. Para demostrar lo que se sentía al ver a la única persona que de verdad te conoce desaparecer y convertirse en polvo. Ni siquiera Shane conocía la verdad sobre el padre de Ruby, y ahora nunca podría contárselo.

Pero Juniper lo sabía todo y, aun así, había luchado por Ruby. Aun así, la quería. Y Ruby necesitaba que la quisieran. Tal vez estuviera equivocada, tal vez se suponía que debía quererse a sí misma y que le diera igual el resto del mundo, pero no podía dejar de esperar que le dieran la bienvenida en el universo.

Que la escogieran.

Ahora, mientras Gavin se inclinaba sobre Juniper y le susurraba algo sobre chocolate caliente y mantas, Ruby se acercó a ellos.

—¿Creéis que tendrán chocolate caliente en el hospital? Es que... —Tragó saliva e hizo acopio de toda su fuerza para pronunciar el resto de la frase—. No quiero que Brett esté solo.

Gavin la observó por un minuto y se le destensó la mandíbula.

—Seguramente, y seguramente estará muy mal. Pero me apuesto lo que sea a que, si lo pides con amabilidad, tal vez nosotros nos escapemos a la cafetería que hay al otro lado de la calle y te consigamos una taza del bueno.

—¿Escaparos? ¿Lo prometéis? —Los labios de Ruby se curvaron.

—Yo quiero nubes en el mío —intervino Juniper.

—Madre mía —Gavin tendió los brazos, uno para cada una—. Cuántas exigencias.

—Tú te has ofrecido. —Juniper le envolvió el brazo con el suyo. Entonces, antes de que Ruby pudiera colgarse del brazo de Gavin, Juniper alargó la mano y empujó a Ruby a *su* lado—. No te separes —dijo.

Ruby asintió. No era capaz de quitarse de encima el sentimiento de que su sitio no estaba junto a ellos, de que no se merecía caminar a su lado. Pero no luchó contra él. Estaba demasiado cansada para eso y, además, era en serio lo que había dicho sobre Brett.

—Vamos. —Los condujo hacia los coches de la policía que estaban aparcando en la calle—. De todas formas, van a querer hablar con nosotros. Será mejor que vayamos con ellos y que nos lleven.

Juniper respiró hondo.

—Tú, corriendo hacia la policía. Esto es nuevo.

—Ya me conoces, Junebug. Soy una caja de sorpresas.

Juniper comenzó a reírse. Fue una risa aguda y repentina que se apoderó de su cuerpo en un instante y se fue con la misma rapidez. Se llevó una mano a los labios, como si no se creyera que acabara de reírse. Como si no se creyera que fuera capaz de hacerlo.

Gavin las miró.

—Ha pasado algo, ¿verdad? Me he perdido algo.

—Te has perdido la mitad de la noche —bromeó Ruby, y los empujó hacia las luces azules intermitentes. Se le estaba formando un nudo en el estómago y no era porque hubiera tenido una relación complicada con lo mejor de Fallen Oaks. En su interior, en lo más profundo de su ser, sabía que tenía que decirle la verdad a Gavin sobre lo que había hecho. Tenía que decirle la verdad a Brett. Pero esta noche le iba a ofrecer chocolate caliente y mantas e iba a asegurarse de que supiera que no estaba solo.

Ninguno lo estaba.

La policía les dio la bienvenida con los brazos abiertos, ansiosos por darle sentido a esa noche de fuego y porcelana. Subieron juntos al coche, tres pequeños criminales que agachaban la cabeza. Tres pequeños mentirosos, hermosos y aterradores en su capacidad de amar. En su capacidad de vengarse.

Cuando la puerta se cerró, Ruby se giró hacia la ventanilla. Juniper iba apretujada en el asiento del medio y le daba la mano a Gavin, y ella no quería que supieran que estaba llorando. Pero debió de haber tomado aire demasiado rápido, porque Juniper se giró y le susurró:

—Quédate a mi lado. Por favor.

—Lo haré. Lo estoy. —Los dedos de Ruby se entrelazaron con los de Juniper y su mirada se dirigió hacia la noche. El amanecer estaba cerca, pero el cielo seguía oscuro y la luna brillaba sobre sus cabezas. Azul y blanco. Zafiro y marfil, como el amor de su vida.

Algún día, el alma de Ruby bailaría en la oscuridad y se encontrarían. Habría ojos como el crepúsculo eterno y una piel pálida como la luna. Una sonrisa traviesa. Y, tal vez, si todo salía tal y como lo tenía planeado, su corazón roto se curaría y su dolor se ablandaría hasta volverse dulce.

Pero primero habría vida.

¿TE GUSTÓ
ESTE LIBRO?

Escríbenos a

puck@edicionesurano.com

y cuéntanos tu opinión.

 ESPAÑA ⟩ 🅵 /MundoPuck 🐦 /Puck_Ed 📷 /Puck.Ed

 LATINOAMÉRICA ⟩ 🅵 🐦 📷 /PuckLatam

▶ /PuckEditorial

¡Gracias por vivir otra
#EXPERIENCIAPUCK!

 ≫ PUCK ≪

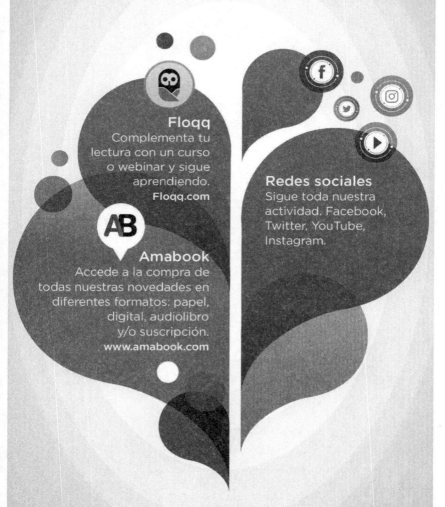